风景在路上

王唯唯　著

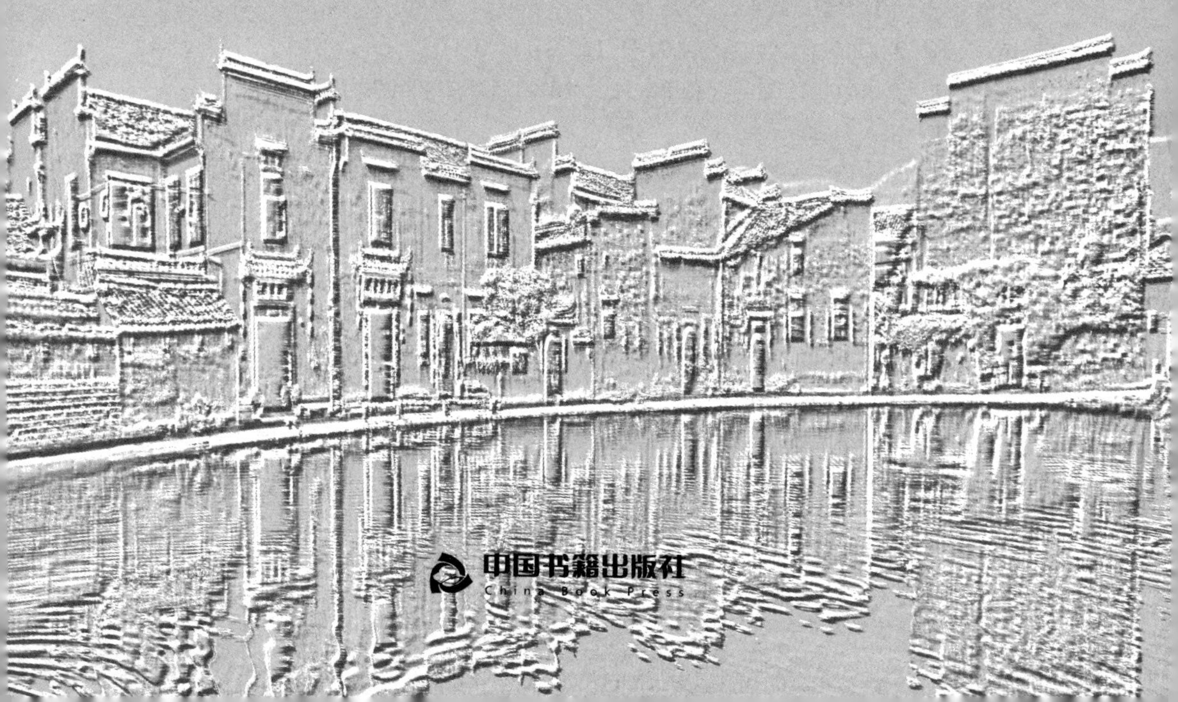

中国书籍出版社
China Book Press

图书在版编目（CIP）数据

风景在路上/王唯唯著．—北京：中国书籍出版社，2020.8

ISBN 978－7－5068－7926－2

Ⅰ.①风…　Ⅱ.①王…　Ⅲ.①游记—作品集—中国—当代　Ⅳ.①I267.4

中国版本图书馆 CIP 数据核字（2020）第 143071 号

风景在路上

王唯唯　著

责任编辑	李小蒙　王　淼
责任印制	孙马飞　马　芝
封面设计	中联华文
出版发行	中国书籍出版社
地　　址	北京市丰台区三路居路 97 号（邮编：100073）
电　　话	（010）52257143（总编室）　（010）52257140（发行部）
电子邮箱	eo@ chinabp. com. cn
经　　销	全国新华书店
印　　刷	三河市华东印刷有限公司
开　　本	710 毫米×1000 毫米　1/16
字　　数	296 千字
印　　张	17
版　　次	2020 年 8 月第 1 版　2020 年 8 月第 1 次印刷
书　　号	ISBN 978－7－5068－7926－2
定　　价	68.00 元

自　序

多年前，一封辞职信红遍网络，辞职的理由仅有十个字："世界那么大，我想去看看。"说实话，那简简单单的十个字，给予我很大的震撼和诱惑，当时的我也想去看看外面的世界，也想来一次说走就走的旅行。但是，想是一回事，走是另一回事，记得当时自己给自己承诺：退休后，我一定要游遍全国。

退休已有五年，我做到了当初自己对自己的承诺。五年时间，除了西藏没去，全国30多个省市都跑到了，并且还写下了近十几万字的游记。深深地领悟到，人生最远的旅行，其实就是你的身体随着你的心在红尘漂泊。正如杨绛先生的百岁感言：人生最曼妙的风景，是自由自在去领略一个城市，一段故事，一片风景，留下一串足迹，一路心情，一生回忆。

一次次地旅行，便是梦想的一次次实现。看着沿途的风景，听着不同的歌，也遇到不同的人。每到一个陌生的地方，我一定会坐公交、进菜场、逛夜市，跟宾馆的保洁阿姨聊天，和出租车司机成了朋友。有人说，旅行，是另一种修行。我深以为然。一次次地出行归来，我会比以前更懂得生活的美好，更加认真仔细的生活。用亲朋好友的话说，我这几年在待人接物上，在生活上，变得更接地气更有人味了！

和大多数喜欢跟团旅游的人不同，我喜欢一个人独游。余光中曾说："独游有双重好处。第一是绝无拘束，一切可以按自己的兴趣去做。另一种好处是能够深入异乡，游伴愈多，愈看不清周围的世界。"

起初，在每次旅行前，我在多家网站看一些旅游攻略——玩哪些景点，有哪些美食，怎样坐车，等等。每次去了之后，当我按照攻略上的方式，寻找一个又一个景点时，常常会遭遇一些意外的情况，让我一下子陷入抓瞎的境地，面对陌生的城市、陌生的人，我只能埋怨自己太笨。慢慢地，我学会了对旅途中的不确定性进行调整，久而久之，既提升了自己的应变能力，挖掘了自己的潜能，最终还看到了自己的价值，从而得到庸常人生少有的愉悦和满足。

短短几年时间，我到过了那么多城市，看到了那么多景致，到最后，在我心目中留下的不只是一个个城市和景点的名字，而是一种氛围，一种印象，一种气味，一种可以直接穿越时间浸润心灵的感觉。我热爱每一个陌生的地方。深刻地领悟到，大千世界和自己心灵世界的距离，只是一个瞬间感受的切换，正是这种神秘的关联，让我拥有了宽广的视野和博大的胸怀，也拥有了对于生命更清晰的认识，同时，一种健康快乐的情绪让生命更加充盈和饱满。

2016 年，安徽文艺出版社出版了我的第一本游记《情绪的风景》。今天的《风景在路上》算是我的第二本游记。在这本书里收入了几篇已在《情绪的风景》出现过的游记。如《三亚落日》和《大青山下拜李白》。之所以再次把它们选入《风景在路上》，是因为前者入选了苏教版小学六年级语文课本（下册），后者获得安徽省文化和旅游厅与省报社联合举办的游记类散文大赛二等奖。我以为，好的游记作品就是要让更多的读者欣赏。

每一次旅行，都是一次学习，一次跨越；旅行，与我是一种能力，是一种人生状态。这就是旅行的意义吧！

目录

大师永恒

吉光片羽

绿水青山

品味古镇

古村风韵

老街风情

一路风景

大师永恒

DA SHI YONG HENG

大青山下拜李白

不知不觉，已是夕阳时分，一抹黛青色的峰影，横在了车窗的前面。朋友告诉我，那就是大青山。下了车，在朋友的带领下，我们沿裸露山石的小路走向山顶。一路上，那嵯峨的、温润的、团团葱绿浮涌如浪的峰头，那微微的山风，那沁人肺腑的气息，仰俯天地灵气之际，眼前完全是梦境一般的世界了。这时，我好像突然明白李白为什么要把这里做为自已最后的归宿了。

在此之前，我知道李白墓在马鞍山的采石矶，却不知道那只是李白的衣冠冢，更不知道当涂县境内的大青山才是李白墓地所在。朋友告诉我，大青山又名谢公山。南朝齐著名诗人、宣城太守谢朓十分钟爱此地，他曾筑室山南而居，谓之“山水都”，后人称青山为“谢家青山”。李白一生仰慕谢朓风范，同样眷恋姑孰山水，他多次来当涂，寻幽览胜，题诗吟咏，留下了50余首诗文。其中《夜泊牛渚怀古》《望天门山》《横江词》等，成为千古名作。李白不仅爱读谢朓的山水诗，并遂有“宅近青山同谢公”的夙愿。范传正为了遂李白的遗愿，他同当涂县令诸葛纵合力将李白墓迁葬于青山西麓。范传正亲自为新墓撰文：“谢家山兮李公墓，异代诗流同此路。”

下得山来，我们走过当代书法大师启功亲笔手书“诗仙圣境”青石牌坊，步入门楼，沿祠内条石铺就的小路慢慢前行，不时可见石雕、古鼎或硅化木之类的盆景点缀。大殿内持槲仰首畅饮或卧榻豪饮的太白，颇现一派仙风道骨之神态。展厅内陈列着数十幅历代文人大家颂扬李白的传世墨宝，郭沫若先生题额的太白碑林，镶嵌着现代著名书法家书写的李白各个时期经典诗文百余方。作者有毛泽东、鲁迅、郭沫若、于右任、沈尹默、沙孟海、林散之、楚图南、启功、陈立夫、沈鹏等著名书法家。

我们最后来到了李白墓前。李白墓为圆形，直径约五六米，墓上长满青草。

面对诗仙，心下突然感觉到一种远和近，雅和俗，清和浊。本想来点感慨什么的，但一想，该有的感慨早在千年前就被诗仙吟诵过了，再说了，有什么也不敢在诗仙面前卖弄呀。天色渐晚，我们没敢多留，倒是在临走前，朋友让我围李白墓逆时针走上三圈，说是可以沾点诗仙的仙气。明知不可信，但我还是围着诗人的墓绕了三圈。

返回的路上，朋友说从 1989 年起，马鞍山每年都举办国际吟诗节，如今已连续举办 17 届。为扩大内涵和市民参与程度，从今年开始，马鞍山国际吟诗节更名为马鞍山中国李白诗歌节。朋友的话一下子让我突然想到了万里之遥的法国。在法国，纪念雨果诞辰日这天，每个中小学都要在第一节课自选一段雨果的诗歌或小说在课堂上朗读，老师以及周围的居民均可参加。另外，在法国的读书节、诗歌节、戏剧节都将以雨果为主题，整个法国的文化生活都将奏起雨果这支主旋律。我还想到大音乐家马勒。马勒晚年最重要的一个作品《大地之歌》，如今已被公认为整个 20 世纪西方音乐史上一个里程碑式的作品，这个作品就是根据六首中国的唐诗创作的，其中三首是李白的诗作。由此可见，李白不仅是中国的，也是世界的。特别是进入 21 世纪以后，我们的生活越来越具有一种消费性和职业化的全球特征，这种特征与李白身上那种中国传统人文情怀似乎渐行渐远，但实际上李白诗意是具备当代性的。他那与天地精神独往来的宇宙意识，他亲近山水的自然观，他的想象力，他的酒神精神和浪漫情操，都可以为我们带来启示和滋养的。

我们中国有那么多的名人可以缅怀，有那么多的历史可以纪念，却少见一种自然的发自内心的欣赏和敬畏，不能不说是个遗憾之事。据我所知，我们头上的天空中，有两颗星星是用中国人的名字命名的，一个是李白，另一个是屈原。

香山居士白居易

去洛阳前在网上看到，唐代大诗人白居易就安葬于洛阳龙门东山琵琶峰上。此峰因形若琵琶，故又名琵琶峰。与琵琶峰紧挨着的是香山。自号香山居士的白居易，从凝滞着忧怨琵琶声的浔阳古渡；从落红委地，香消玉殒的马嵬坡前；从卖炭翁蹒跚而去的泥泞的官道；从新丰折臂翁四壁萧然的破屋，他寻寻觅觅，才终于找到这里。这位鸡肤老人，从此隐居于此，遗嘱葬于此，灵魄永栖于此。今天想来，此遗嘱刚好暗合了诗人的名作《琵琶行》的意蕴。

白园是为了纪念白居易而建。此园依傍山势设计得适意自然。穿过绿荷摇曳的白池，在危岩翠柏中有一古朴典雅之阁庐，题额“乐天堂”。堂门两副对联高度概括了白居易的一生和功绩，其一是：“为民生忧，直言极谏；得山水乐，饮酒赋诗。”其二是：“西湖筑白堤，龙门开八滩，倡乐府，诗讽喻，志在兼济天下；履道凿园池，香山卧石楼，援丝竹，赋青山，乐于独善其身。”白居易是一个忧国忧民的好官。从诗中和记载中可以知道，在杭州刺史任上，他政绩斐然。最为人称道的是修筑杭州湖堤蓄水灌田，人民名为“白堤”。在洛阳龙门筹资开凿八节滩，以利舟楫，至今为人民称道。可见，为官一任，做几件于国于民有益的事情，人民是不会忘记他的。

进入堂内，诗人的全身塑像端坐在厅堂的正中。素衣鸠杖，栩栩如生，有飘然欲仙之态。肃立在厅堂前，凝视着诗人不朽的形象，我突然想到了诗人的《观刈麦》：“田家少闲月，五月人倍忙。夜来南风起，小麦覆陇黄。妇姑荷单食，童稚携壶浆。相随饷田去，丁壮在南冈。足蒸暑土气，背灼炎天光。力尽不知热，但惜夏日长。复有贫妇人，抱子在其旁。右手秉遗穗，左臂悬敝筐。听其相顾言，闻者为悲伤。家田输税尽，拾此充饥肠。今我何功德，曾不事农桑。吏禄三百石，岁晏有余粮。念此私自愧，尽日不能忘。”

我之所以将全诗引录下来，是因为作者在本诗中叙述了农民劳作的辛苦和赋税给百姓带来的痛苦，表现了对劳动者的无限同情。在那样的时代，一个诗人竟能够将自己的生存环境主动和农民对比，实在难能可贵。我想，今天的诗人，不仅仅是诗人，应该说所有的中国的仁人志士，来这里，心都会跳动在一起。因为他们从古到今，从今天到未来，都有着一脉相继的真诚。

出乐天堂，拾级而上，穿羊肠小道，过曲径弯泉，几次峰回路转，又几番柳暗花明，来到了琵琶峰顶。在翠柏丛中，有砖砌矮墙围成圆形的墓丘，即唐代大诗人白居易长眠之地。墓前立有高大石碑三块，其中一块刻有“唐少傅白公墓”六个字。在圆形墓顶之上青草离离，让人联想到诗人“离离原上草”的名句。墓北侧有天然巨石碑，上刻白居易《醉吟先生传》，还有一些立石颂德的纪念碑，其中有日本友人捐立的两块碑石，一块上书“樱献”两个大字，表达着对诗人的景仰；另一块落款“日本中国文化彰显会”，碑文用中日两种文字书写：“伟大的诗人白居易先生，您是日本文化的恩人，您是日本举国敬仰的文学家，您对日本之贡献，恩重如山，万古流芳，吾辈永志不忘。”由此可见白居易对世界的影响。

离开时，移步墓前，端视“唐少傅白公墓”墓碑，双手合十，以虔诚的心敬仰诗魂，膜拜文学偶像。退出园来，站在石阶回望，偌大的墓园，没有如织的人流，显得孤独冷清，恰好契合了文人墨客骨子里的清寂。

从白冢背后沿石阶而下，右转，是一座随地势出进高下的长廊式建筑，这里集中了众多书法家和画家的诗词碑刻，以及富有诗意的瓷砖壁画，上面除了赞颂白居易文功政绩的诗词，皆为诗人自己的传世名篇，如《琵琶行》《长恨歌》《古原草送别》《宫词》等。读着这些脍炙人口的诗词，我更加感佩这位开一代诗风的伟大诗人的不朽艺术魅力。他在那样的年代居然要求自己的诗能够通俗晓畅，能够流行于“士庶、僧徒、孀妇、处女之口”，明确提出“文章合为时而著，诗歌合为事而作”的主张，这是多么难能可贵呀！

走出白园，回望琵琶峰，无声的肃目中，我想知道，嘈嘈的大弦在哪里？切切的细弦在哪里？我突然觉得它更像一方古砚。聚五岳的松烟为墨，磨黄河的浪，在那古砚里，研出民族的浓汁来。我想，蘸这样的浓汁写出的诗篇，必定可以惊天地，泣鬼神。

刘禹锡和他的陋室

多次去芜湖市和县，竟然不知唐代文学家刘禹锡的陋室就在县城的半边街。直到前不久去和县文化馆调研群众文化工作，其间放弃午休，去了向往了无数次的陋室。

这是一座小小的四合院。院墙依山而建，自然随势。院门门额“陋室”二字为诗人臧克家所题。走上台阶，不见刘禹锡的“苔痕上阶绿”。推开院门，迎面照壁上写道：政擢贤良，学通经史；颉韦顽白，卓哉刺史。绕过照壁，便进入院内。院内石铺小径，绿茵满地，松柏常青，恬静清幽；三幢九间小屋品状建造，含英蕴秀，使人感受到浓郁的翰墨馨香。院内东侧建有碑亭，竖立《陋室铭》碑石一方，由书法家孟繁青书写后雕刻而成；西侧摆放石羊、石龟等石雕，错落有致。

庭院分为两层，下层台阶两旁石兽盘座，仿古陶盘里栽植花木，芳香沁脾；拾级而上，一道仿青砖甬道直通陋室。三间房舍，白墙灰瓦，简约素朴；主室坐北朝南，几步台阶；台阶两侧摆放仿古铜，里面栽种珍贵的树木，青翠欲滴；走廊左右立柱上悬挂书法家刘子善书写的“苔痕上阶绿，草色入帘青”的楹联。

进入室内，青石地面。厅堂木柱上有方绍武所写的“感时江海思，报国松筠心”的诗句；正中置设刘禹锡立身塑像，神态庄重，面色沉思；上悬郑伊农书写的“政擢贤良”的匾额；塑像两旁是张恺帆书写的“沉舟侧畔千帆过，病树前头万木春”的诗句；塑像身后壁刻的中堂是刘禹锡《酬乐天扬州初逢席上见赠》的诗文。室内东侧放置床、榻、凳等一些复制品，为刘禹锡起居生活用品，东墙上悬挂着刘翁的诗句和一些有关陋室铭的篆刻；室内西侧放置一桌、一椅、一琴，均为复制品，为刘翁办公会客之用，西墙上也雕刻着刘翁的“谈笑有鸿儒，往来无白丁”等诗句。走出主室，在西厢房室内门厅中央，搁放一只大铁锚，寓意刘翁的千年诗句；南厅展柜里陈列着刘翁在和州所写的两篇文章《和州刺史厅壁记》和《和州谢上表》，其中的《和州刺史厅壁记》为研究和州的人文风貌提供许多不可多得的史料，后篇是上承朝廷，叙述到任后和州的情况；北厅则陈列着和白居易等诗人的和诗和《天论》等文稿。

导游告诉我，原先这里只是一间简陋的小屋，土墙瓦棚，室内也没有具体陈列。经过后人不断修饰建设才有了一定的规模。南宋王象之所撰《舆地纪胜》载："和州陋室，唐刘禹锡所辟，有《陋室铭》柳公权书。"明代正德十年（1515）和州知州黄公标补书《陋室铭》碑文，并建有"梯松楼""半月池""万花谷""舞鹤轩""瞻辰亭""虚山亭""狎欧亭""临流亭""江山一览亭"等。清乾隆年间，和州知州宋思仁在旧址重建陋室九间。室前有石铺小院和台阶，苔藓斑驳，绿草如茵，林木扶疏，室后有小山、龙池，碧波如洗，游鱼浮沉。民国6年（1917），岭南金保福补书《陋室铭》碑一方。可惜后来俱遭兵燹。虽然没有杜甫笔下《茅屋为秋风所破歌》哀叹的那么凄凉，但也好不到哪去。今天的陋室，经过两次大的改造，在陋室的"仙山""龙池"一带，建成一座"陋室公园"，面积50多亩，山上建有江山一览亭、望江亭、仙人洞。池中建有临流亭、履仙桥等。周围筑仿清镂花墙300多米，正门坐南朝北，牌坊式门楼，"陋室公园"匾额，为安徽省著名书法家张恺所题。

据说刘翁到和州不到半年，被势利之徒故意刁难，居室连搬三次。每搬一次，不仅毫无怨言，还即兴挥毫写下对联贴于门上。第一次的对联为"面对大江观白帆，身在和州思争辩"；第二次的对联为"垂柳青青江水边，人在历阳心在京"；最后一次，写下了超凡脱俗、情趣高雅的《陋室铭》，并请人刻上石碑，立于门前。这就是唐代的风范，唐人的胸襟。目光是那样的坚定，神采是那么的自信，只有唐代的风范，唐人的胸襟，才能这样任意释放自己的天赋，随意挥洒自己的个性。无论李白、高适、岑参，还是刘禹锡、柳宗元等人。毫不夸张地说，没有生活的艰辛，文化的贬谪，哪有灿烂的中华文化。

置身庭院，徐徐独行，面对此碑，我在心里默默吟诵："山不在高，有仙则名。水不在深，有龙则灵。斯是陋室，惟吾德馨。苔痕上阶绿，草色入帘青。谈笑有鸿儒，往来无白丁。可以调素琴，阅金经。无丝竹之乱耳，无案牍之劳形。南阳诸葛庐，西蜀子云亭。孔子云："何陋之有?"

不朽的苏东坡

“水光潋滟晴方好，山色空蒙雨亦奇，欲把西湖比西子，淡妆浓抹总相宜。”学生时代就拜读过这苏东坡的《饮湖上初晴后雨》。据说苏东坡一生写有西湖的诗词共计453首，其中最为著名的就是《饮湖上初晴后雨》，被誉为“前无古人，后无来者”的千古绝唱。

苏东坡纪念馆位于杭州西湖苏堤南端的映波桥旁，毗邻雷峰塔、净寺、花港观鱼，与章太炎纪念馆、张苍水祠、太子湾公园隔路相望。纪念馆主建筑为一幢翘角飞檐的二层仿清楼阁式建筑。在纪念馆前的广场屹立着苏东坡的全身塑像，用花岗岩雕刻而成。远看，儒雅洒脱，意气风发；近看，一卷诗文，两袖清风。纪念馆展区由主楼展厅、碑廊、百坡亭、酹月轩等组成。一楼展出了苏东坡家谱、年表和生平介绍，突出反映了苏东坡两次来杭担任地方官的政绩；二楼展厅犹如一个小小的艺术殿堂，在这里你可以欣赏到苏东坡在诗、词、散文、书法、绘画五个方面的艺术成就，特别是他在杭州的艺术创作。因沧海桑田的变迁，文物真迹很难寻觅，故以复制书画、动态演绎、配乐诗朗诵的形式予以展现。此外，后院的东坡艺苑内，陈列着苏东坡书画的拓片、复制品及诗意画等，可供游人参观与选购。

提到苏东坡，有一个绕不开的人就是王安石。王安石是法家的代表人物。此人爱读书，不近女色，不贪污腐化，两袖清风，如果放在今天可谓是位好人。但是他的所谓改革，一开始就遭到几乎百分之九十的人反对，但王安石一意孤行，到最后竟利用大权把所有对新政持异议者全部撤职和罢官。苏东坡当年就是写了万言书，真实反映民情才被贬到湖北黄州的。

不过，我们还要感谢王安石，正是他把苏东坡贬到黄州，让他成为无官一身轻的草民，正是那种彻底放松、天人合一的人生状态，让苏东坡创作了最好的作品《念奴娇·赤壁怀古》《前后赤壁赋》和《承天寺夜游》。记得在我20岁考一家省级话剧团时，我朗诵的就是《念奴娇·赤壁怀古》。“大江东去，浪淘尽，千古风流人物。故垒西边，人道是，三国周郎赤壁。乱石穿空，惊涛拍岸，卷起千堆雪。江山如画，一时多少豪杰！遥想公瑾当年，小乔初嫁了，雄姿英发。羽扇纶巾，谈笑间，樯橹灰飞烟灭。故国神游，多情应笑我，早生华发。人生如梦，一樽还酹江月。”我不知道台下几位考官听后如何，我只知道当我朗诵完毕，自己激动得真是有“飘飘乎如遗世独立，羽化而登仙”的感觉。

所以，当我在二楼展厅欣赏苏东坡的诗、词、散文、书法、绘画时，突然就冒出个念头：如果苏东坡当年不做那些劳什子官，如果不与王安石之流耗掉几十年，这样一个有才华的人该为我们留下多少不朽的作品？

提到苏东坡在杭州，还有一个绕不开的人就是苏东坡的小妾王朝云。王朝云，杭州人，曾是歌伎。12岁时被苏东坡收为侍女，长大后为侍妾。王朝云聪明，活泼有生气，更难得的是，小小年纪却非常爱苏东坡这样的诗人，也向往他的精神境界，一起读书、写诗、劳作。尤其是最后在苏东坡流放的许多年里，一直不离不弃跟随左右，是苏东坡共患难的红颜知己，苏东坡遭贬后，她誓死相随，1096年，因病在广东惠州去世，年仅34岁。在苏东坡一生的女人当中，说朝云最为知己，赞她是“天女维摩”（即一尘不染之意）。从这点来说，苏东坡的人生是完整的。因为人生的完整，不是你做了多大的官，有多大的名声，而是亲情、友情、爱情的拥有，所以说苏东坡是个幸福的人。

现在我漫步在苏堤上了。脚下的这条苏堤，就是苏东坡当年任知州时，针对水患和湖里淤泥带来的隐患，多次带领下属考察，最后提出对杭州水利进行全局“一盘棋”的综合治理。可以说，这条15里长的苏堤，就是苏东坡疏浚西湖的一首“大诗”。

林语堂先生说：“苏东坡已死，他的名字只是一个记忆。但是他留给我们的，是他那心灵的喜悦，是他那思想的快乐，这才是万古不朽的。”我以为，这是林语堂先生总结苏东坡一生最为传神的句子。

清照千年

山东章丘是个县级市，素有“小泉城”之称。

历史上章丘的百脉泉与济南的趵突泉齐名，宋代大文学家曾巩有云：“岱阴诸泉，皆伏地而发，西则趵突为魁，东则百脉为冠。”而位于百脉泉公园西北处的清照园，占地18000平方米，在全国现有的四座（济南、青州、金华、章丘）李清照纪念馆（堂）中规模最大，品位最高。园内建有吟风榭、溪亭、感月亭、文轩斋、碑廊、漱玉堂、燕寝凝香、金石苑、黄花馆、易安楼、海棠轩等15组建筑。行走其间，碧瓦飞甍，楼轩巍巍，秀竹翠柏，流水淙淙，是一座颇具苏州园林风韵的公园。

清照园正门向南。东侧竖有复原的李格非《廉先生序》碑，西侧耸立着由当代著名书法家舒同题写的“一代词宗”石碑。园门正中悬挂着著名书法家康殷题写的匾额“清照园”。进入正门，步入二门，迎面竖立着由著名雕塑大师钱绍武亲手雕制的李清照铜像。早闻李清照在世没有留下画像，当我反复拜读李清照“红藕香残玉簟秋，轻解罗裳，独上兰舟。云中谁寄锦书来。雁字回时，月满西楼。花自飘零水自流，一种相思，两处闲愁。此情无计可消除，才下眉头，又上心头”时，我就在想象着能写出如此之美诗句的李清照，一定是个纤瘦可人、多愁善感的人。此时，面对李清照的铜像，真有似曾相识之感，纤瘦的身材，潇洒的姿态，孤傲的目光，紧蹙的双眉，和想象中的李清照没有什么不同。把手中的相机放在地上，认认真真地向着心仪已久的“词国皇后”三鞠躬。

走进由著名书法家欧阳中石题写的“李清照纪念馆”，正殿是李清照纪念馆的主展室，巨幅版面上详尽地介绍了李清照的生平，陈列着李清照年谱和历代各种版本的著作以及国内外李清照研究的专著和文章。18幅代表李清照一生的行迹图，由山东著名画家吴泽浩、孙墨龙、于文江、韦辛夷等人创作，画中的李清照栩栩如生，给人以回味无穷之感。穿堂而过就是后院，西配房为金石苑，内展李清照之夫赵明诚的《金石录》及李清照的《金石录后序》等金石资料。后院正殿名“燕寝凝香”，为模拟李清照夫妇寝室，室中有一组体现其伉俪和美的“斗茶”雕塑。隔着珠圆玉润门帘，想到当年旷世才女与翩翩少年那一段美满的，让人不敢相信的婚姻生活，心里好一阵感叹。

说到李清照，就必提历来为人们高度赞誉的《声声慢》。《声声慢》是李清照晚年的名作。说起来还有一个令人伤心的故事。一天，一位朋友来访，李清照非常喜欢朋友带来的小孩子，萌生了把一生所学传授给这个“幼有淑质”的十岁小女孩的想法。不料，小女孩称谢后连说不可，李清照有些愕然，而小女孩随后说出“才藻非女子事也”。就是这七个字，像七把尖利的刀子穿透了她的一生——她一生尝尽辛苦孜孜求索的事情，在一个幼女眼里竟如此轻飘！还有什么样的打击能够让她更撕心裂肺？秋风起了，黄叶遍地，临近晚年的李清照，独自行走在临冬的南国大地上，一字一句吟出《声声慢》：“寻寻觅觅，冷冷清清，凄凄惨惨戚戚。乍暖还寒时候，最难将息。三杯两盏淡酒，怎敌他、晚来风急？雁过也，正伤心，却是旧时相识。满地黄花堆积。憔悴损，如今有谁堪摘？守着窗儿，独自怎生得黑？梧桐更兼细雨，到黄昏、点点滴滴。这次第，怎一个愁字了得！”

谁能了解一个封建社会知识女人真正的愁苦？作为一个爱国志士，不能像岳飞一样驰骋战场，报效国家；作为一个文人，她的精神在时代的高处，身心却在颠沛流离中同尘；作为一个乱世中的女人，她渴望爱情却难求朝朝暮暮——长夜如磐，风雨如晦，相知有谁？她只有把满腔心事写进词章，那些婉约的词句后面，搏动的分明是一颗挣扎、痛苦却坚强的灵魂。

天在不知不觉中暗了下来，抬头，一轮皓月挂在天边。我看着看着，突然想到当下文坛、诗坛流派纷呈，一批所谓的文人矫揉造作、故作深沉和玩世不恭地畸形化追求个体化的写作。想到我国现代杰出的爱国主义者和社会活动家，著名作家、学者、文学评论家、文学史家郑振铎在《中国文学史》中对李清照的评价：“她是独创一格的，她是独立于一群词人之中的。无数的词人诗人，写着无数的离情闺怨的诗词。这一切的诗词，在清照之前，直如粪土似的无可评价。”是的，丰厚的历史积淀和自然禀赋，孕育滋养了独具魅力的李清照。这位远在宋代的女词人不就是那一轮皓月，高悬在历史的星空，高悬在文化的高处，似莲静，清照千年。

文化奇人吴敬梓

安徽全椒县是18世纪伟大的文学家吴敬梓的故乡。我到全椒就是去拜谒心仪已久的这位中国文化史上的奇人。

名震皖东的吴府探花第，今天在地面上已是无迹可寻了，只有从地下挖掘出来的四个硕大的鼓形旗杆石，还静静地蹲在襄河北岸的吴敬梓纪念馆门前，使人很容易联想起它们昔日的荣耀和气派。

纪念馆由门厅、过厅、正厅三部分组成，依地势分成三层，由上、下两组十多级的石阶供游人登台拜谒。正厅上方的横匾是："名重儒林"，乃当代书法大家王蘧常的手笔。是啊，先生外表虽直率倔强、傲世凌俗、狂放不驯，然而内心却只能以外史自认，可后人不仅把他放在儒林正史之中，而且称作"名重"，先生可谓当之无愧啊！

满心的崇敬、景仰，使得我的脚步轻提轻放。跨过朱漆门槛，穿过门厅，一抬头便见石栏玉砌的过厅正中，矗立着一块巨型石碑，碑上镌刻着鲁迅先生对《儒林外史》的高度评价："迨吴敬梓《儒林外史》出，乃秉持公心，指摘时弊，机锋所向，尤在士林；其文又戚而能谐，婉而多讽：于是说部中乃始有足称讽刺之书。"过厅上方嵌着一块"讽谐喻真"楣匾。将目光久久停留在那深得《儒林外史》之神韵的四个大字上，崇敬之上似又添加了几分恐慌，如一位六龄蒙童，惴惴然去觐见那肃穆的尊师。

走出过厅，一座高达4.5米的先生铜像夺去眼球，让我刚刚张开的思想之翼骤然收拢。先生长衫布履，面目清癯，双目炯炯，美髯飘飘，脸上闪耀着那种看透了几千年历史烟云的智慧神光。我被先生容颜上透出的上古之气打动了。那是一种若有若无、柔和淡远、月下听琴的仪态。我暗暗揣想，一部《儒林外史》，就是从那颗穆然的头颅中泉涌而出的吗？"一史绘儒林，燃犀烛九阴。谢除脂粉态，活跃斗筲心。贬俗前无古，传真始有今。施罗笔调在，暴政岂能喑。”郭沫若先生的这首题诗，豁人耳目，不失为对吴敬梓一生和他的《儒林外史》一个高度概括。

面对先生，想先生当年在家使“灌夫骂坐之气”，持“庄叟物外之思”，结果遭人嫉妒和捉弄，屡试不中，而先生又一味地仗义疏财，加上爱妻遭病身亡，到最后连奴仆们都认为他不可救药，纷纷弃他而去，一时间他被“乡里传为子弟戒”。33 岁那年，他怀着“逝将去汝”的满腔愤懑，移居南京的秦淮河畔，并一直漂泊在外，直到客死扬州。今天，他苦涩的灵魂总算可以回归故里，得到永久的安息了。他可以一会儿走到屋外站站，用那双穿透一切的双眼，继续关注这无所不有、无奇不有的大千世界；他可以一会儿走进屋内坐坐，用那颗光耀千秋的赤心，继续思索这永远说不清、永远道不明的人情世故。

在陈列屋，只有我一个人。这样正合我意，可以独自一人和先生喁喁独语。同时以先生为镜，检点一下岁月留在心上的落花浮尘。我目睹了《文木山房集》，“默岩手稿”等吴氏家珍。目睹了先生传世的唯一手迹“奉题雅雨大公祖出塞图”诗。目睹了不同时期的 20 多种版本的《儒林外史》，以及英、法、德、俄、日、西班牙等各种外文版本。观赏了何香凝、老舍、刘海粟、范曾、李苦禅、启功、林散之等一大批名流的墨宝和手迹。高山作证，人心为凭，这些难道仅仅是对先生的景仰？先生那不习治生，蔑视科举，鄙夷权贵，放浪形骸，寄情风月，遇贫即施，挥金如土的豪爽性格，绝非常人可及。人可以证明生命的辉煌与伟大。先生对生命的掌握是主动的。尽管先生时运不济，命途多舛，但先生在证明生命的同时，珍惜那短短的必将会匆匆消逝的数十年光阴。证明需要执着，珍惜则可逍遥。逍遥是生命的一种放松状态，一种随心适性状态，是一种融我于自然之中、物为我用，物物而不物于物的境界。虽说先生当年被迫离开故土时的心情是“逝将去汝”，但先生对生命的辉煌证明，证明了他生命的辉煌。

时值冬季。站在纪念馆的一块空地上，环视四周，当目光再次停留在先生的铜像前，我突然想起了作家马丽华游历藏北高原时的慨叹：“灵魂如风！”风，空气流动也。风行天下，万象生辉。对于脚下这块经历了太多苦难和不幸的土地来说，历史不曾改变的是她的灵魂，是她那飘荡如风、锋利如风、正气如风的灵魂！仰视良久，我从先生那双炯炯目光中，忽然领悟到在我有限的生命之进行半数之时，此后的生命历程将不同于昨天。

的确，先生纪念馆的存在给后人有一种昭示。

拜谒鲁迅

我是在2019年的第一天走进鲁迅故居的。

鲁迅故居是一座具有江南特点的那种深宅大院。跨过台门斗，隔一个小天井，便是一间普通的泥地平屋。往东走过侧门，拐弯处有一口石栏水井，沿井边长廊进内，就是当年鲁迅一家的住处。西首第一间就是鲁迅的卧室。隔着栏杆伸头朝里望去，室内陈设简单，一张大床占了屋子的一半。紧靠西屋又是一个院子，院内有两株金桂树，此处被称为“桂花明堂”。鲁迅先生在《狗·猫·鼠》一文中曾写道：“那是一个我的幼时的夏夜，我躺在一株大桂树下的小饭桌上乘凉，祖母摇着芭蕉扇坐在桌旁，给我猜谜、讲故事。”我想，先生文中所说的大桂树恐怕就是眼前这两株中的一株吧！

先生故居的后面就是闻名的“百草园”。走进园中，由于刚下过一场雪，银装素裹，更渲染出寂静、安宁的气氛。遗憾的是眼前的园子，已没了“碧绿的菜畦，光滑的石井栏”，也看不到“紫红的桑葚”，听不到“油蛉在这里低唱，蟋蟀们在这里弹琴”。但盘根错节的藤蔓是有的，还有一口小小的井眼。站在园中，静静地，能感受到先生的存在，他仿佛还在叙说着当年长妈是如何描述赤练蛇和美女蛇的传说，叙说着当年是如何手拉一条长绳两眼盯着雪地上罩鸟雀的竹筛，急不可待地等待着鸟雀们自投罗网的情形。在这一刻，时空已失去了意义。

由“百草园”想到“三味书屋”，于是东行数百步，过一座石板桥，走进一扇厚重的木门，第三间便是书房。房屋正中悬挂着“三味书屋”匾额和松鹿图。两旁屋柱上有一副抱对：“至乐无声唯孝弟，太羹有味是诗书”。匾额和抱对都是清末书法家梁同书的手笔。书房中间有方桌、木椅，窗前壁下摆着八九张参差不齐的桌椅。一切都是先前的样子，只是用绳子拉着，不让人进去，于是只得站在绳外伸长了脖子向里张望，真希望能看见代表了先生精神一部分的那个“早”字。可惜，虽有大大的红箭头指过去，却无论如何也看不见。

从三味书屋出来，直奔心仪已久的咸亨酒店。酒店前，站着我们早已久闻的孔乙己全身铜像，穿着长衫，眯着眼，拈一只酒杯，面前还有一碟茴香豆，让人不由立刻想起，孔乙己用手指拢着小碟，喃喃道：“多乎哉？不多也”的妙极神态。走进酒店，真的有当街曲尺形的大柜台，也真有人靠在柜台边喝着酒，品着盐煮笋和茴香豆，不过当然不是先生笔下的短衣帮，而是和我一样来寻找感觉的游客。

要了一碟茴香豆，一小碗黄酒，没等坐稳，就急不可耐抓起一粒茴香豆往嘴里送，咬一口，其味像硬豆腐干，和想象的不大一样。于是，再送入一粒，一咬，吐出掰开一看，这不是我们常说常吃的蚕豆嘛。又不相信，怕闹笑话，只好怯怯地问服务小姐，得到的回答确实是蚕豆！这东西我太熟悉了啊。小时候，奶奶常常用一根线将煮熟的蚕豆一粒一粒串起来，挂在我脖子上，就像出家人颈脖上挂一串佛珠，想吃就用手拽一粒。当然，茴香豆若是慢慢嚼来，倒是给人以一股原质原物的淡淡清香味。这在现代口福过甚的背景下，细品这股清香委实让人过“舌”难忘。再品绍兴酒，真的无法形容那享受的滋味。与“清爽型”的茴香豆完全相反，那酒是“浓郁型”的。闻之，醇香扑鼻；品之，醇稠粘嘴。也正因如此，使得不会喝酒的我，也禁不住诱惑，将碗中的酒喝得干干净净，完了还咂咂嘴，如那孔乙己一般，摇头晃脑：“多乎哉？不多也。”

走出酒店，站在以鲁迅命名的大街上，四处张望着刚刚被雨雪清洗过的古城。我想，鲁迅在这里生活了 18 年，直到去南京求学。从故居到三味书屋，再到百草园，鲁迅童年的欢乐不过一瞬。家庭的变故太突然，祖父身陷科场贿案，父亲不久病亡……生活的艰难，让鲁迅“因此而明白了许多事情”，对他一生都刻骨铭心。在《呐喊·自序》中鲁迅说：“有谁从小康人家而堕入困顿的么，我以为在这途中，大概可以看见世人的真面目。”这真面目，太让他记忆犹新。以至成年后，他一次次提醒和告诫年轻人，这个世界是——吃人的。对于鲁迅的疾恶如仇和对社会采取的批判态度，不少学者认为和他少年的这段不幸经历有关，“倘没家庭内部的变更，成人后的他，也许最多不过是个旧体制的齿轮。”现实改变人生。鲁迅是最好的例子。

如今，故居人去屋空。但是，今天的绍兴因鲁迅而受益。自近代以来，有谁像鲁迅那样家喻户晓？绍兴若没鲁迅，是不可想象的！人们去绍兴，很大程度上是去看鲁迅。一个人的生命和一座城市融在一起，并让人怀想，就是不朽！

去看张恨水

从潜山县城出发，向北十公里就是岭头乡黄岭村。路程不算远，只是那路不是路，坑坑洼洼，小车行驶其中犹如在海上颠簸。司机说这车不能再往前开了，车的底盘不行。我们只好下车步行。

张恨水的故居就是一间破破烂烂的黄泥土屋。最多也就十来个平方。现在住着一户人家。另一处因年久失修，几年前住户在其上建了几间砖瓦房。进去看看，也是破破烂烂。走出，站在土屋前，能看到的故居原貌，只有池塘、墙基和后院的石头墙。池塘呈椭圆形，五颜六色的塑料袋、腐烂的杂物、陈年的枯叶、各种牲畜的粪便……在烈日的曝晒下发出刺鼻的腐臭气息！池塘四周是用方圆不一的石头砌成的塘埂。老房的屋基犹在，从这里可以想象出故居当年的轮廓。

出生于20世纪五六十年代的人没有不知道张恨水的。特别是当下正在热播的电视剧《金粉世家》，使得张恨水的小说仿佛重放的鲜花，开放在大大小小的书摊上。作为章回小说大家和鸳鸯蝴蝶派的代表，他铸就了中国现代文学史上的又一个金字塔。他的题材手法样式多元，内涵意蕴丰富，作品边出版边繁荣，不断被改编传播，对文学和社会以及受众的影响非常广泛，所以在他身后掀起了一波又一波的“张恨水现象”。张恨水的作品改编的影视剧有很多都家喻户晓，如前后13次被改编为电影、电视剧的《啼笑姻缘》，还有《金粉世家》《秦淮世家》《落霞孤鹜》《满江红》《夜深沉》《纸醉金迷》等，也都不止一次地被改编为电影、电视剧。

然而，大部分读者对张恨水的了解，也仅限于他的小说。其实，张恨水不仅是著名的小说家，还是一个极有成就的散文家，他一生创作散文四百余万字，这样的产量在现代作家中也是不多见的。

张恨水先生的散文内容丰富驳杂，东西南北，上下古今，天上人间，挥洒自如。总体上，他的散文风格可以用“冲淡”二字来概括。20世纪40年代，他在一篇文章中指出：“十几年来，文坛提倡小品文，多半是主张冲淡。”所谓的冲淡就是“表示从容和平之意”。冲淡是张恨水追求的散文境界。张恨水的散文大部分都可以称为美文或者小品，长到一千余字，短则数百字，文字简约，情文并茂，如一道小溪在山涧潺潺流淌，从容不迫。读他的散文，就像在庭院里品下午茶，在阳台上看风景，在躺椅上听音乐，恬静、安适、惬意，令人物我相忘。与先生的小说相比，先生的散文更像一颗尘封的明珠，可惜的是先生的散文一直未能得到应有的评价。而对读者而言，只读过张恨水的小说，而没有读过他的散文，还不能算真正了解张恨水，只有既读过他的小说又读过他的散文，对张恨水的印象才是完整的。

我读过先生的《绿了芭蕉》。读这些散文，字里行间，仿佛跟随先生漫步在六朝金陵的水云间，感受白门柳的清凉，到扬子江边兜风，在秦淮河听曲儿，在老万全喝啤酒吃地道的南京菜，徘徊在墙角下长满青苔、墙壁上爬满藤蔓的古巷……到了北平，我又跟随先生到琉璃厂买旧书，看陶然亭的芦花白，听故宫的暮鸦叹夕阳，在福隆寺的夜市上品瓜果飘香，在隐在老胡同的四合院里种植花木……也许有读者认为，张恨水的趣味无非文人的闲适与诗意，其实不然，张恨水无法脱离那个时代，时局牵着他的笔墨，民生的疾苦挂着他的心，比如写《风檐尝烤肉》《碗底有沧桑》这样的篇什，表面上看是写吃食，实质是写家仇国恨，虽无杜甫诗歌的沉郁雄浑，却有明清小品的冲淡平和，只不过冲淡平和里有着难言的悲喜。

张恨水还是个大孝子。抗战开始后，像张恨水这样的文化名人留在沦陷区，有被迫做周作人那样文化汉奸的危险，而他又无力把家人带往大后方。母亲深明大义，让他尽管走。张恨水出门一口气狂奔好几里路，不敢回头再看一眼老母亲。抗战胜利后，他告别重庆，返回安庆，在离母亲租住的小楼还有百余米，就跳下人力车疾奔。当看见小楼上翘首以待的母亲，大喊一声“妈——”，便泪流满面、远远地向母亲跪拜。接着，他冲上小楼，再拜倒在母亲面前：“妈，儿子对不住您，八年没有伺候您、孝敬您了……”这次与母亲短暂的相聚中，他回避了一切应酬，厮守母亲身边，给她端茶倒水、捶腿捶腰、嘘寒问暖。即便是母亲打牌时，他仍然不离左右，为她装烟丝、点烟火、续茶水。

1967年，张恨水生命中最后一个除夕，医生已经通知他的儿女为父亲准备后事。但这位72岁高龄、右半身偏瘫的老人，仍然让女儿用白萝卜切成两个烛台，点上红蜡，在儿子、儿媳搀扶下，颤颤巍巍地朝母亲遗像磕了三个头。闪烁的烛光下，他嘴里喃喃自语，向母亲倾诉着。七天后，农历大年初七，他离开人世，到另一个世界里与亲爱的母亲相聚了。

返回的路上，我就在想，现在各地都在打文化旅游牌，而张恨水的故居如此低矮，如此破败，当地主管部门都干嘛去了呢？难道他们就不知道，因为张恨水，潜山才有了人文意义上的高山仰止？

访茅盾故居

茅盾故居坐落于乌镇观前街17号，坐北朝南，是江南一带常见的传统木构架民居建筑，前后有两幢房屋，前一幢的三间平房为茅盾的卧室、书房和会客室。屋边有一小庭园，内栽棕榈、天竺、冬青、扁柏和果藤。其书房虽处于市中，却是个闹中取静、环境幽雅的地方。后一幢是两层小楼，用作厨房、饭堂、起居室。故居虽没有大户人家的气派，但流露着沈氏家族书香世家的儒雅之气。

故居大门上方高悬着陈云同志题写的“茅盾故居”匾额。门厅中放置着茅公握笔沉思的半身铜像。站在茅公像前，望着茅公那凝视远望的表情，一种神圣的感觉一下子攫住了我的心。最早知道茅盾这个名字，是看过根据茅盾作品改编的电影《林家铺子》，谢添扮演的林老板——中国文学宝库中小商人典型形象，给我留下深刻印象。后读《子夜》，中国民族资本家的一个典型形象——吴荪甫的人物塑造，再一次给我以强烈的震撼。借用瞿秋白所说：“这是中国第一部写实主义的成功的长篇小说……应用真正的社会科学，在文艺上表现中国的社会关系和阶级关系，《子夜》不能不说是很大的成绩。”

门厅靠西的一间家塾，当年茅盾的三个叔父和二叔家的三个孩子及茅盾自己，幼年都曾在这里接受过祖父沈砚耕及父亲沈永锡的教育。老屋楼上东首第一间为茅盾祖父母卧室，第二间是茅盾父母的住处。1896年7月4日，茅盾就出生在这里。这个房间面积不大，现在里面的陈设，是根据茅盾亲属的回忆布置的，基本上保持原来的模样。靠里边的是一张宁式雕花大床，贴壁放着小床、衣橱和几叠衣箱。临街有窗，窗下放一张书桌，这是茅盾五岁时母亲陈爱珠教他识字的地方。

走进书斋，我很仔细地打量了一下，书斋约100平方米，上衬天棚，下铺地板，南北两面全是玻璃排窗，颇具日本民居风格。北壁窗下有一张写字台，据资料介绍，1935 年秋，先生《子夜》的续篇《多角关系》就是在这张写字台完成的。书斋与老宅之间有一小天井，内栽一棵棕榈和一丛天竹。站在天井内，望着那挺拔的棕榈和葱郁的天竹，我遐想着，大师当年写作之余，一定是手拿一个木制的水瓢，给它们浇水，在这个过程之中，大师的心情一定是愉悦的，而且在这一过程中，一篇篇名著在这里完成了构思。

曾在一份资料上看到茅盾的父亲沈永锡是一位秀才，母亲陈爱珠是茅盾的第一个启蒙老师。在茅盾五岁那年，陈爱珠选了《天文歌略》《地理歌略》等书为教材，还根据《史鉴节要》用文言编成一节一节的歌诀作为历史读本，亲自施教。这些早期的熏陶，让童年时代的茅盾表现出了对文学的浓厚兴趣以及非凡的文学天赋。

茅盾 13 岁那年，在乌镇植材高等小学读书。在学校，茅盾的各门功课都名列前茅，特别是他的作文更是出色。有一年会考，作文的题目是《论富国强兵之道》，茅盾很快写就了一篇四百多字的议论文，文章的最后一句是“大丈夫当以天下为己任”。主持会考的先生对茅盾的文章大加赞赏，并在最后一句上加了密圈，写了如下评语：“十二岁小儿，能作此语，莫谓祖国无人也。”

不仅如此，茅盾在学习期间，还写下了 16000 多字的《文课》作文册。茅盾的每一篇作文因见解和表达方式独特，深得老师的喜欢和器重。一篇《宋太祖杯酒释兵权论》作文，老师给予的评语“好笔力，好见地，读史有眼，立论有识，小子可造，其竭力用功，勉成大器!”在作文《文不爱钱武不惜死论》中，老师为少年茅盾写下了“慷慨而谈，旁若无人，所势雄伟，笔锋锐利，正有王郎拔剑斫地之概!”的评语。还有一篇《秦始皇汉高祖隋文帝论》，老师审读后欣喜莫名，写下了“目光如炬，笔锐似剑，洋洋千言，宛若水银泻地，无孔不入。国文至此，亦可告无罪矣!”一个国文老师见到这样水平的学生，能不欣喜吗？1992 年，《文课》被定为国家一级文物。

20 世纪 30 年代，茅盾的名声如日中天，而晚年的他却疾病缠身。84 岁的他饱含深情地写了一篇散文——《可爱的故乡》。文章的开头便是：“浙江是个物产丰富，风景秀丽，人才辈出的地方。虽然我仅仅在那里度过了青少年时代，却深深地怀念它!”回首往事，先生感叹：“在 20 世纪二三十年代，我还间或回家乡探望母亲，而 1940 年母亲的去世，终于切断了我与故乡连接的纽带，那正是风雨如磐的年代。解放后，故乡日新月异，喜报频传。每当我从故乡来人的口中听到好消息时，总想回去看看，可又总是受到意外的干扰，其中就有‘文革’十年的浩劫。然而，漫长的岁月和迢迢千里的远隔，从未遮断我的乡思。”“白日放歌须纵酒，青春作伴好还乡。”病榻上的茅盾先生只能“且将文章作酒杯，斟满思乡不了情”。

斯人已逝，故居还在，其文永存！

多情的郁达夫

富阳市是个县级市，离杭州不远，上高速一小时不到。去富阳不为别的，就是去拜访郁达夫故居。

到达富春江边的郁达夫公园已是下午四点。经人指点，我们沿着一条鹅卵石铺就的小路往江边走，不一会儿，就看到了郁达夫的铜像。铜像的背后是一座两层三开间的旧式楼房，坐北朝南，距富春江不到百米。故居屋前有一个方石板铺就的广场，郁达夫铜像就静静地安坐在广场中的一块石座上。铜像的上身穿一件长褡襻纽扣的对襟竖领短褂，下身露出半截长袍，右手握着一卷书，搁在膝盖上，双眼看着前方一川如画的富春江，神态极其安详平和。铜像四周植以花卉草药。

走进庭院，楼前是座花木扶疏的小花园。花园被一条甬道分为两半，西面有两棵大树，一棵是柚子树，另一棵是枇杷树。院子东面，几乎都是中草药，郁家祖上曾是几代儒医。甬道正面一层为正厅、厨房等房间。屋内陈设着简单的清代家具，堂屋正中挂着郁达夫的画像，四周陈列有丰子恺、黄苗子、茅盾等名家的题字及画作。尤其引人注目的是正厅左墙一幅鲁迅先生的亲笔手书：“运交华盖欲何求？未敢翻身已碰头。破帽遮颜过闹市，漏船载酒泛中流。横眉冷对千夫指，俯首甘为孺子牛。躲进小楼成一统，管他冬夏与春秋。”看到这，我在心里“噢”了一声，原来耳熟能详的“横眉冷对千夫指，俯首甘为孺子牛”“躲进小楼成一统，管他冬夏与春秋”是鲁迅先生专门写给郁达夫的啊！

二层为郁达夫及其母亲的卧房。郁达夫的房间里，一张老式木床占据了大半空间，床上支着一顶纱布蚊帐。床前的一侧墙上挂着郁达夫和第一任妻子孙荃的照片。郁达夫说过他与孙荃的结合，是为了成全年事已高的母亲的心愿，他与孙荃的婚礼也由其母亲包办的。靠墙立着的一架老藤编制的书架上，密密地插着书籍。郁达夫嗜书如命，读书、藏书名闻一时。郁达夫曾有诗曰："绝交流俗因耽懒，出卖文章为买书。"眼前的这个书架便是很好的一个注解了。

众所周知，在中国现代文学史上，郁达夫的《沉沦》奠定了他在新文学运动中不可撼动的重要地位。然而有所不知的，郁达夫还是一位很浪漫很多情的人。他的恋爱经历也如同他的文学名篇一样，焕发着迷人的光彩，怅惘也罢、迷离也罢、悲歌也罢，一并都成了传世的名作。

郁达夫 15 岁那年，一次在城隍庙看戏时，他与一赵姓的女孩一见钟情。郁达夫被她那种娴静的风度和富家闺秀的大方迷住，男女之情的启蒙整整扰乱了他两年的心绪。17 岁那年毕业后将赴杭州的前一晚，郁达夫曾去她家辞行。正好赵家无人，他与她熄灯相对，"她只微笑着看看我，看看月亮，我也只微笑着看看中庭的空处"，就这样，郁达夫感到"怎样一股满足，深沉，陶醉的感觉"，那分明便是一种水样的春愁。只可惜六年后当郁达夫留学日本回来奉命与孙荃订婚时，却在街头偶遇已婚后怀孕、回娘家小住的赵家女孩，他远远瞟了一下她的背影，此时此刻，"罗敷陌上，相见已迟"。

郁达夫虽然奉母之命和孙荃结合，但他对于孙荃始终欠缺一份激情。正因如此，当文艺女青年王映霞出现在他的面前时，郁达夫有被雷击中的感觉，一见倾心，神态失常，有如但丁初见贝雅特丽丝。

王映霞是郁达夫朋友的女儿，端庄漂亮，聪明摩登，是一个新式女性。王映霞在认识郁达夫之前也已读过郁达夫早期的代表作《沉沦》，对其才华很是仰慕，但两人相识时，不但郁达夫是有妇之夫，王映霞亦已有婚约。郁达夫为了赢得王映霞的欢心，写了无数的情书给她。不仅如此，郁达夫还为王映霞写了无数情诗，其中一首常为人传诵："朝来风色暗高楼，偕隐名山誓白头，好事只愁天妒我，为君先买五湖舟。"王映霞终于为郁达夫的一片痴情所感动，1928 年 2 月与郁达夫在西子湖畔大旅社举行婚礼，据说两人的婚事轰动杭州全城。当时柳亚子并赠诗郁达夫，其中"江上神仙侣"一句传诵一时。然而十年后的 1938 年，郁达夫在香港的《大风》发表《毁家诗纪》，爆出王映霞对他的背叛，用尽了弱者的报复手段，导致王映霞果断地告别了他和儿子，在重庆很快嫁了人。

郁达夫流亡在新加坡时，因为会说日语而被疑为间谍，最终被汉奸告密，1945 年被日本宪兵杀害于苏门答腊。他死后的第二天，他的最后一个女人为他生下他们的第二个孩子，这个女人的名字是郁达夫取的，叫何丽有，小他 20 多岁。

当我走出郁达夫故居，眼前是静而又静的富春江水。斯人已矣，山高水长！我想，郁郁孤行、漂泊一生的郁达夫，如果梦回“秦时风物晋山川。碧桃三月花似锦，来往春江有钓船”的故里，是否可以恩仇两忘，回到童年，欣欣然，做一个站在家门口看看江水、看看天的多情少年？

丰子恺和他的缘缘堂

去桐乡石门镇，就为一睹丰子恺先生的缘缘堂。

今天的缘缘堂其实是30多年前在原址按原貌重建的。1937年末，缘缘堂被侵华日军炸毁。只有进门院墙处镶在玻璃框内的两扇布满弹孔、乌漆墨黑的焦门，是老缘缘堂唯一的遗存。

一进院门，丰子恺先生一袭长衫，静立院中，前后是鲜花和草坪。迎面一面墙，是他的题字："一片片的落英都含蓄着人间的情味。"看着这字，内心沐浴着先生特有的静谧的温暖，那是艺术家的智慧与佛家的灵性融会的结晶。院墙角落的几棵芭蕉树，高大粗壮，中间那棵弯出一枝肥硕的芭蕉花来，那弯出的弧度恰到好处，花瓣已凋落了大半，活脱似一盏古铜质地的旧式样路灯。

缘缘堂正厅在院中面南，门楣上悬挂着叶圣陶书的"丰子恺故居"匾。堂额下面挂一幅红梅中堂，系著名画家唐云仿吴昌硕画意之作。中堂两旁悬挂两副对联，内联是"欲为诸法本，心如工画师"。此联原为弘一法师录书《大方广佛华严经》句，现仿制改成板联。外联是"暂止飞鸟将数子，频来语燕定新巢"。系丰子恺录书杜甫《堂成》诗句。

走进厅堂，八仙桌、太师椅，齐整有序，典型江南老宅的样式。穿过厅堂上楼，那楼梯虽比明清时期的徽式宅院要宽阔些，但仍显陡窄。上去后却是豁然开朗，以楼梯为界，南北各是三个房间，朝南方向从左至右分别是卧房、书房兼画室、女儿的卧房。

西房原为先生书房，现摆放丰子恺半身铜像。书房的陈设极为简朴，窗前放着一张斑驳的大书桌，一把捆扎修补过的旧藤椅。书桌上放有丰子恺生前用过的文房四宝及《辞海》等书籍。书橱中陈列有他的著作和译作，此外还有一些先生的手稿、照片、信札、印章等。1933年至1937年间，丰子恺间或往返于沪杭等地，大部分时间住在缘缘堂专事著译，完成近20部作品，这是他创作生涯的黄金时代。

东房为丰子恺的卧室兼画室，基本按原样布置。靠后壁是一张简易双人垫架床，两侧为书箱书橱，前面窗口放一张九斗写字台和一把藤椅。案上书页翻着，先生在页面上写字："再版请照此本"，"有否再版价值，请为审阅，书名似拟改为《西洋音乐故事及知识》以求符实"。时间分别是1952年和1958年。半个世纪过去了，先生还在工作。

试着在书桌前小心坐下，窗子正对着院墙，触目之处，皆是风景，密密匝匝的爬山虎、疏朗高大的芭蕉树，还有缠绕着芭蕉树攀缘而上的牵牛花，这些景致镶嵌在一块块窗格中，构成了一幅幅绝美的画作。

缘缘堂临大运河而建，大运河从杭州流至这里形成了一个120°的大湾，折向东北。沿河岸走去，约200米，大河现于眼前，帆桅接踵，烟波浩渺。岸边青草，水中莲叶，水光潋滟中，别有一种气象。河岸立有一碑，上镌"古吴越疆界"五个大字。桐乡地处杭嘉湖平原腹地，东边是上海，西边是杭州，北边是苏州，占尽了江南的大好风物，这原是产生诗情画意的地方。

丰子恺先生墓园地势高旷，四周遍植松柏，四季常青。墓前河滨边种植着他生前最喜欢的杨柳树，墓后是一片农田。墓园西侧是缘缘亭，亭子采用青田红石建造，外观呈六角形，坚固而美观。亭内上方雕刻了六幅具有浓厚乡土气息的丰子恺漫画，分别是《牛郎织女星》《南亩》《三眠》《归宁》《云霓》和《野外理发店》，均为江南农耕生活题材，体现了他对故乡的深厚感情，中间是一首回文诗："幽树芳飞雪落花艳舞风流雾香迷月转霞淡雨红"，此诗无论从哪一个字读起，也不管是从左开始，还是从右开始，都成一首五言绝句，如"飞雪落花艳，舞风流雾香。迷月转霞淡，雨红幽树芳。"或者："树幽红雨淡，霞转月迷香。雾流风舞艳，花落雪飞芳。"据说是清代一名文人砚上的铭文。亭额"缘缘亭"三字系著名书法沈定庵先生书写。亭联是"文字如陶淡而弥旨，画图曰漫挹之愈深"，系上海著名学者周退密先生撰写。亭内竖有一碑，上刻"缘缘亭记"一篇，由美术评论家柯文辉撰文并书写，全文如下：

子恺翁文外淡内腴，风神旷逸清和，晚作温婉微讽，惜未尽才。漫画芸芸大千，天籁活脱，线老境遥。儒墨仁爱、佛家悲悯、西方人道存焉。广译俄日名著，剖乐析画，教泽荫神州。父老遵其赤子恋乡遗愿，葬之古吴越界。筑亭翼然，供游吊者思憩。

不知不觉，天黑了下来。正准备找一家饭店填饱肚子，不经意间，一钩明月挂在夜幕上，竟是这般的清凉皎洁！我忽然想到了丰子恺先生的漫画《人散后，一钩新月天如水》。恍惚间，时光回转，似看到先生那清癯的身影，正从堂前缓缓踱出，就如那一钩明月，总也不老，总是那么清清爽爽，总是那么明明亮亮！

拜谒沈从文故居

很早就听人说："世人知道凤凰，了解凤凰，是从沈从文开始的。"到古城凤凰，是一定要去沈从文故居的。

沈从文故居位于古城的中营街10号。这是一栋已有百余年历史的老宅，是沈从文先生的祖父沈宏富于同治五年（1866年）购买一旧民宅拆除后而兴建，其建筑风格颇像北京的小四合院。小院前后两进，中间一个小天井，左右共10间房，马头墙装饰的鳌头，镂花的门窗，小巧别致，是个静心修养、读书会友、颐养天年的绝佳处。

进入正屋，迎面是沈从文的白玉石半身雕像，上方是叶浅予为先生画的速写。由右侧进入陈列室，先生求学、当兵、教书、写作、编辑、考古、研究的一生，就从这里开始了。

少年时代的沈从文天性活泼好动且贪玩，常常逃学，喜欢看戏。后因老师的一句："勤有功，戏无益，树喜欢向上长，你却喜欢在树底下，高人不做，做矮人，太不争气了"的批评，让沈从文知耻而后勇，一改顽劣，勤奋学习。1929年沈从文被胡适先生聘请到上海当了老师。第一次登台授课，因为紧张，呆呆地站了十分钟。好不容易开了口，急促的又用十分钟全讲完了。他再次窘迫，无奈，在黑板上写道："我第一次上课，见你们人多，怕了。"此事传到胡适耳里，胡适笑着说："上课讲不出话来，学生不轰他，这就是成功。"

1934年初，沈从文的代表作《边城》发表。小说着眼于普通人、善良人的命运变迁，描摹了湘女翠翠阴差阳错的生活悲剧，诚如作者所言："一切充满了善，然而到处是不凑巧。既然是不凑巧，因之素朴的善终难免产生悲剧。"该小说是沈从文先生的不朽之作，也是现代文学的经典之作。随后，《萧萧》《三三》《湘行散记》《湘西》《从文自传》相继出版。

新中国成立，沈从文在鼎盛时期突然淡出文坛，从事文史研究。从1957年到1963年间，他发表了大量的学术文章，并且撰写出版了《唐宋铜镜》《龙凤艺术》《战国漆器》等学术专著。1964年，受周恩来总理委托，沈从文历时18年，一部皇皇巨著《中国古代服饰研究》出版，填补了我国文化史上的空白，奠定了沈从文历史学家、考古学家、古代服饰学家的地位。胡乔木致函沈从文祝贺："以一人之力，历时十余载，几经艰阻，数易其稿，幸获此鸿篇巨制，实为我国学术界一重大贡献，极为可贺。"

1988年5月10日，沈从文于北京逝世，享年86岁，叶落归根归葬于故乡。沈从文墓地没有凸起的坟土，一块从墓穴后凿起来的不规则的天然五色巨石矗立，成为沈从文墓独特的标志。墓碑正面，集其手迹，其文曰："照我思索，可理解我；照我思索，可认识人。"背面刻有美国耶鲁大学教授张充和先生撰书的挽联："不折不从，星斗其文；亦慈亦让，赤子其人。"这四句话的最后一个字连起来是"从文让人"。

我理解那个"我"字，既是自我，又是非我。说其是指自我，是我行我素的含意；说其非我，最后一句是指客体的他人而言。我想：是否它内藏沈从文先生对社会以及对人生的认知，透射出先生一生的隐忍大度？试想一下，一个年轻时就立志从文的湘西才子，到了人生的成熟期，忽然弃笔去从事古代服饰研究，在精神上要经历多么大的洗礼。

在这里，一张张清晰珍贵的图片，记录了沈从文步入尘世后所走过的艰难历程，那一行行流畅深沉的文字，忠实地记录了先生成长的过程。先生的一生，向人们奉献了900余万字的宝贵文化遗产，他以一个老人的平和心态欣赏沱江川流不息的柔情和低吟浅唱，并把自己辉煌、坎坷、复杂的一生留给了家乡，使古城凤凰成为历史文化名城的亮点，一抹永不褪色的风景。

我空手而来，离开时，却带走了很多，包括先生人生感悟的启迪。再次站在沈从文雕像前，向先生深深鞠躬，无限感怀；在先生这颗心灵前，世界是那么安静，如婴儿的呼吸……

访柔石故居

“忍看朋辈成新鬼，怒向刀丛觅小诗”，这是鲁迅先生在 1933 年，为了纪念“左联五烈士”，写下《为了忘却的记念》这篇著名杂文里引录的诗句，倾吐了他对柔石等五位革命青年作家的深厚情感和思念。鲁迅先生在文章中较大篇幅地写到了革命作家柔石，回忆自己与柔石在文学事业与生活上的多次交往和感触，因为在五位遇难烈士中，柔石和鲁迅先生关系最为亲密，最得先生喜爱和器重，由此也让我们后人把柔石深深地镌刻在记忆之中。

柔石的故居位于浙江省宁海县西门柔石路 1 号。走进由鲁迅夫人许广平题写的“柔石故居”，迎面就是鹅卵石铺砌的院子，因为岁月的淘洗，鹅卵石圆润而光泽。院子正中栽着一棵桂树，枝繁叶茂。正厅里有一尊柔石的半身铜像，天然卷曲的头发，光洁的前额，细边眼镜，典型书生气，却又让人感受到一种特有的刚毅。

环顾四周，这是一座旧式砖木结构的二层楼三合院，一楼西厢房的南次间是柔石父母的居室，1902 年 9 月 28 日，柔石就诞生在这里。他本姓赵，取名赵平福，后改成赵平复。他的父亲赵汝能学徒出身，25 岁那年，经人撮合，娶了城西一家豆腐店的玉兰姑娘为妻。在柔石降生的第二年，他的父亲自立门户，在宁海县城开了一家叫“赵源泉”的咸货店，虽然夫妻两人辛苦经营，但在当时正是昏聩腐朽的清王朝走向没落的时期，苛捐杂税丛生，商业市场萧条。赵汝能时常感到生意难做，家庭生计拮据。由于家境清贫，柔石直到十岁才上小学。

柔石就读的这所正学高等小学，在当地颇有声誉。“正学”是对明初宁海名儒方孝孺“读书之庐”的尊称，方孝孺因拒绝为篡位的朱棣起草登极诏书而被“灭十族”的故事，在宁海城乡家喻户晓，给少年柔石的思想影响很大。以致后来鲁迅就曾说柔石身上有一股方孝孺似的“硬气”，为人“颇有点迂”。这也难怪，柔石自幼便生长在方祠前，受了方孝孺精神品格近水楼台般的熏陶。小学毕业后，16 岁的柔石以优异的成绩考取了浙江省立第一师范学校。

西厢房的北次间是柔石的婚房，1920 年 18 岁的柔石遵父母之命，与长他两岁的同乡吴素瑛完婚，婚后他们育有两子一女。与西厢房同方位的二楼，就是柔石的书房。现在的布置仅一床、一柜、一桌、一椅，简洁异常。桌子面窗，有一盏煤油灯，应该是柔石晚上看书用的。看着旁边竖牌标注着的介绍，房内的物品皆为原物，并按原样摆放。书房外，是一个打通的陈列室，陈列着柔石大量的图片、物品、著作和手稿，这些珍贵的资料，清晰记录下他在文学和革命道路上留下的不可磨灭的脚印。

柔石有过两次婚姻。1926 年春，柔石经友人介绍，投奔到在上海的鲁迅麾下，受到鲁迅先生的器重和喜爱。柔石追随鲁迅先生，可谓是他人生道路上的一个重要转折点。他在鲁迅的教育和影响下正视社会、直面人生、批判黑暗，思想境界和文学创作的社会责任感飞跃式提高，使他在上海进步的革命的文化艺术界站住了脚跟。从一介书生终成为一名忠诚的文艺战士、一个正义的革命作家。1929 年，堪称是他著译成果最丰硕的一年，先后出版了长篇小说《旧时代之死》，中篇小说《二月》《三姊妹》，短篇小说、散文集《希望》，还有两部独幕剧、诗歌，以及被收入《近代世界短篇小说集》之一、之二中的译作，创作著译成绩斐然。这一年开始他在作品上署名柔石这个笔名。

在上海期间，柔石认识了女作家冯铿。冯铿出生书香世家。15 岁就在报刊上发表文章，21 岁创作出带有自传性质的中篇小说《最后的出路》。1929 年，她为追求革命真理来到上海，入党后一直从事革命工作。冯铿与柔石的接触，源于她想拜会鲁迅的强烈愿望，想通过柔石引见。没想到一见柔石，就被柔石的文学才华所倾倒，柔石也被冯铿火热的情感和坚毅的性格所吸引，两人在随后的革命活动中并肩战斗，感情与日俱增，最后收获了志同道合的爱情。但现实的问题却横亘在他们面前，柔石已有结发的妻子，生活在宁海老家，勤劳朴实，但两人之间没有共同语言，这场封建包办婚姻的结合，常常使柔石陷入痛苦和矛盾之中。所以他的很多作品都有写对美好爱情的渴望，究源由此吧！其实他们每个人都没有错，错就错在当时的那个年代。

1931 年 1 月 17 日，柔石和冯铿一起参加党内一次秘密会议，因叛徒告密而双双被捕。2 月 7 日深夜，两人与其他 22 位革命者被反动当局集体枪杀，壮烈牺牲，柔石29岁、冯铿24岁。这对红色恋人短暂的爱情就这样被黑暗吞噬了。与柔石、冯铿一同遇难的“左联”作家还有李伟森、胡也频、殷夫，人称“左联五烈士”。鲁迅闻此噩耗，悲痛不已，沉重地感到自己“失掉了很好的朋友，中国失掉了很好的青年”，他在《前哨》杂志“纪念战死者专号”上亲撰《柔石小传》和《中国无产阶级革命文学和先驱的血》来悼念他的战友。在“左联五烈士”被秘密杀害两周年之际，鲁迅发表了《为了忘却的记念》文章。

怀着敬仰之情，我走遍故居的每一个角落，耳畔响起鲁迅先生的声音：“即使不是我，将来总会有记起他们，再说他们的时候的。”是的，我们记得，从不曾忘却。

大家赵树理

走出武宿机场打车去太原市区，司机问我去哪儿，我说去南华门赵树理故居。司机回头看我一眼，问赵树理是谁啊？司机年龄不大，顶多三十出头。我说：“也难怪你不知道，我现在告诉你，在我们中国文学史册上，赵树理是位赫赫有名的作家。你知道《小二黑结婚》《三里湾》《李友才板话》吗？”司机摇摇头。我叹了口气说：“作为山西人、太原人你应该知道赵树理啊，他是你们山西人的骄傲啊！”司机倒也挺好，请我给他说说赵树理其人其事。于是一路上，我将我所知道的赵树理向他慢慢道来。

车到南华门停了下来。下车时，我对司机说赵树理故居就在这条街15号。

很快就找到了赵树理故居。门口石碑上镌刻薄一波先生题写的“赵树理故居”。走过院门，里面系一面围墙的三合院建筑，坐北向南，青堂瓦舍，砖木建筑，占地面积约300平方米。北侧的围墙下是赵树理的塑像，两侧影壁上刻写着郭沫若、周扬评价赵树理的文字。

东屋是赵树理生平事迹展览。赵树理出生于山西省沁水县的一个农民家庭，1925年夏考入山西省立长治第四师范，开始写新诗和小说。1930年来到太原后，先为人抄字、糊信封、替老师看作文，后到饭店当厨工，抽空写些文章。1937年加入中国共产党，投身革命。赵树理是小说家，也是戏剧家，还懂得曲艺。他常常讲起家乡的民歌、小曲，高兴了就唱上几口，他说这些农民的创作最好听。1949年赵树理来到北京，成为大众文艺创作研究会的执行委员，不久被调往文化部戏剧改进局曲艺处当处长。之后又调到北京市文联，被选为文联副主席，后又到中宣部当文艺干事，接着到中国作协工作。1965年初，赵树理合家离开北京回到山西住进此院，在这里他度过了一生中最后的时光，直至1970年去世，终年64岁。

西屋是赵树理的书房，摆设简单又自然。赵树理半身塑像下面，摆放着精装的赵树理全集五卷本，旁边陈列着我们都熟悉的《小二黑结婚》《李有才板话》《灵泉洞》《下乡集》《李家庄的变迁》《三里湾》等作品。引人注目的是那张老式写字台，桌面木质优良，两侧是带抽屉的柜子，古旧却很结实。据说它曾是美国驻中国大使馆的办公用品，1949 年美国使馆撤离时，委托北京东单三洋商行拍卖，赵树理便以旧币三百万元（相当于现在的 300 元）购得。赵树理坐的那把木椅，油漆斑斑驳驳，椅面都磨出亮光了。一墙书柜的这面是赵树理上街买菜用的柳编挎筐，那边挂着赵树理下乡背着的书包和那顶前进帽，都早就褐色了。

南房则是赵树理家的厨房和会客厅，宽敞而又明亮。赵树理的农民朋友很多，不管谁来，他都要请吃一顿便饭。

看实物、看图片、听介绍，我被赵树理的人品和文品所感动。这不仅因为他是“山药蛋”派文学群体的拓荒者、代表人物，更因为他的《三里湾》《李有才板话》《小二黑结婚》等名著，因其作品具有新鲜朴素的民族形式，生动活泼的群众语言，清新浓郁的乡土气息，使小说表现出一种“本色美”，在广大读者心中烙下了极深的印记，被誉为成功地借鉴民间文艺里“讲故事”的手法，以故事套故事，巧设环扣，引人入胜，使情节既一气贯通，又起伏多变，成为新中国文学史上最重要、最有影响的文学流派之一，是一位真正的“人民作家”。

站在小院里，再一次面对赵树理塑像，想起毛泽东当年向文艺界推荐赵树理说的话：“太行山出了一个了不起的青年作家！”是的，赵树理的确是中国现代文学史上一位有重大影响的作家。他独创的大众化风格开了一代新风。他的这一生，亲近老百姓、写老百姓，讲老百姓的故事。在他的心里，人民，就是天下；天下，就是人民。赵树理认准了这条创作之路，开创了“山药蛋”派，一步一步，扎扎实实。我们说，作家可以很自我、很小众、很穿越、很超脱，但必须树立社会责任感，创作积极向上、具有精神营养和传递正能量的作品。人民与生活是文艺创作的源头活水。赵树理就是一位作家深入群众、扎根基层的典范。我们的时代呼唤新一代“赵树理式”的作家，能像赵树理那样写出真正深入农民生活、挖掘农民内心世界、反映农民诉求的优秀文学作品。

离开时，我深深地向赵树理塑像三鞠躬。

儒雅钱钟书

“人生如围城，城外的人想冲进去，城里的人想冲出来。”这是小说《围城》中的经典之句。初读《围城》，满心充盈着敬服，乃至敬畏。先生的语言精妙，哪怕是只言片语，只需细细揣摩各种蕴含的深意，就不难猜想先生经年历久的饱读诗书，直至写下《围城》时不费吹灰之力地抓起一把一把的方块文字戏弄于黑墨白纸间。

因为《围城》，三月的第二个双休日，我专程去无锡市拜访钱钟书先生的故居。

我站在了新街巷30号钱钟书故居大门前。这是一座典型的江南建筑，白墙青瓦，屋顶飞檐，门楣上一块匾额，只有“钱钟书故居”五字，没有多余的装饰，简洁朴素。大门两边有一砖刻对联：“文采传希白，雄风劲射潮”，由钱钟书父亲钱基博所撰。“希白”乃吴越王钱镠的重孙、北宋文学家钱易的字。“射潮”二字，典出于苏东坡的《八月十五日看潮》中的“安得夫差水犀手，三千强弩射潮低”之句。此联，既称颂了钱氏祖先的文采武略，又显示了撰书者的超群之才、浩然之气。

始入门内，是一道玄关，玄关前是先生的一座半身雕像，和蔼可亲。旁书一副对联：“枯槐聚蚁无多地，秋水鸣蛙自一天。”回来后我上网查了一下，此联出自元好问诗《眼中》：“眼中时事亦纷然，拥被寒窗夜不眠。骨肉他乡各异县，衣冠今日是何年？枯槐聚蚁无多地，秋水鸣蛙自一天。何处青山隔尘土，一庵吾欲送华颠。”钱钟书自号“槐聚”，即处于此。

往里，是一天井，面积不大，左右各立绿叶葱葱的小树，正面一间大厅，正上方一块匾额：绳武堂。展板上说明是典出《诗经 · 大雅 · 下武》里的“绳其祖武”，意为遵循先祖足迹。庭柱上书一副抱柱楹联，系南通状元张謇所撰书，联曰：金匾抽书，有太史子；泰山耸桂，若颍川君。据说，钱钟书周岁时“抓周”，既未抓玩具，也未抓瓜果食品，竟抓了一本书。其父为之取名“钟书”。张謇许是察觉到钱家祖孙三代文气之盛志向之高，故有此联，以寄厚望。

由先生“抓周”，我想到了沈从文先生，据说也是因为相同的“抓周”而就此“从文”。两位带着书香降临这浑浊人世的先生，无独有偶的共同选择了这条从前无意识选择的路，并无独有偶的一起看清了人世的污浊。然而他们又选择了各自不同的方向。沈从文先生选择了回避，他极力歌颂真善美，不理会现实黑暗，钱钟书先生选择直面这黑暗的世界，尽其所能抨击这吃人不眨眼的腐烂的社会，最终两人的目的又汇在了一起，那便是对新世界的希望。

院子左边，被隔成了几个互通的小间，里面是详细的资料陈列：生平事记、各个时期的照片，主要著作：《围城》《写在人生边上》《人・兽・鬼》《谈艺录》《管锥编》《七缀集》、简报资料等。我边走边看，遥想着先生儒雅淡然的一生，不由想到先生生前的几件趣事。1991 年，全国有 18 家电视台联合拍摄《中国当代文化名人录》，要拍钱钟书，被他婉拒。别人告诉他会有很多的酬金以及曝光率。他淡淡一笑：“我都姓了一辈子‘钱’了，还会迷信这东西吗?”电视剧《围城》热播后，钱钟书的新作旧著，被争先恐后地推向市场。面对这种火爆，钱钟书始终保持静默。对所谓的“钱学”热，他认为“吹捧多于研究”“由于吹捧，人物可成厌物”。一位英国女士打电话说非常喜欢他写的文章，想到家中拜见作者。他在电话中说：“假如你吃了一个鸡蛋觉得不错，又何必要认识那只下蛋的母鸡呢?”

院子右边的一间，是先生的卧室。靠窗的书桌、洗漱用品一一静立，中间一张大床。据说钱钟书在 16 岁时被父亲在此责打，才知开窍，此后便一鸣惊人。19 岁时，先生报考清华大学，尽管数学只考了十几分，但国文和英文考得特别好，被时任清华大学校长的罗家伦慧眼识珠，破格录取他在外语系读书。在清华，先生的才华得到充分的发展。他经常去图书馆读书，扬言要横扫清华图书馆。他是那种读书时能一目十行、过目不忘的天才，被外文系教授吴宓所看好，称他为“人中之龙”。

后园西北角有楼房三楹，之后又接建楼房一楹，园内有一树盛开的梅花，故名曰“梅花书屋”。在东侧有三间房，最东一间为家祠，其余两间乃钱基博教授寒暑假回家期间讲学之所，名为“后东塾”。钱钟书少年时期常和几位堂兄在此读书、听讲、习字、作文。钱钟书曾以此私塾为名写过一部散文集《后东塾读书记》。

当我回到大门，再次面对先生故居，我突然想到多年前为先生旧居的“拆”和“留”，在无锡市曾有过一些波折和争论。庆幸的是，文化的重要性得到更多无锡人的认同。一个城市总是有它特定的历史积淀，有它自身的文化血脉，而不仅仅作为经济发展的载体来引人注目。文化或许不能带来直接的经济效益，但它体现了一个城市的历史和个性，提升了一个城市的整体形象和品位。它的无形价值，是难以估量的。最终，先生的故居被保存了下来。

离开先生故居时，买了一本《写在人生边上》。书里面有我喜欢的散文，扉页上有钱钟书故居纪念的大红印章。

孙犁故居印象

走出衡水高铁站，立刻被一股热浪包裹，赶到出租车候车点，钻进一辆出租车，顿感凉爽了许多。司机问我要去哪儿，我问他此地离安平远不远。司机问："是去孙犁故居吗?"司机的话让我立马对他刮目相看。我说："你怎么知道我要去孙犁故居?"司机笑了："孙犁是我们衡水的一张名片，我拉过很多像你这样的外地游客去那儿。"我看看时间，已是下午三点十分，我问时间是否来得及。司机答没问题，一个半小时准到。

到达孙遥城村已近五点。村口有一巨石，上书：文学大师孙犁故里——孙遥城。拐进村里，前行不到十分钟就到了孙犁故居。下车一看，担心的事还是发生了。大门紧闭，一把大锁锁着。正不知如何是好时，见一老农开着一小三轮过来，我连忙上前拦下，我说"大爷，我是从安徽过来的，是专程来看孙老先生的，您看这大门关着，我不是白跑一趟啊!"大爷说："没事没事，我去叫人开门。"平时这里都是关着门的，有人来才开。看得出，大爷很热情，很厚道，也很善良。

我这才大大地松了口气。借着大爷喊人空当，我仰面看看大门上方悬挂着的由莫言先生题写的匾额——孙犁故居。我知道眼前的孙犁故居是在原址上复建的。20 世纪 80 年代初，村里为修建学校找到孙犁，希望他能给予资助。孙犁便委托村里把老屋变卖了来捐资助学。为此，他特地写了一篇《故园的消失》记录此事。他在文中感叹道："老家已经是空白，不再留一草一木，一砖一瓦。这标志着，父母一辈人的生活经历、生活方式、生活志趣、生活意向的结束。"没有情感的渲染与铺排，简洁的叙事却把离乡人那种揪心空茫的复杂心绪表现得淋漓尽致。

大爷开着小三轮过来了，后座上坐着一位阿姨。

门打开了，拾级而上，正对大门的影壁上，是一幅题为《耕读图》的彩绘的壁画。画面右上方一位中年男子在吆喝着一头牛犁地；左上方画了一间房，透过支起的窗户，可以看到一位中年妇女坐在织布机上劳作。让人仿佛一下子就走进了那个男耕女织的时代。画面的中间，一位少年在挑灯夜读，桌面上放置着毛笔、砚台。画面的下方，一条小河缓缓流淌，一棵古柳的旁边，一位牧童坐在牛背上吹着笛子……画面无声，却分明听见了赶耕牛的吆喝声、织布机的咔嚓声，还有少年的读书声，这些声音从画面溢出来，给人一份恬静与安谧。影壁下，有一丛密密的荷叶。

走进院内，清新扑面。南墙下，立着九块石碑，上面镌刻着孙犁各个时期的主要作品简介。这是很有情怀的创意。站在院内，可看到五间北屋，三间西屋，三间东屋。五间北屋的中间三间是堂屋。堂屋的两扇门上张贴着一副大红的对联："忠厚传家久，诗书继世长"。

进入堂屋，我一眼就看见了古铜色的孙犁头像，端端正正地安放在一条朱红色的条案上。先生目视前方，神态安详。塑像后面的北墙上，悬挂着一幅画，一只公鸡站立在一块石头上，翘首回望。画的两边书写着一副对联："荆树有花兄弟乐，砚田无税子孙耕"。头像的前方摆放着一张八仙桌，桌上放置着一套茶壶茶碗，两侧摆放着两把太师椅。地面都是由青砖铺就，整个堂屋显得非常干净。

东屋门上有牌：耕堂。外面两间，有书桌，有藤椅，有书柜。书柜里面陈列着孙犁各种版本的著作，充溢着芬芳浓郁的书卷气息。西屋是孙犁生平创作展厅。墙上的展板图文并茂，分大师诞生、投笔从戎、廿载磨难、老树繁花、巨星陨落五个版块，对孙犁先生的生平及创作进行了全面的介绍。展板下面，有八个玻璃展柜，分别陈列着孙犁作品选、纪念孙犁作品选和相关资料与评论等。此室冲门墙上，悬挂着孙犁书写的一轴条幅："一生多颠沛，忧患无已时。沉迷雕虫技，至老意迟迟。实是无能为，籍此谋衣食。大难竟不死，上天赐耄耋。"

实话实说，在孙犁几百万字的作品中，我只看过《荷花淀》《晚华集》《白洋淀纪事》和《乡里旧闻》。尽管汗颜，但我还是从书中看到了孙犁笔下乡土独具的气度与气象；闻到了水乡清新的空气。正如学者郜元宝所指出的，"从'五四'新文学开创以来，如此深情地赞美本国人民的人情与人性并且达到这样成功的境界，实自孙犁开始。"

离开时，再三感谢那位阿姨。坐在车上，随着车子缓缓前行，忍不住回头，望着那用青砖墙围成的故居，突然就想到了孙犁先生《荷花淀》的起始章节："月亮升起来，院子里凉爽得很，干净得很，白天破好的苇眉子潮润润的，正好编席。女人坐在小院当中，手指上缠绞着柔滑修长的苇眉子。苇眉子又薄又细，在她怀里跳跃着。"多美的画面啊，诗化的语言，优美的比喻，为我们展现出一幅富有舞蹈美和色彩美的动人画卷……

走进汪曾祺故居

竺家巷，江苏高邮城里一条普通的小巷。张爱玲说，“因为一个人，爱上一座城”，这个人便是汪曾祺，这座城便是高邮了。汪曾祺的故居就在此巷9号，一间普普通通的平房，除了墙上钉着“汪曾祺故居”的牌子，和斑驳的木门两侧贴着汪老喜欢的名句：“万物静观皆自得，四时佳兴与人同”之外，便和周围的民宅没有什么不同。

门是关着的，定了定神，上前轻轻叩门，不一会儿，一位老人打开了门。有些吃惊——这老人和汪曾祺长得那么像！来不及多想，我赶忙说明来意后，老人客气地将我让进屋。接过老人递过来的一杯茶，我一眼就看到了手里夹着烟，在烟雾缭绕中，睁大如虎的眼，沉思中透着笑的汪老先生。这张《纽约时报》记者拍摄的照片，是汪老最喜欢的。如今放得大大的，挂在故居迎面的墙上，笑对每一位来客。

和老人聊天中得知，老人叫汪曾庆，是汪曾祺的弟弟。老人说大哥有两个同父异母的弟弟，一个死于“文革”，一个就是我。他指着墙上的一幅照片：“这就是任氏娘，汪曾祺的二继母，也是我的生母。大哥在《我的母亲》里这样写道：‘任氏娘对我们很客气，称呼我是大少爷。我19岁离开家乡到昆明读大学，1986年回乡，这时娘才改口叫我曾祺。’”老人对我说：“大哥解放后三次回乡，进老屋时都对我娘跪拜。”

我问老人：“您过去从事什么工作?”老人说原来他在卫生防疫站工作，现在退休了，一个人过，就住着这个小小的房子，经常有国内外的文化人摸到这儿，寻找汪曾祺的故居。我接过老人的话茬：“这房子太小了，如果来个三四人都没地方站。”老人笑笑说：“其实，这里说不上是故居的，这里过去只是汪家的一个偏房，没人住的，放放杂物。汪家的产业过去是很大的，至少也有五十多间，后来全被没收了。”

老人的话让我想到，汪老在《我的家》中写道：“我们那个家原来是不算小的，我的家大门开在科甲巷，而在西边的竺家巷有一个后门。我的家即在这两条巷子之间。”我问老人：“科甲巷的大门还在吗?”老人答：“早就不在啦。你看到的，这屋子很小，分里外两间，外为客厅，里为卧室，合起来也就40多平方米。”

我起身里外看了看，真不敢相信这里就是汪老的故居。我见过不少名家大家的故居，还真是第一次见到如此简陋的大家故居。屋小就算了，然屋顶高不过5尺，几乎碰头。客厅迎面立着长条柜，上面摆着两个青花瓷瓶。汪老放大的照片，就挂在瓷瓶之上。条柜下一方小茶几，朴素的布沙发，再没其他家具。

我被墙上的一幅马铃薯的花叶图吸引，凑近细看，我问老人：“这就是汪老在《随遇而安》里写到的马铃薯吧?”老人哈哈笑了：“看来你也是我大哥的粉丝啊!”

汪老在散文《随遇而安》中，写到当年自己被无端打成右派，从北京下放到边远高寒的山区，在一个研究站里画马铃薯《图谱》：“我在马铃薯研究站画《图谱》，真是神仙过的日子。没有领导，不用开会，就我一个人，自己管自己。这时正是马铃薯开花，我每天趟着露水，到试验田里摘几丛花，插在玻璃杯里，对着花描画……下午，画马铃薯的叶子。天渐渐凉了，马铃薯陆续成熟，就开始画薯块。画一个整薯，还要切开来画一个剖面，一块马铃薯画完了，薯块就再无用处，我于是随手埋进牛粪火里，烤烤，吃掉。我敢说，像我一样吃过那么多品种的马铃薯的，全国盖无第二人。”

还有一幅《松鼠葡萄图》，那是汪老当年被划为右派遣送河北张家口劳动改造，在葡萄园里打波尔多液时的情景。26年后汪老回忆往事，遂画了这幅《松鼠葡萄图》。

我们就这样东一句西一句地聊着，从老汪的作品，说到他一生经历的无数苦难和挫折；从汪老一手精湛的烹饪手艺，说到他改编的京剧《沙家浜》可谓家喻户晓。就在这闲聊中，我突然发现，老人抽着烟，一圈圈灰白的烟雾环绕着，有一瞬间，真疑心那就是汪曾祺。

把这感觉告给老人时，老人笑着说：“我烟抽得少，和他没法比——他呀，烟酒两个字，了不得!”

聊兴正浓时，门外有人敲门：“有人吗?”老人赶紧起身开门，门外站着三位年轻人，不用说了，肯定又是前来拜访故居的客人。我赶紧起身走出门外，看着三位进屋，和站在门口的汪曾庆老人告辞："谢谢您的接待，不敢多打扰，再谢再谢！"

老人进屋了。站在门外，眼睛再一次盯着门上汪老喜欢的名句，不由地就想到贾平凹对汪曾祺评价："是一文狐，修炼成老精。"也是，你看那个可爱的小老头儿，正坐在巷口的老槐树下，手里拿着一个大蒲扇，赏花喝茶眺望天边，静看云卷云舒。他缓缓地告诉我们，活着真好，好好活着，要从柴米油盐酱醋茶中体悟到生活的真性情，从日复一日的琐碎中感受到真生命，从花鸟鱼虫、高山流水中寻求到真理想！

可爱的小老头，真是如此独一无二！

吉光片羽

JI GUANG PIAN YU

徽州民居

1986 年 4 月 1 日至 1991 年 6 月 11 日，原国家邮电部历时五年，共发行了 4 套 21 枚风格各异的民居邮票，展示了 21 个省市的民居建筑。1986 年 5 月 15 日，1 套 3 张的徽州民居邮票公开发行，引起邮迷极大的兴趣。

徽州民居建筑之所以享誉海内外，成为徽派，一方面，是她保留的完整性，风格的统一性，造型的多样性，形式的艺术性；另一方面，在于其“布局之工，结构之巧，装饰之美，营造之精，文化内涵之深”，为国内古民居建筑群所罕见。徽州民居在选址上，充分利用徽州山地“高低向背异、阴晴众豁殊”的环境，以阴阳五行为指导，千方百计去选择风水宝地，以求上天赐福、衣食充盈、子孙昌盛。在古徽州，几乎每个村落都有一定的风水依据。或依山势，扼山麓、山坞、山隘之咽喉；或傍水而居，抱河曲、依渡口、汊流之要冲。有呈牛角型的，有呈带状型的，有呈之字型的，有呈波浪型的，有呈云团聚型的，有呈龙状的，还有半月型、丁字型、人字型、口子型、方印型、弧线型、直线型等等，集中体现了徽州民居建筑的风水美。

实用性与艺术性的完美统一，是徽州民居的典型特点之一。徽州民居，大都依山傍水，山可挡风，又方便取柴烧火、做饭取暖；建于水旁，既方便饮用、洗涤，又可以灌溉农田，美化环境。徽州的古村落，街道较窄，白色山墙宽厚高大，灰色马头墙与白墙黑瓦层层叠叠，高低有致，长短相同，轮廓清晰，有着一种强烈的、优美的韵律感。正是这种把民居建筑和所在环境看成一体，因此无论是人们所选择的自然环境，还是人工配置的山水花木，总是和建筑、雕刻装饰共同构筑成充满艺术气氛的文化空间。而连成一片的黑白相间的古民居建筑群体，使人联想到太极图的阴阳鱼，既单纯得一目了然，又神秘得高深莫测，表现出“道法自然”的文化意蕴。

在古徽州，不管是普通民宅，还是富豪大院，一律以材质的自然美，营造出平易感、亲切感以及玄妙感。墙基上堆砌的青石或者麻石，质地鲜明，雕凿方整。门楼、门罩、花窗上的砖雕不以五色勾画，木梁木雕也保留木质纹理的天然色泽，墙体也不添加任何涂料，处处显示质朴美。徽州古民居建筑取材纯粹为砖、木、石。材料本身也是有“性格”的。木料富有温暖感，石块具有粗重感，砖块遵循的是规矩原则，水磨石具有光洁感。这些无生命的物质材料，一旦经过技术和工艺的巧妙结合和处理，化为空间秩序和形式，体现出的是老庄美学观。老庄追求平淡自然、顺应自然的美学理想，从理论上赋予“道”以美的属性，并深深渗透在徽州古民居建筑艺术之中。黟县西递的瑞玉庭、桃李园、东园西园、大夫第、履福堂、膺福堂、笃敬堂等，黟县宏村的承志堂、德义堂、三立堂、乐贤堂、培德堂、松鹤堂等均为徽州古民居的典型代表。

马头墙为徽州古民居最具独特的建筑之一。有专家从建筑学上对马头墙给予“分解”，认为它由三个部分构成：墙体；拔檐、垛板、垛头；马头墙脊。马头墙的起伏，源于三个要素的综合：一是地貌的要素，包括地形的起落，顺着自然弯曲的溪流布置而辗转的。地貌有其独特形制和内在脉络，它决定了徽州古民居轮廓线的中心——马头墙的起伏、走向；二是徽州古民居的建筑高度，一般在一到三层间，它影响了马头墙的起止；三是马头墙呈阶梯状以及因灰瓦强化的轮廓线，有断有续、似断实连、节奏感明显。马头墙既是出于美观装饰的需要，更重要的是它具有实际功效。因马头墙高于房顶，而且又是砖石所制，可预防邻家失火，殃及自身或者是“火烧连营”，所以又称“防火墙”。徽州民居不但外墙耸峙，一般还只在二楼左右的高度开有一扇小窗户，这种小窗户有的装饰成寒窗苦读的冰裂纹样，有的则是喜鹊登枝的剪影。当然，开设小窗户并非为了漏景需要，而是有着防盗和安全上的考虑。镶嵌在高墙上的小窗户，既减弱了从高处泻落的光线，又不使盗贼有落脚之处。马头墙还是徽商雄起时代的见证者。徽州男人常年在外奔波经商，家中只剩下妇女和老弱之人，一旦遇到窃贼，高高的马头山墙就成了屏障；在某种意义上，也可能是为了禁锢女性，锁锢年轻女人对外界的好奇与青春的躁动。

徽州古民居大多坐北朝南，倚山枕水，其布局以中轴线对称分列，面阔三间，民间俗称三间式：中为厅堂，前辟天井，侧设两厢卧室。厅堂乃是整个宅屋的主体部分和公共场所，主要用于迎接宾客、举行婚丧红白喜事大礼、开展祭祖祀先活动等，也是居家族众会聚议事和日常起居之处。一般厅堂之间，家具陈设古朴雅致，中堂与立柱之上及两厢外壁间大多布置颇有品位的字画或者垂悬古旧楹联和书画小屏，盈溢着浓郁的传统文化气息。屋内天井则具有通风排水、采光纳气的功能作用。居家之人端坐厅堂之上，就能够晨沐朝霞、夜观星斗，深切契合着古人追求“天人合一”的哲学意蕴。有些家庭还在天井中设置假山，摆放盆景，并砌池养鱼，可谓怡然惬意。

建筑是凝固的音乐。建筑是固体的文化。走进徽州，给人印象至深的是优美的自然风光下徽州民居。她代表着历史，或者就是历史本身。一块石头的翻动，一段残垣的触摸，都能唤醒一段沉睡的历史，收获一个故事。

这就是徽州。

徽州祠堂

去过徽州很多地方，给我印象最为深刻的当属大大小小的徽州祠堂了。落尽铅华，洗尽浮尘，静谧如斯，氤氲着厚重的历史气息。这样的祠堂，适合怀着一份宁静的心，阅读那藏了百代千年的故事。

祠堂是徽州人文思想的高度物化，徽派建筑艺术的典范。旧时徽州，各姓宗族都建有祠堂，与民居、牌坊并称“徽州三绝”。“无祠则无宗，无宗则无祖”，千百年流传于古徽州的民间谚语道出了祠堂在徽州文化中的重要地位。

徽州祠堂建筑分为两类：一类是宗祠，一类是支祠。宗祠是指某一姓氏后裔子孙为祭祀世祖所建的祠堂。一般情况下，一个村落的姓氏只有一座宗祠，也有少数姓氏建有两座宗祠。宗祠一般采三进七（或五）开间构造。一进为仪门（楼），由大门、过厅、仪厅组成，大多以重檐歇山式建成“五凤楼”，主要是祭祀时供鼓乐之用。大厅后是天井。二进享堂，为主体部分，是祭祀祖先和处理本族大事的场所，大的可容纳上千人。享堂中间正壁，悬挂祖宗容像或祖先牌位图。三进为寝室，为供奉祖先牌位及祠堂中贵重物品的地方。支祠一般比宗祠规模要小，但如果支族中出了大官，或经商暴富，支祠的规模也有超过宗祠的。当然也有另类。如呈坎村罗氏家族所建的东舒祠堂，完全是按文庙建筑格局兴建，为一般祠堂所没有的格局。祠内精美雕刻的青石栏板，以及木构雕刻和精美的明代江南彩绘等都是稀世珍宝。

祠堂的构架，为达到给人以厚重威严感，一般采用由低及高，立柱横梁，错落有致，翘檐走壁，空间饱满。此外，木雕、砖雕、石雕是每个祠堂极为重要的构件。“三雕”的点缀，使祠堂威严和审美达到了至高的境界。如绩溪龙川胡氏祠堂，坐北朝南，建筑面积 1560 多平方米。祠堂青砖白墙，厅堂典雅庄重。无论在楼阁、额枋、廊柱、梁檐、门窗上，都可看到各种精美的雕刻。其题材十分广泛，有传统的戏文人物，有花鸟虫鱼、珍禽瑞兽，还有反映家族荣誉历史，等等。特别是以“出淤泥而不染”的荷花为主体图案，花形千姿百态，有的亭亭玉立，随风招展，有的平铺水面，舒展如画，无一雷同。更令人喜爱的是花中有物，物中有景，荷花在池水中荡漾，或微波粼粼，或浪花朵朵。花群之中，有鸟翔蓝天、鱼潜水底、鸭戏碧波，还有蛙跃荷塘、鸳鸯交颈，把整个荷群画面描绘得生动逼真、妙趣横生。此外，正厅上首一排落地窗门的花雕却是一幅“百鹿图”，衬以各种山光水色，东南西北方的竹木花草，各种形态的梅花鹿在这里自如生活，有的悠悠漫步，有的受惊疾奔；有的回眸招侣，也有的仰首呦鸣；有的饮水溪畔，有的口衔灵芝；还有的幼鹿吮乳，母鹿抚舔。真是绘声绘色，惟妙惟肖。画面立意精巧，刀法浮镂相配，堪称绝品。

祠堂是徽州基本的人居环境，浓缩着众多鲜活的历史信息。宗祠的实用功能是祭祀场所，通过纪念祖先、弘扬祖德，达到凝聚本族的目的。在徽州的很多祠堂，都立有“族规”“家训”，都是教育子孙注意社会公德、家庭道德、从政官德、经商道德等等的修炼。提倡以孝事亲、以诚待人、以信为本、以忍处世。可以说，宗祠是古代落实道德教育的重要场所。此外，徽州祠堂有严格的“寝室之制”，即中龛供奉的是始祖神主，左右两龛根据昭穆齿德等资格条件，对先祖进行排列。“大宗百世不迁，小宗五世则迁”。宗祠兼理族内一切事务，一般采用“不告不理”原则。只有重大事项才开祠堂处置。如惩戒不孝子孙，须“赶出祠堂”。不祭祖宗的要革出祠堂，或施以族（私）刑等。遇大灾赈济灾民，至岁末救济老幼病残。遇丰年分送祭谷、祭胙或遇大事举行大典。祠堂祭祖属“展亲大礼”。因此，在徽州人看来，“报本之礼，祠祀为大”。

一座祠堂就是一个小社会，是一部永远读不完的百科全书。透过祠堂，我们不仅从祭祀中，深深地领略到当时的宗法气氛，体味到宗族群体所表现出来的共同性格，蕴藏的人性精髓。这些，仍是当今我们了解徽州民俗的一个重要窗口。阅读每一座祠堂，会让我们想起这里旧日的威严和那无法感触的神秘……

徽州小巷

徽州小巷，像一部收藏了几代历史的水墨长卷。

深秋的阳光，无声无息，软糯得很，绵绵地贴在了花岗岩条石铺成的巷道上。静谧的老屋、沧桑的祠堂、空寂的小巷，像牌坊上的雕刻一样凝重，又像从深巷升起的炊烟一般虚幻。那隐藏在小巷深处的木栏石雕、楹联匾额，以及泛着包浆黝光的庭间摆设，无不昭示着古徽州曾经拥有的文明与辉煌。

“八卦村”呈坎有99条小巷。一条连着一条，一条衔着一条，像是历史与生命的脉络，息息相通。穿行于其间，仿若在一个迷宫里，然而也正是这种捉迷藏式的行走，让这个村落更具有一种浓厚的神秘感。

我惊觉于小巷的静，那是一种静到骨髓、静到灵魂的静，藏匿着一种绝世独立的愉悦和神秘。那些错落有致的屋舍正在享受经久的阳光，它们屏气凝神，不着一词，尽显端庄。

在一条幽深的小巷口，斑驳的粉墙里传来一两声碗筷的碰击声，那是主妇在呵斥顽皮的孩子不好好吃饭的声音。我听出了那份来自家的温情，油然记起了孩提时母亲哄我吃饭的情景，我哑然地笑了……

宏村的小巷由青石板铺成，两边是高耸的山墙，扶上去，一股透心的凉直侵指尖。经历这许多的风吹雨打，墙上的石灰有的已剥落，似刚刚演出完还尚未卸完妆的演员的脸。由此我想到一出黄梅戏《徽州女人》。所谓“庭院深深深几许？杨柳推烟，帘幕无重数”，雕梁画栋、饰窗镂门后面，有多少悲欢离合？徽商常年在外面奔波，甚至一去数十年不归，留下家人翘首远盼，朝看雀喜，夜卜灯花。没有了男欢女爱的恣意，再富庶的日子也难有幸福可言。当地有一句俗谚“一世夫妻三年半”，离多聚少的感情生活，在古徽州造就了数以千计的贞节牌坊。

有人说，小巷是繁华浮世里的世外桃源，在小巷里走久了，会心生一种遗世的感觉。遗世，不是一个坏词，尘世与喧嚣不是心的最终归宿。小巷，宜独行，而不是聊天喧哗；宜缓行，而不是步履匆匆。烦躁的心情合不上小巷的从容，急促的脚步对不上小巷的节拍，放下虚荣和浮躁，优雅从容，气定神闲，也许才是我们最终想要的生活。

傍晚时分，我独自一人在南屏村小巷流连。

南屏村虽是弹丸之地，全村却有300多幢明清古民居，72条弯弯曲曲、宽窄不一的小巷。拐弯抹角，在弯弯曲曲的古巷中穿行，碎了的夕阳就那样斑驳地洒在深巷的青石径上，像碎花的丝绸，朦胧地，铺了一地。

在一条小巷弯绕处，几枝叫不出名的花从一户人家的矮墙上探出头来，微风轻轻，落花细细。一位白发的婆婆坐在门前的木凳上，眯着眼假寐。她脚下卧着一只花白小狗，一双眼睛正警惕地看着我。小巷深处传来婉转的笛声，笛声绕着翩翩的落花，那一刻，高远的天空，落寞的庭院，静美出一种安逸和幽远。

在南屏，我认识了宫先生。宫先生来自深圳，原是一家杂志社的总编辑。2011年，宫先生来南屏旅游，一眼就看中了此地。于是花了60万买下现在这个老宅。按照修旧如旧的理念，经过重新装修改造，现在成了一个小小客栈。客栈不大，共三层，客厅两个，客房六间。坐在宫先生自己的会客小屋，我好奇地问："宫先生舍得离开深圳来此地吗？"宫先生只说了一句："只要愿意，人生原本是可以雅致的。"

徽州到底有多少小巷，没人能回答上来。徽州长长短短的小巷年代有多久，估计还是没人能回答。但可以肯定的是它们在徽州这块土地上沉睡了几个世纪，或更久远，在经历了数不清的平平仄仄之后，才有了今日从容自信的悠悠远远，坦然接受世人垂询的目光。

夜静巷空，抬头，一轮皎洁的月亮，竟像故人一样望着我。

沉默的西夏陵

到银川，我参观的第一站就是西夏陵。

来银川之前，我就在网上看了不少有关西夏国的介绍。西夏自1038年立国到1227年被成吉思汗所灭，在历史上存在了190年，经历10代皇帝，是11世纪初以我国党项羌族为主体建立的封建王朝。西夏国的建立对中世纪我国西北地区的局部统一、社会经济、文化发展以及多民族大家庭的形成做出了积极贡献。西夏陵是西夏王朝的皇家陵园，位于宁夏银川市西郊约35千米的贺兰山东麓中段，占地53平方公里，被世人誉为“东方金字塔”。

请了一位导游，参观从西夏碑林开始。碑林不大，受风沙雨雪的侵蚀等诸多原因，许多碑受损严重。导游介绍说，这些碑文以西夏文、汉文对照为主题，邀请书法名家之墨宝，聘西夏文字专家以释义，融观赏、模仿、解密、收藏于一体。其实最完整的西夏文碑不在这里，而是现存于甘肃省武威县文庙内的《重修护国寺感应塔碑》，是我国保存最大最完好的西夏文碑。跟着导游边听边看，发现和我见过的西安碑林、兰州碑林不同，西夏碑林的碑刻造型设计很独特，或祥云式、或双头兽式、或牛头鼓面式、或须弥座式、或人像碑式、或八面经幢式，可谓不落俗套，不拘一格。

浏览了碑林，继续朝西南方向前行，从一片不算茂盛的树林中穿过，猛一抬头，眼前豁然开朗，一座座圆形的夯土堆，出现在一大片平整开阔的土地上，近处透明度极高，远处则是灰白与淡紫相杂的一片，与此毗邻的，则是绵延起伏的贺兰山。于是，被誉为“东方金字塔”的西夏陵就从书本和图片上跳了出来，威威严严地矗立在眼前。

导游介绍说，西夏陵共有九座王陵，每座陵园在初建时期都建造有地下陵寝、墓室、地面建筑和园林，虽说与中原王朝的历代皇家陵墓不完全一样，但差别并不大。这九座陵园中，向游客开放的只有三号陵，即泰陵，也就是西夏开国皇帝李元昊的陵墓，其面积15万平方米。李元昊是西夏王朝190年历史进程中名声最显赫、处于最为重要历史地位的皇帝。而裕陵和嘉陵，是李元昊的祖父和父亲的陵园。

走过墓道，泰陵一声不吭，安静，深邃，立在我的面前。我望着被铁栏围着的泰陵，如此雄奇的骨骼，到底需要多少健壮的挑夫经年累月才能垒成？我首先看到的是阙台。阙台分布在中轴线两侧，即中轴线的东西两侧，是由黄土严实夯成的正方形台子，高约七米，边长约八米，横截面是一巨大的梯形，台子顶部分别还建造有一座小台基。阙台是西夏皇帝陵墓独有的建筑。导游告知，陵墓的阙台并没有实际的功能，它们仅仅是身份地位的象征之一，是皇室成员，尤其是皇帝才可享受的殊荣。或许是岁月悠久，阙台上的建筑已经荡然无存，即便是代表了皇权威仪，却因为破损而难以彰显当年的大气和威风，只能靠想象去弥补岁月带来的残缺和空洞了。

围着泰陵走上一圈，我想，当年西夏人内心最深处的情绪，应该是不甘的。因为从导游的介绍中得知，元太祖成吉思汗曾先后五次率领蒙古大军征讨西夏都没有成功，最后也命殒贺兰山下。正因为如此，暴怒之下的蒙古军队对西夏人发起了最猛烈的进攻，终于在第六次攻下了西夏国。蒙古人发了疯似的倾泻为成吉思汗复仇的决心，屠城、杀戮、掘墓、焚书，“白骨蔽野，数千里几成赤地”。西夏陵也未能幸免，曾经红墙绿瓦、角楼飞檐、阙台高耸、碑亭肃穆，更有那瑰丽的陵台、献殿，都随着蒙古人燃起的大火化为乌有，能烧毁的全烧了，烧不毁的石碑都被砸断深埋。经过十余年与蒙古人的战争，西夏国最终以失败而灭亡。从此，“西夏”与“党项”便永远成了两个历史符号，贺兰山下也便多了这九座荒丘。

伫立泰陵，一切静默，只有那被风雨蚀过的高大的黄土堆，那布满孔洞的断壁残垣，告之我们，西夏王朝，这个以党项族为主体的西部游牧部落，就这样无声无息地被历史尘埃湮没。一个朝代，一个民族，一段历史，就这样被永远封存了起来，只留下了祖先这一大片陵墓黄土。看着它，我仿佛看见了那个特立独行、桀骜不驯、“宁为玉碎，不为瓦全”的高原雄鹰——西夏。

壮哉！兵马俑

秦始皇陵兵马俑以它亘古不变的表情和姿态迎接我，让我无限感动。

无数次地在影视片里看到兵马俑坑，但当我好不容易挤进一号坑，亲眼看到那些兵俑、马俑、阵列、陶土碎片，才真真实实地感受到震撼。长长的兵马坑里，密密麻麻、挨挨挤挤，站满了兵马俑。他们风尘仆仆，脸庞被霜雪浸渍得沟壑纵横，眼睛里却蓄满了愤怒和仇恨，铠甲上残留的血迹滴滴在目。他们手握兵器，仿佛只要一声令下，就可以开赴前线。站在他们面前，似乎有声音破坑而来：铿锵有力的脚步声，兵器相撞的清脆声，铠甲摩擦的咔咔声，战马嘶鸣的长啸声。我被这场景所震撼，就像置身在2000多年前的古战场，战马嘶鸣，刀枪血影，旌旗猎猎。历史的画面一幕幕从眼前闪现，“风萧萧兮易水寒，壮士一去兮不复还”，舍身取义的荆轲，就算杀了秦皇，怎么能改变历史的进程，又怎能以一己之力挡得住这滚滚洪流呢？

沿着顺时针方向蠕动，我被挤着、撞着、推动着，不断地按动快门。就像一个乞丐，走进遍地珍宝的屋子，什么都想要，激动得不知如何是好。到了我这个年纪，可以说经历了一些沧桑，感受了不少人间的冷暖，也有了一定人生的阅历，还能让我激动的事情其实已经不是很多了，但目睹这由8000余件形体高大的俑群构成的一组规模庞大的军阵体系，那种奋击百万、气吞山河的磅礴气势，还是深深地震撼了我，可以说是情不能自已。

从一号俑坑出来，来到一棵大树底下稍坐片刻，起身走进二号俑坑。

二号坑从它的布局看，成曲尺形，有6000平方米，由战车、骑兵为主，一千多个陶俑组成四个混合阵队。放眼望去，个个免盔束发，挽弓挎箭，威风凛凛。这里是秦军的精华部分，是最有战斗力和杀伤力的军阵。从穿着上明显可区别出将军俑和士兵俑，特别是跪射俑，让人联想到秦军箭锋的强大威力，难

怪六国合纵也抗不住秦军的冲击。这支在商鞅变法后突飞猛进的军队，强调了军功是平民改变生活的唯一方式，于是其战斗力倍增，加之率先改革了军事设备，铁器代替了笨重的铜器，使其兵刃灵活和轻巧但不失杀气，六国的泯没是中国历史发展的必然。这一改变历史的变化，影响了千年的华夏进程和发展。

二号俑坑里的铜车马让人耳目为之一新。这种铜车马在挖掘中一共发现了两辆，专家将其命名为“一号铜车马”和“二号铜车马”。为了便于记忆犹新，我用相机把图片上的文字说明拍照了下来。图片的文字说明上清楚地写着：两乘车加起来不少于5000多个零部件，尤其令人拍手叫绝的是，这里所有的零部件全部是铸造成型。5000多个零部件无论是大至2平方米以上的篷盖、伞盖及车舆、铜马、铜俑等，还是不足0.2平方米的小攸勒管都是一次铸造成型。

眼前的兵马俑，让我们可以想象到，当年出征的秦兵一边默默整理兵器，一边用目光不经意的开始抚摩子女的脸庞；矫健的战马正被他们的妻子含泪牵来，马背的兽皮囊里，鼓鼓的塞满了老年人精心准备的干粮。然后，秦兵带着家乡父老的期望，开始走向了一往无前，走到了最终吞并六国的历史。

三号俑坑成凹字形布局，占地520平方米，陶俑少而精，经专家考证和讲解员介绍，这里是秦军的指挥系统，是秦军的灵魂所在，是一代代秦军将领的缩影。三号坑是三个坑中唯一一个没有被大火焚烧过的，所以出土时陶俑身上的彩绘残存较多，颜色比较鲜艳。

历史让人总是在一种思想的状态中去感受，没有想到我能如此近距离地直面2000多年前的历史，感受到那个久远王朝的历史气息。8000多件陶俑，4万多件青铜兵器，还有近万个或手执弓、箭、弩，或手持青铜戈、矛、戟，或负弩前驱，或御车策马的陶质卫士，它们和秦朝的历史一起压在秦砖汉瓦里，压在尘封的秦陕高原的黄土里。这一压，就是2000年！除了史书的一鳞半爪的记载，陪同它们的，只是上面厚厚的一层黄土以及黄土地上年复一年的西北风。

走出秦始皇兵马俑博物馆，当我再次回头望那高大拱形的馆顶，我想，一个王朝，注定有兴衰；一部历史，注定由一个个过程衔接，大秦帝国只是历史岁月的一瞬。但是，我不得不感叹古代劳动人民的聪明智慧，是他们凝固了历史，鲜活了生命，把深厚的文化底蕴和精湛的艺术功力，宏伟壮丽地再现于千年之后。正如法国前总理希拉克1979年参观兵马俑时称，秦兵马俑是“世界第八大奇迹”。他还说：“不看金字塔，不算真正到埃及；不看兵马俑，不算真正到中国！”

兵马俑，2000多年的沧桑，泥塑的世界。

水墨兰亭

对一个地方的牵挂，有时像是对一个人，因为有着距离，所以存着念想。去绍兴之前，已经无数次听说过兰亭的大名，可谓耳熟能详。今日来到绍兴，不能不去兰亭。

在绍兴市包一出租车出城往西南行大约20余里，就到了会稽山下的兰亭。买了门票，请了一位导游，由山口进入，沿鹅卵石径入一道篱门，便是一片竹林。清风阵阵，绿荫婆娑，顿觉幽深空寂。最先进入眼帘的是鹅池，“兰冠美之誉，亭中悄绽枝。鹅声醉顿挫，池亭映影斜。”导游告之，这是一首藏头诗，取每句的第一个字即“兰亭鹅池”。站在鹅池边放眼望去，池中有白鹅三五只正浮游水面，一两只在岸上踱步，旁若无人。池边立有王羲之、王献之父子共同题写的“鹅池”二字石碑。想起王羲之爱鹅成痴，以书换鹅等若干趣事。故事虽然早就听说，今天站在鹅池边，感受却与往日不同。

过鹅池，转小丘，来到兰亭碑亭前。兰亭碑上的“兰亭”二字，为康熙皇帝御笔所书。虽经百年的风雨冲刷，仍可见笔锋间的行云流水之畅快。据导游介绍，当年康熙皇帝下江南游绍兴兰亭，目睹王羲之《兰亭集序》之精妙，书法造诣之高奇，遂提御笔亲自临摹了一遍《兰亭集序》，命工匠刻碑建亭流芳百世。不曾想风流倜傥的乾隆下江南也来到兰亭，见爷爷康熙题字于碑上，不觉手痒，也亲题“兰亭”二字，命工匠刻于碑的背面。二帝题字于一碑，真乃千古绝唱。从此该碑，又被称之为“祖孙碑”。

从兰亭碑再向前，便是流觞亭。亭前有道之字形曲水，水路从高到低，蜿蜒流淌，水质清澈，淙淙咚咚。两岸岩石颇为平整，有蒲团供游人盘坐，水侧茂林修竹，绿意幽幽。关于流觞亭的故事，不用导游介绍，早已知晓。东晋穆帝永和九年（353年）三月三日，王羲之与当时名士孙统、孙绰、谢安、支遁等41人聚会兰亭，举行祓禊之礼（古代一种在水边除灾求福的祭礼）。众人于曲溪边列坐，置酒杯于溪中任其漂流，酒杯止于某人面前，即取而饮之，并赋诗一首。这场曲水流觞，饮酒赋诗的盛会，最终编成诗集，并由召集人王羲之作序。51岁的王羲之乘兴用鼠须笔和蚕茧纸，一气呵成《兰亭集序》。此序全篇28行、324字，字态舒展，潇洒自如，笔势流畅婉转，如行云游龙，章法布白，前呼后应，血脉贯通。这就是"曲水流觞"的故事。

伫立水边，我仿佛还闻到酒的醇香和翰墨的气息。遥想一群文人墨客分坐于溪水的两边，盛满酒的酒杯从溪的上游漂下，学识渊博的老人与朝气蓬勃的年轻人一起饮酒、罚酒、作诗，这是何等的光景啊！和风吹拂，修竹清嘉，峻岭碧翠，山泉泠泠，溪流潺湲，空气清新润泽。可谓良辰、美景、赏心、乐事四者俱全。雅士们逸兴遄飞，一时诗思涌潮，临水挥毫畅抒胸臆。于是，那醇香的酒和纯净的水，便流成一首首动情的诗章，使得兰亭名扬天下，历久不衰。

我们最后来到王右军祠。王右军祠建于康熙年间，粉墙黛瓦，四面临水。祠内清池一方，传为书圣洗笔之墨池，池中有墨华庭，亭旁连桥，祠旁环廊，整个建筑"山水廊桥亭"于一体，独具匠心。在大堂正中挂有王羲之像，两边有对联一副："毕生寄迹在山水，列座放言无古今。"此联集《兰亭集序》字，上联写王羲之一生纵情山林之潇洒，下联写曲水流觞，畅叙幽情，无所顾忌之真情。落款是"兰亭楹帖旧句，沙孟海年八十二"。导游告诉我，沙孟海乃书坛泰斗级人物，有"海内榜书，沙翁第一"之美誉。沙老先生非常擅长写榜书与题匾，杭州灵隐寺"大雄宝殿"匾额，绍兴"越王台"匾额，兰亭"王右军祠"匾额，皆为其代表作。

走出王右军祠，忽飘小雨，风穿竹林，倍觉清静。站在曲桥上，看着缓缓流淌的兰亭江，我想，今日兰亭，在人们的眼里，其深层的书法意识也许有所淡化，不过是一个旅游的文化景点。然而这会稽山下的一曲细流，永远是中华文化的一脉清泉，是中国书法文化的灵魂。兰亭，作为一种传统文化心理，它有呼吸，有生命，依然是中国人一个挥之不去的文化精神家园。

登岳阳楼

去过江南三大名楼中的武汉黄鹤楼，南昌滕王阁，唯没有去过岳阳楼。但我早就认定，《岳阳楼记》是千古第一至文，凭着“衔远山，吞长江”句，凭着“春和景明”句、“上下天光”句、“长烟一空”句、“静影沉璧”句、“宠辱偕忘”句……其文采烨烨，其笔力荡荡，乃气贯山河的大境界也！

从合肥南站坐高铁到岳阳东站，历时 2 小时 59 分。走出岳阳东站上了一辆出租车直奔岳阳楼。到了岳阳楼景点门前，我一眼就看见了门楣匾额上的“巴陵胜状”四个大字，两边的楹联出自明代诗人魏允贞的五言绝句：“洞庭天下水，岳阳天下楼”。买了门票，走入景区。我没有细看唐宋元明清各朝代缩小版的岳阳楼和双公祠，而是沿着刻有历代名人书写的有关岳阳楼诗文的书法石碑长廊快走，到头，往左沿坡道上行，迎面立一牌坊，上面写着“南极潇湘”四个金色大字，下面的立柱上有清代刑部尚书张照撰、现代画家刘海粟书的对联：“南极潇湘千里月，北通巫峡万重山。”走过牌坊，岳阳楼就屹立在眼前了。

金碧辉煌，层层叠叠，对称的飞檐翘角像张开的翅膀在飞翔，郭沫若题写的“岳阳楼”三个金色的大字嵌在顶楼的飞檐下，像是在俯瞰游客。我仰视三字良久，心怦怦跳，这就是岳阳楼，久仰了。由于我是一人，只好笑着请人帮忙在楼前拍照留念。拍照完毕连声道谢，再步入楼内，一层层地登上去，一层层地观赏，最后站在顶层的窗前。

沐着清凉的湖风，举目远望，洞庭湖水尽收眼底，确有“衔远山，吞长江，浩浩汤汤，横无际崖，朝晖夕阴，气象万千”之感。楼内最吸引人的是清代张照《楷书岳阳楼记》雕屏真迹，字体秀媚婉丽，平正圆润。站在雕屏前，拿出相机拍照后，我一遍又一遍地欣赏，一字一句地默诵，如痴如醉。恍惚之中，在感受“古仁人”千古风流的同时，也深切地体悟到，人生贵有大境界，生命须有大气象。举凡天下英伟磊落之士，无不如此。

无疑，岳阳楼名声显赫，源于范仲淹的《岳阳楼记》。而令人难以置信的是范仲淹并没有到过洞庭湖，只是受朋友滕子京之托“嘱予作文以记之”。文章由楼而景，由景而情，由情而论，随物赋意，一步步通向主题。其视野之辽阔，想象之丰富，境界之高远，文笔之精妙。短短369字的《岳阳楼记》，将岳阳楼气势磅礴、巍峨耸立的姿态尽现眼前，向世人展示出一幅气势磅礴的岳阳洞庭图，让人有身临其境之感。

《岳阳楼记》的核心思想是“先忧后乐”，这是对人的精神境界的提纯。“嗟夫！予尝求古仁人之心，或异二者之为，何哉？不以物喜，不以己悲；居庙堂之高则忧其民；处江湖之远则忧其君。是进亦忧，退亦忧。然则何时而乐耶？其必曰‘先天下之忧而忧，后天下之乐而乐’乎。噫！微斯人，吾谁与归？”这是《岳阳楼记》点睛之笔，也是岳阳楼魅力之所在。

站在楼前的广场上，再次仰望岳阳楼，我想，《岳阳楼记》闻名天下，流传千古，不仅仅在于它写景的逼真，更在于“先天下之忧而忧，后天下之乐而乐”这两句名言。我煌煌中华民族，历朝历代，从不缺“我以我血荐轩辕”的志士仁人。正如汪曾祺先生所说：“这两句话哺育了很多后代人，对中国知识分子的品德的形成，产生极其深远的影响。”可见，岳阳楼不仅是一座历史景观，更是一座人文牌碑。

凤阳鼓楼

在没去凤阳县之前，我对凤阳的了解只限于凤阳花鼓。凤阳花鼓又称“花鼓”“打花鼓”“花鼓小锣”“双条鼓”等。历史上凤阳地区灾荒不断，许多人家离开家园，以打花鼓唱曲为生，凤阳花鼓又成了贫穷讨饭的象征。其中有一首著名的《凤阳歌》，歌中唱道：“说凤阳，道凤阳，凤阳本是好地方，自从出了朱皇帝，十年倒有九年荒。大户人家卖牛马，小户人家卖儿郎，奴家没有儿郎卖，身背花鼓走四方。”新中国成立后，凤阳花鼓的形式和内容也随之起了很大变化。特别是改革开放以后，凤阳花鼓的名声也越来越大，不仅在国内，而且还走出国门，获得高度赞誉。

到了凤阳县后才知道，历史上的凤阳，曾经被朱元璋赋予了极高的地位，明朝初期除了在南京修建都城以外，还在凤阳修建了一座明中都，不过这座都城最后并没有完工也没有投入使用，现在仅剩下了遗址，还有县城里的鼓楼了。

说到鼓楼，许多中国人对此并不陌生，因为许多城市里特别是历史古城，如北京、南京、西安等，不过全国最大的鼓楼，不在北京，不在南京，不在西安，而是在安徽的凤阳。凤阳鼓楼是我国现存的最大鼓楼，不论在规模上、建筑上、气势上，都在北京、南京、西安的鼓楼之上，堪称皇家鼓楼之冠，实为国内之最。

凤阳鼓楼位于县城中央，建于明洪武八年（1375 年）。通高 47 米，它的结构、方向与其他鼓楼不同，形成了自己的特点。一般鼓楼大多是南北向，而凤阳鼓楼却是东西向，它与西南六里之外的钟楼，遥遥对峙于中都城中轴线的两侧。鼓楼由台基和殿楼两部分组成。台基南北长 72 米，东西宽 34.25 米，高 15.8 米，城砖砌成。台基下有东西向 3 个券门，门洞外侧镶有 10 公分白玉石门边，正中门上方有朱元璋亲书的“万世根本”四个楷书大字。

登上鼓楼，远眺凤阳大地，虽然没有闻听震耳的鼓声，却分明感受到朱元璋的威武雄壮。这里的每一片瓦，每一块青石，每一根梁柱，甚至每一面旗帜，都仿佛透出这种震撼人心的力量。当年，出身赤贫的朱元璋，在经历了失去父母，前后八载出家礼佛，四年的流浪乞讨，到最后成为富有天下的皇帝，这一切让他在之后的治国中，以施仁政为“万世根本”。说“仁义，治天下之本也”。同时，他还认为善德也是“万世根本”。说“天下大道，唯善至上”。

“万世根本”也还有另一层意思，即皇家祖宗之地历来被称为“宗礼万年基本”“国家根本重地”。是否可以这么说，这四个字的含义融聚在一起构成了朱元璋祈天尊祖，以仁匡国，以善定邦的政治理想？

鼓楼初建时，“层檐三覆，栋宇百尺，巍乎翼然，琼绝尘埃”，1998 年复建时，按照旧制恢复，依然是阔大雄浑。鼓楼内有朱元璋展览馆，陈列有朱元璋从僧到帝的生平组画、中都城及明皇陵微缩景观等五大展厅。

在展厅里，有一块明太祖亲自写下的《大明皇陵碑文》，这一传世碑文被史学家称作是最真实记录农民皇帝朱元璋走过的路。明太祖老特别惦记凤阳，是因为在这一方土地上葬着自己的父母，为能让后世子孙谨记，亲自写下《大明皇陵碑文》，这一传世碑文应该比任何史书中讲述的朱元璋的生平更具真实性。17 岁时，一年内父母双亡，流离无助投身于皇觉寺，进寺仅 50 余天，便被打发去做了三年云游僧，游历行乞足迹遍及皖北、皖西江淮间数十个州县，想必这宝贵的经历让朱元璋阅尽人间社会，亲眼目睹了一个没落王朝的腐朽、民不聊生，开始有了忧天下民生念头，烽火燎原的农民起义的力量让他明白了“得民心者、能得天下”的道理。十几年的兵戈血刃，逐鹿中原、挫败一个个强敌，平定天下，从一个流浪行乞的少年僧人变为一代开国皇帝，成为继汉高祖刘邦后第二位开国农民皇帝。

细细端详《大明皇陵碑文》，我心懔然。仿佛感觉朱元璋还端坐在谯楼上，注视着他的故土，眷顾着他的子民，并由此想到朱元璋亲书的“万世根本”。秦始皇有“万世基业”，那是指望他的子孙后代永远拥有统治权。朱元璋的“万世根本”，其意虽然至今还没有统一的解释，但仁者见仁、智者见智，我猜想这是不是“不忘初心”的意思？

走出展馆，走下鼓楼，来到鼓楼正面，细细端详“万世根本”这四个御笔大字。600 多年过去，鼓楼成了明王朝的缩影，留给我们的是一段历史，穿越历史，静心聆听，有花鼓灌入耳中：“说凤阳，道凤阳，凤阳是个好地方……”

天下雄关

青灰、厚重、粗犷，是天下雄关——嘉峪关给我的最初印象。

学生时代就知道中国长城有“三大奇观”，即嘉峪关、镇北台、山海关。也读过很多唐代的边塞诗，并由此记住了边塞诗派代表人物王昌龄、王翰、王之涣、岑参、高适等诗人。他们对边塞战争和边塞生活的精彩描绘，不仅反映了他们的创作才华，更反映了他们对国家民生的关心和远大的抱负，表现了鲜明的爱国主义、英雄主义、人道主义和民族进取精神。因此，对于一个在中国传统文化中长大的我来说，嘉峪关不是一个陌生的名字，也是我这一生必须要来的地方。

嘉峪关关城以内城为主，以黄土夯筑而成，西侧以砖包墙，雄伟坚固。内城开东西两门，东为“光化门”，意为紫气东升，光华普照；西为“柔远门”，意为以怀柔而致远，安定西陲，门台上建有三层歇山顶式建筑，东西门各有一瓮城围护，西门外有一罗城，与外城南北墙相连，有“嘉峪关”门通往关外，上建嘉峪关楼。嘉峪关是整个万里长城沿线最精美的城门楼建筑，它使整个关城，显得更加威武庄严，与远隔万里的“天下第一关”山海关遥相呼应。

站在关城上，向西望去，亘古的戈壁一片荒凉。戈壁是空的，戈壁面无表情，戈壁没完没了。没有奔跑的毛皮动物，没有鸟，没有昆虫，没有植被——除了零星散落着的早已干枯而今尚未绿起来的矮墩墩的骆驼草，这里只有沙砾。那种原始的永恒的荒凉和雄浑，不是能用语言来描述的。古往今来，有多少贬官逐臣在此感叹“长城高与白云齐，一蹑危楼万堞低”的雄伟，有多少英雄豪杰在此吟诵“长城饮马寒宵月，古戍盘雕大漠风”的凄凉，还有多少文人墨客在此领略“野云万里无城郭，雨雪纷纷连大漠”的悲壮。

漫步在各个箭楼、敌楼、角楼、阁楼和闸门楼之间，我想，曾经有多少忠诚守卫的将士，用生命书写成边的传奇？曾经有多少至死不渝的恋人，从此天各一方，断肠的又何止古道上的西风瘦马？曾经有多少建功立业的梦想，折翼在大漠粗粝的狼烟罡风里，出师未捷身先死！曾有多少解甲归田的心愿，葬送在戈壁凄厉的漫天黄沙里，长使英雄泪满襟！“由来征战地，不见有人还。”嘉峪关如同一个饱经沧桑的老将军，融入历史的痕迹中，以它独特的印记见证着风云变幻。朝代在变，人物在变，乱哄哄你方唱罢我登场，嘉峪关却仍然屹立在那里，不变的雄伟，不变的冷漠。

在嘉峪关流传着一块砖的传说。明代弘治年间，为了防止北方蒙古人的南下侵略，皇帝想通过建立关隘的方式保障境内安宁。于是修建嘉峪关长（关）城的任务就落在了当时的兵备副宪李端澄身上，他感到极为为难，倒不是上面没有拨足银两，而是嘉峪关地处沙漠，要在这样一个不毛之地建造关城，难度可想而知。李端澄招募了全国数百名能工巧匠，让大家献计献策。一位名叫易开占的匠人站了出来。他首先绘出整个关城的图样，再根据图样制作出模型，并按比例放大，易开占经过运算，算出关城全部用砖共九十九万九千九百九十九块砖。李端澄拿到这个数字后有些疑惑，真的有这么精准吗？一块不多，一块不少？易开占拍胸脯打包票，说如果多一块砖，他和他的团队工钱可以不要了。李端澄大喜，并如数给了易开占预算的块砖。

三年时间工程完工，易开占请李端澄验收，然后付工钱。李端澄跟着易开占前前后后走了一圈，什么问题都没有，但是在西瓮城门楼的后檐台，居然发现多了一块砖。李端澄质问易开占：“你这里怎么会多出一块砖来？”并要易开占拿掉那块砖。易开占马上说：“此乃定城砖，我特意放在这里的，不能轻移，一移城墙就塌了，不信李大人你就试试吧！”

这就是一块砖的传说。作为对奇迹的补偿和展示，人们特意将这块砖放在“会极”门楼可望而不可及的檐台上，以求永世的纪念。

走出关城，面对夕阳下横卧在戈壁滩上的嘉峪关，我有种莫名震撼：尽管没有了狼烟四起，飞檄传警，旌旗招展，震耳的鼙鼓，但依然能感受到那曾经生生不息的心跳，能触摸到历史的脉搏。是的，真正的雄关，真正的长城，不在山巅，不在戈壁滩，而是在人心。

土楼印象

进入福建地界，一座座拔地而起造型奇特的土楼建筑最引人注目。土楼是世界上独一无二的大型夯土民居，产生于宋元时期，经过明代的发展，清代、民国时期逐渐成熟，并一直延续至今。土楼的形成与社会动荡有关。当时，中原地区人口举家南迁，与当地文化相结合，建成防御功能极强的土楼建筑。土楼根据不同的功能、地形、习俗，形成了各异的土楼形态，其中形态最多的类型为圆形楼、府第式方楼、方形楼等。

说到土楼，很多人马上会想到龙岩永定客家土楼，其实不然，位于福建漳州南靖县内的土楼更值得一看。南靖堪称“土楼王国”。这些土楼大小不一，形状各异，除常见的圆形、方形外，还有椭圆形、五凤形、斗月形、扇形、交椅形、曲尺形、八卦形、围裙形、塔形、合字形、凸字形、前方后圆形、套筒形、雨伞形、方圆结合形、马蹄形等等。不仅如此，在南靖大大小小的土楼中，云水谣的“和贵楼”是所有福建土楼中最高的一个，高达 21.5 米，堪称土楼之最。再有就是“怀远楼”，它是福建所有土楼建筑中，工艺最精美、保护最好的双环圆形土楼，堪称汉族民宅建筑艺术的佳作。

司机兼导游的小谷家就住在云水谣村。他首先带我走进和贵楼。据小谷介绍，和贵楼建于清雍正十年（1732 年）。此楼当初在选址时，并未发现这是块沼泽地，楼建了一层，忽然整层楼像沉船一样，慢慢下沉到了烂地里，建楼的简姓族人无可奈何，只好在下沉的楼墙上打了 100 多立方米的排桩，这才重新夯墙建楼，建起了这座五层高的方楼。说到这，小谷指着天井整片的鹅卵石让我在上面跺跺脚，我不知其因只是照做，跺脚的过程中，发现脚下的鹅卵石如涟漪般震动，又跺了跺脚，依旧如此。小谷说这就是此楼的奇特之一。

跟着小谷又看了奇特之二的楼中的两口水井。两口水井相距 18 米，井水水位均高出地面，右边那口井，清亮如镜，水质甜美，井中几条红鲤鱼翩翩游动，而左边那口井却混浊发黄，污秽不堪，完全不能饮用，这是怎么回事呢？小谷见我一脸不解，笑笑说他也不知道为什么，除了涉及风水、神仙等的传说轶闻外，专家学者们至今也还没有从科学上做出令人信服的解释。

我们出了和贵楼来到怀远楼。怀远楼是双环圆形土楼，建成于清宣统元年（1909 年），坐北朝南，楼高四层，楼内直径 33 米，每层 34 个房间，墙基用硕大鹅卵石和三合土垒筑而成，楼墙虽然只是普通夯土墙，但其夯筑技术炉火纯青，历经近百年的风雨侵袭，至今一片光滑，几乎没有剥落。

怀远楼最引人注目的地方，是它天井中间的“斯是室”，这既是祖堂又是私塾，正面对着大楼门，所以一走进怀远楼就会感受到一股浓浓的书香气息迎面而来。“斯是室”是一座精巧的四架三间上下堂的五凤楼，室内雕梁画栋，古朴天然，对联横匾，书卷气浓。堂上悬挂的横匾刻着苍劲有力的行楷“斯是室”大字，两边柱子上有副对联，上联是“斯堂讵为游观计敦书开耳目”，下联是“是室何嫌隘惟思尚德课儿孙”。正堂两端屋架斗拱上雕刻着书卷，有两对镏金对联：“月过花移影，弄声风来竹”“琴书千古意，晓春花木心”，门柱、墙壁上还有多处勉学劝善的对联：“书为天下英雄业，善是人间富贵根”“天下良谋读与耕，世间善事忠和孝”等等，足见其家族的耕读传承的门风。

小谷告诉我，这里的土楼都是依山就势而建，吸收了中国传统建筑规划的“风水”理念，适应聚族人而居的生活和对外防御的要求，巧妙地利用了山间狭小的平地和当地的生土、木材、鹅卵石等建筑材料，是一种自成体系，具有节约、坚固、防御性强等功能。土楼有三个特点：一是中轴线鲜明。厅堂、主楼、大门都建在中轴线上，横屋和附属建筑分布在左右两侧，整体两边对称极为严格。二是以厅堂为核心，组织院落，进行群体组合。三是廊道贯通全楼，四通八达。

云水谣是一个以土楼建筑为主的村落。村里除了和贵楼与怀远楼两座保存良好、特色鲜明的大型土楼外，还分布着许多小型土楼。一条潺潺流动的溪水从村中穿过，溪岸边由 13 棵百年、千年老榕组成的榕树群蔚为壮观，其中一棵老榕树树冠覆盖面积 1933 平方米，树丫长达 30 多米，树干底端要 10 多个大人才能合抱。小谷告诉我说，此地是福建著名的侨乡之一。这里的人从明宣德年间起就陆续开始向外迁移，到缅甸、新加坡、印度尼西亚、泰国，及台湾、香港等地谋生。现祖籍长教的台湾人就有 23 万之众，每年都有很多台湾人不远千里，回到这里寻根谒祖。

坐在老榕树下，听着潺潺的溪流声，看着形状各异的土楼，全然一派岁月静好的模样。

走进天一阁

正如北京的故宫、上海的外滩、杭州的西湖、安徽的黄山，到宁波，是一定要去天一阁。天一阁是亚洲现存历史最悠久的私家藏书楼，也是世界上现存最古老的三大家族图书馆之一。天一阁建于明嘉靖四十至四十五年（1561—1566 年）之间，原为明兵部右侍郎范钦的藏书处。现藏各类古籍近 30 万卷，其中珍椠善本 8 万余卷。

走进天一阁，跨入正门，映入眼帘的是一座书生模样的铜像，他手持书卷，目光执着坚毅地望着远方，他就是天一阁的始建者范钦，官居明朝兵部右侍郎，他身居显位不思量如何削尖脑袋往上钻，却沉湎于各处搜集、购买各种书籍，他走南涉北，大笔大笔银子购置书籍，渐渐地，当官的主业旁落成副业，然藏书的副业却转正为主业，索性这位不爱当官爱图书的范大人辞官归隐，择地建宅，在宅内专门造了一座藏书楼，为了防止火灾，范钦费尽苦心，查阅了许多书本，最后在《易经》中看到有“天一生水，地六成之”这句话而受到启发，便取其以水制火之意，给藏书楼命名“天一阁”，书楼上为一大通间，楼下六间，象征：“天一地六”。藏书楼前，蓄一泓碧水名曰“天一池”，池子底下有暗沟与外面的月河相通，保证池水终年不竭，万一失火，可就近汲水救火。除此，范钦还规定抽烟喝酒后切忌登楼，不准擅领亲朋好友开门入阁及留宿阁内，更不准擅自将藏书借出外房及他姓者，凡违者处以不能参加祭祀祖宗的大典的惩罚。

范钦一直活到 80 岁。临终时把大儿子大冲和二媳妇（次子大潜已故）叫到榻前，他把遗产分成两份，一是白银万两，二是全部藏书。大冲体察老父心情，决定“代不分手，书不出阁”。范钦的后代对天一阁藏书的保护制定了许多严格的禁约。据记载嘉庆年间，宁波知府邱铁卿的内侄女钱绣云是一个酷爱读书的聪明才女，为求得登阁读书的机会，托邱太守做媒，与范氏后裔范邦柱结为夫妻。可当钱姑娘进入范府，却听到了一个令人吐血的规定“女子不得上楼”。钱绣芸终其一生也未能一睹群书，可以想象，不知多少个日日夜夜，她徘徊于宝书楼前的身影和无可奈何的凄叹。绣云死前，遗命夫君将她葬于阁边，愿以芳魂与书做伴，了却她另一种“青灯黄卷”的夙愿……这一悲剧足以说明范家禁约的严格。

乾隆时期，清朝政府组织编纂了著名的《四库全书》。范钦八世孙进贡的珍稀古籍为全国进呈之最，天子龙心大悦，除了赏赐，还指派专人来到宁波，对天一阁的平面布局、结构设计、书架形式等进行考察和测量。然后，按天一阁的模式在北京修建了文渊阁，在承德修建了文津阁，在沈阳修建了文溯阁，在杭州修建了文澜阁，在扬州修建了文汇阁，在镇江修建了文淙阁。由此可见，天一阁对我国藏书楼的建设和图书馆事业的发展，起了多么大的作用。

然而世代规约不可能是一成不变的，第一个破例登上天一阁藏书楼的外姓族人是明末清初的思想家黄宗羲。清代康熙十二年（1673 年）黄宗羲由于他的道德、文章、学识、气节在当时普遍受到人们的敬佩。在范氏族中曾做过嘉兴府学训导的范友仲帮助下，很快取得了范氏各房的同意，登上了天一阁。天一阁禁止外族人入阁的祖训，就这样被打破了！

来到于此，面对数万卷藏书扑面而来，这位大学者无疑是惊讶与崇敬的，在这里，他不禁仰望着一排又一排沾惹灰尘的藏书，更仰望起一百多年前那个叫范钦的人，似乎与他寒暄，与他叙旧。七年之后，他提笔写下《天一阁藏书记》，开篇就深切地叹道：“尝叹读书难，藏书尤难，藏之久而不散，则难之难矣！”历史有时候会将幸运赐予那些读书、惜书之人的，这一次，就赐予了明末清初著名的史学家、思想家黄宗羲。

无意之间，来到一座显得朴实的房屋之前，抬头一仰望，“天一阁”的匾额居然就悬在头上。原来，身边这座两层木结构的楼房，便是最初范钦所营建的天一阁，历 400 余年，它仍静静守候于此，虽然经历过多次维修，但岁月的痕迹仍在窗棂木柱之间散发而出。稍微远观，恍若一位饱读诗书、端庄而古朴的老者，正在这里书写着那不为世人所知的历史。当我再蓦然回首之际，忽然感到一种气息悄然涌来，那是一种执着地期许已久而相见的凝视，也是一种拨弄心弦而又一路萦绕于前方的心绪，或许，这是一种似乎只对读书之人才能领略的气息。我想，这种气息在 300 多年前的黄宗羲在走进门槛那一瞬间，就应该深为感触。还有，后来无数纷至沓来在此仰望天一阁的学子，亦如此。

走出大门，坐在大门对面的石凳上，看着进进出出的游客，不由再次想起 300 多年前黄宗羲的受邀破戒登楼的那件往事。是的，他们和我都是幸运的，因为在这里，都可以与范钦做一次对话，一次关于好书、惜书、藏书的心灵对白！

古琴台传奇

第一次来武汉，我没有直奔自古享有“天下江山第一楼”之称的黄鹤楼，和被称为全国小商品市场第一街的汉正街，而是去了位于龟山脚下的古琴台。

学生时代就知道古琴台的传说。春秋战国时期，楚国大臣俞伯牙极善鼓琴。一次外派公干，伯牙乘船沿江而下，途经汉阳江面，突遇狂风暴雨，停舟龟山脚下，不一会儿雨过天晴，心旷神怡，于是乎伯牙鼓琴咏志。抚琴小段弦即断，伯牙便知有人窃听，请出，此人正是樵夫钟子期。伯牙调好琴，沉思片刻，抚琴一首，志在高山。子期赞道：“美哉！巍巍乎志在高山。”伯牙又抚琴一首意在流水。子期又赞道：“美哉！荡荡乎意在流水。”伯牙大喜，得遇知音，拜交为挚友，约来年再会。第二年，本是伯牙会子期之时，不料子期却已不幸病故。伯牙悲痛万分，在子期墓前鼓琴《高山流水》。曲终后，伯牙失去知音更感孤寂，悲痛万分，顿感曲艺无意，便扯断琴弦，摔碎琴身，发誓今后永不鼓琴。

传说也好，故事也罢，俞伯牙与钟子期结为知音的传奇故事，给中国传统文化增添了可歌可泣的一页。知音，已升华为对友情的忠诚不渝，也成为中华民族的优良传统和崇高的美德。

古琴台的门楼颇有徽派建筑的味道。走进大门，首先看到的是一尊伯牙抚琴蜡像。穿碑廊，过印心石屋，最后登上古琴台。古琴台又叫伯牙台，始建于北宋。现在的古琴台，为清嘉庆初年湖广总督毕沅主持重建，并书“古琴台”三字刻于大门门楣。伯牙台是用汉白玉筑成的石台，相传是当年伯牙鼓琴的地方。它高 1.75 米，台的中央刻有相传为北宋书法家米芾所书“琴台”二字的方碑和《伯牙抚琴图》。石台四周用石栏围砌，栏板上刻有“伯牙摔琴谢知音”的浮雕图。旁边有一棵高大挺拔的雪松，一树分二枝，寓意伯牙与子期的义结金兰，名曰“知音树”。

我静静地注视着《琴台知音》雕塑石像。峨冠，曲裙深衣，袖有纹饰，腰佩宝剑的自然是伯牙。子期则素衣简扮，方巾平髻。两人抱拳相揖，微笑以对。第一次见面，成为最后一次见面。第一次分别，成为最后的诀别。旷世知音，以琴为媒，在此，却成为生离死别的代名词。“三尺瑶琴为君死，此曲终兮不复弹!”面对两位旷世知音，我茫然间有些不知所措。史书冷脸素颜，寥寥数字，这样美好的故事为何却以这样绝诀（碎琴绝弦）的方式来结局?

琴堂，一栋半檐歇山顶式前加抱厦的殿堂，面宽三间，砖木架屋，檐下匾额上书“高山流水”四字。堂内阒寂无人，静谧如初。空气慵懒自然，不惹尘埃。一人抚琴，一人倾耳，一个是楚国的大臣，一个是乡野的樵人，两条平行线上的人偶然折向交集，两颗素昧平生的心倏忽合拍，竟然因着美妙琴声震颤在了一起，同频跳动。这样的场景很容易让人进入某种状态。清风入怀，琴声绝尘去嚣，恬静而清越，恍惚情景再现，直追2000多年前两位前贤唯一的那次会晤。琴弦跌宕中，一场旷世绝伦的高山流水知音图在眼前弥散开来……

园内后面有一沧浪亭。坐在沧浪亭上，对望古琴台，人们难免不“摅怀旧之蓄念，发思古之幽情”。子期的死，何以让伯牙悲伤欲绝，碎琴绝弦?是啊，世无知音，即便是高山流水，也只是同于凡响，也再难引起他人的心颤共鸣，伯牙的、孤寂、孤绝孤独便油然而生。登台吟赋，寄情言志，本是古人的一大雅好。此时此刻，忽然想起陈子昂，想起他的《登幽州台歌》：“前不见古人，后不见来者。念天地之悠悠，独怆然而涕下。”

高山流水，知音佳话，这一千古韵事已飘过2000多年，然而，“人生难得一知己，千古知音最难觅”这一主题从未改变。如同子期之于伯牙一样，知音之情，在于茫茫人海中的相互赏识，在于芸芸众生中的惺惺相惜。历史上，管仲与鲍叔牙的深情厚谊，易安居士与丈夫赵明诚的夫唱妇随，小凤仙与蔡锷将军反袁义举的相互默契，鲁迅与瞿秋白的一见如故和并肩战斗……二者快乐着对方的快乐，悲伤着对方的悲伤，心有灵犀，行若一人，声气相求，嗜味相投，得一知音，人生无憾!

走出古琴台，已是傍晚时分。也许，在如今喧嚣浮躁的年代里，人们对阳春白雪的故事无暇顾及，抑或对虚无缥缈的传说不感兴趣吧！面对门可罗雀的古琴台，我朝圣般的心情不由黯然。

寂静的霸王祠

中国有句老话："胜者为王败者寇"。千百年来，这句话已被大家认同为一个定理。但是，一刎动千古的项羽打破了这个定理。"生当作人杰，死亦为鬼雄。至今思项羽，不肯过江东。"李清照的这首《夏日绝句》，让西楚霸王虽败犹荣，死得磊落豪壮，有声有色！使得历代史学家与普通百姓，都给予了这位落败自刎的英雄前所未有的崇敬。史家以王侯的规格为他立传，文人幻想他可能东山再起，老百姓则很实际地给他立祠供奉。据记载："旧时乌江地方百姓，每逢农历三月初三日，穿着僧装道服，乔装打扮，抬霸王檀香雕像，拖拉木舟出游，列仪仗队，张灯结彩，前呼后拥，敲打锣鼓，所到之处，家家摆香案，放爆竹，叩头施礼。"

霸王祠位于安徽和县乌江镇境内。据记载，霸王祠最盛时有厅、殿、厢、室 99 间半之多，自唐而降，官民依时祭祀，千年香火不断。大殿内供着霸王和虞姬的神像，两旁木柱挂着清朝贡生范琴波的对联："司马迁乃汉臣本纪一篇不信史官无曲笔；杜师雄是豪士灵祠大哭至今墓木有余悲。"2000 年来，霸王祠虽几经兴废，饱经沧桑，但一直香火不绝。祠建在凤凰山上，前临浩瀚的长江，旁伴静怡的运河，风景优美，建筑古朴，颇有秦汉之风。

进入大门便是享殿，殿中央立着一座高达 2.66 米的仿青铜霸王像。霸王身体前倾，双眼圆睁，一手仗剑，一脚向前踏出，威风一如往昔。上方悬挂"叱咤风云"横匾。塑像两侧立柱上是赵朴初写的楹联"彼可取而代也，白眼视秦皇，一时气盖人世间；汉皆已得楚乎，乌骓嗟不逝，千古风悲垓下歌"。目睹霸王像，马上就想到了"力拔山兮气盖世"，这七个字为项羽所专享，天下公认这是对项羽最逼真、最精炼的概括。

殿后是项羽墓。通往墓台的石板神道为古松掩映，旁立四对石人石兽，粗犷简约。中立“西楚霸王衣冠冢”碑石一方。冢成椭圆状，冢后红墙上有七个白粉衬底的黑墨大字，“力拔山兮气盖世”，一字一壁，大于碾盘。冢背后是地下墓道，内有一个棺椁，里面虽然空无一物，但历经时间雕刻的棺椁，却是2000多年前金丝楠木的实物。墓道墙壁上刻着汉代风格的浮雕壁画，记录着楚霸王的平生大事。

出了墓道，祠的右侧有一座碑廊，里面竖立着历代文人名士为纪念霸王而写的手迹。碑廊南面树木掩映处，有条曲折的小径通向抛首石、乌江亭、驻马河遗址、旗杆台、棂星门、偏殿、衣冠冢、墓道、墓室、石人石马、霸王鼎等多处景点。其中毛泽东主席书写的《题乌江亭》（杜牧诗），刻嵌于右壁首席地位：“胜败兵家不可期，包羞忍辱是男儿。江东子弟多才俊，卷土重来未可知。”这意思认可的是前代评论中的第二种观点。“包羞忍辱”仅是表象，毛泽东更深层的体认，则是“不可沽名学霸王”。鸿门忍手，鸿沟划界，提出匹马单枪与刘邦决一雌雄，不都是为了沽一个“仁者”之名吗？不懂政治，终究被对手捺进了泥坑。

祠外正西方向远远地建一钟亭，内悬巨型铜钟，名曰“三十一响钟”。钟上铸有“三十一响钟亭记”铭文：项羽24岁起兵，31岁自刭，八年战争，成就了一代雄杰，此钟特意纪念他享年31载。人说雁过留声，项羽那驱动风云的叱咤声，仿佛是铸进了洪钟里……在每年的三月三，当地的老百姓都要敲响三十一声钟磬，让钟声震响大江两岸，以此来纪念这位英雄。

司马迁在《项羽本纪》里描叙项羽乌江之刎，可谓浓墨重彩，不遗余力。别的不说，这里要提一提那个诡异的乌江亭长，他的身份是确定的，项羽认识他，然而，他究竟是一个何等高人，能预知项羽于慌不择路之际必定逃窜至此，而预备下一条小船在此等待，并劝说到“江东虽小，地方千里，众数十万人，亦足王也。”对此太史公已不遑酌量，无论如何，这个人物此时此地出现都是必须的，是选择生，是选择死，端由他放出最宏大的声效，一场震古烁今的英雄悲剧至此方骤至最高潮。项羽那力拔山兮气盖世的气魄、破釜沉舟的果敢，四面楚歌的无奈、不肯过江东的决绝，为他赢得人杰鬼雄的英名，至今仍让人难以释怀。因而没有司马迁的《项羽本纪》，可以说，文学长廊里就不存在空前绝后的项羽形象。

我是在炎炎七月来到霸王祠的。走在浓浓的树荫里，抚今追昔，融入历史，仿佛听到项羽那雄浑的“力拔山兮气盖世，时不利兮骓不逝。骓不逝兮可奈何，虞兮虞兮奈若何!”的悲壮吟诵。我想，古人或升，或贬，总要从山水中找到一种精神寄托，有了这种寄托，王安石才会有“江东弟子今犹在，肯为君王卷土来”的理智沉静，陆游有了这种寄托，才能写出“八尺将军千里骓，拔山扛鼎不妨奇”的豪迈诗句。同样，司马迁用浓墨重彩之笔描叙项羽乌江之刎，与他本人的经历有关。读过他的《报任安书》的人或都知道，身受奇耻大辱腐刑的他，之所以未能痛快引决，实在是有不得已，不去做不等于不向往，以极壮烈豪迈之场景，寄极沉痛委曲之思想，可能真是其精髓所在。

走出祠门，裂痕的青石板铺满寂静。时间在这里仿佛还没有彻底苏醒，在似寐非寐之间却维护了一份不事修饰的原汁原味的生活之真。凝望三十一响钟”，我想，项羽将失败一剑断却，辉煌止于此，不管结局多么的悲壮，那一剑何尝不是一种豪气。那豪气，可以裂天地，撼山河。

悲哉，壮哉！不肯过江东之项羽，如此豪情，如此英雄！

贺兰山岩画

最初知道贺兰山还是学生时代，是因为岳飞的一首《满江红》：“靖康耻，犹未雪；臣子恨，何时灭？驾长车，踏破贺兰山缺。壮志饥餐胡虏肉，笑谈渴饮匈奴血……”印象里，贺兰山应当是边塞之地。2015年，偶然读到作家张承志的散文《视野的盛宴》，那种站在贺兰山缺，视野里“左手是游牧的沙漠草原，右手是农耕的黄河灌区”的景象，那种“让眸子享受盛宴，让身体处于分界”的丰富体验，让我心生向往。

汽车行驶在平坦开阔的柏油路上，一路向北。除了这一辆车，长时间看不到别的车辆。两边是一望无际的戈壁荒漠，除了零星散落着的早已干枯的矮墩墩的骆驼草，这里只有沙砾。这样似乎弃绝了生机的戈壁荒漠，不知为何，并没有给人以寂灭之感，却让人总觉得在它无动于衷的背后和不动声色的内部，正潜藏着无限的可能性和某种灿烂地绽放，它只是一直在准备着，在等待着，在孕育着。

离贺兰山越来越近，山体越显高大，望着渴慕已久的贺兰山，我不能自已。见我如此大发感慨时，司机小伙子告诉我，他去过最东边的地方是兰州，他的愿望是有朝一日能见到大海。他对大海向往的程度恰恰等同于我对贺兰山向往的程度。

站在贺兰山下，望山峦连绵于天地之间，蓝天白云，层峦叠嶂。昔日的烽火狼烟早已飘散荡尽，唯剩这岱色永恒的贺兰山，裸露粗犷，一丝不挂，像一位饱经风霜的老人，俯视这天苍苍、野茫茫的百世苍凉。

沿着贺兰口的山谷往里走，目光所到之处，俱为裸露在地表上光秃秃的石头，地壳运动形成的岩石断层面清晰可见。走着走着，一块刻有岩画的石头跃入眼帘。正当我低头细看时，司机小伙子在我身后说，这就是被世人誉为记录中国古代少数民族繁衍、发展的石书——贺兰山岩画。

贺兰山岩画非常简单，仿佛小孩子的涂鸦，有些一眼能看出画的是什么，有些图案则相对抽象。岩画图案，包罗万象，有动物、植物、符号、人面像……每个类别之下，又可以细分出各种小类。比方说，动物岩画就包含牛、鹿、羊、马等不同类别。我属羊，素来喜欢羊的形象，每到一个地方旅行，只要看到以羊为题材制作的工艺品，我都会买一个。于是特别留意岩画上的羊，数了一下，有五六种不同的岩画羊造型。

边看边拍边想，遥想当年，游牧民族的先人们，顶风冒雪，辗转深山荒滩，日夜与牛羊为伴，满目苍凉、孤单，他们仰起头，微眯着双眼，捉摸着、构思着，人物、动物、事件、场景，祖祖辈辈，年年月月。没有文字的洪荒时代，他们只能在高耸的石崖上，或刻、或凿、或磨，把自己的内心情感，把自己的信仰和祝福，一一全向这座大山倾诉。于是，这座大山成了艺术宝库和远古诗篇。

司机小伙子告诉我，贺兰山岩画题材多样，有动物、植物、人面、人体岩画及狩猎、放牧、征战、祭祀、生活等场景，最有代表性的一幅岩画叫《太阳神》。我连忙问他，你说的《太阳神》岩画在哪儿？司机小伙子告知就在前面。

跟着司机小伙子继续往山谷里走，不一会儿，我看到了岩画《太阳神》。《太阳神》岩画距地面十余米，借着相机的镜头我看到，岩画中的“太阳神”头部呈现出阳光般四射的线条，象征着太阳照耀大地时，散发的万丈光芒；面部呈圆形，它重环双眼，并长有睫毛，炯炯有神，直面东方，看上去神采奕奕、威武之极，给人以震撼的力量。

仰看着《太阳神》岩画，我想，远古时代生产力相当落后，人们把一切命运都寄托于上苍，而太阳高居天体之上，能主宰世间万事万物。因此，把太阳人格化、形象化，产生了太阳图腾崇拜。崇拜太阳，曾经是古今中外一种普遍的文化现象。回来后，我在网上查了一下，《太阳神》岩画是贺兰山岩画中的精品，其细腻的线条和独特的造型在世界上也是独一无二的。双环眼的构图法，在贺兰山岩画中只有地位极高的神灵才可以拥有。这幅《太阳神》岩画就成了当地人们心中敬仰和信奉的精神图腾。

岁月失语，唯石能言。

静香书屋

时隔七年，我第二次来到扬州。我们是在晚上九点多钟到的，下榻二十四桥宾馆。选择二十四桥宾馆是因为隔一条马路就是瘦西湖风景区西大门。

趁喧嚣未起，晨色微漾的静谧时分，御一身醒后的清爽，我们走进瘦西湖风景区。按照导游图的提示，我们越过“二十四桥”，来到了位于万花园景区中簪花亭西侧的静香书屋。

这是一个占地一亩左右的园子，是为了纪念扬州八怪之一的金农而建的。园子里没有游客。书屋坐北朝南，是三间开的青砖瓦房，典型的清代建筑风格。正门两侧有金农好友郑板桥题写的楹联：“飞塔云霄半，书斋竹树中。”书屋正门前有一个不大的池塘，由于时值冬季，池塘里只有枯死荷叶暴露于水面。荷池的东侧，植有腊梅数株，临池建有一船形的小亭。瑟瑟寒风里，伫立船亭，心中顿生无限感慨：“读书的环境倘能如此，读书人便能够诗意地栖居，神仙般地无拘无束，身体和心灵可以获得彻底的自由。”事实上，金农和郑板桥作为扬州八怪的杰出代表，生活得并不宽裕，有时候还比较窘迫，但他们都有一身傲骨，一腔正气，一颗纯洁高尚的灵魂。无论周边环境如何变化，他们始终能够守得住心中的那块净土。

连接船亭与静香书屋的是一条长不过十来米的走廊。走廊靠近书屋处，建有一座小桥，名“天然桥”，桥廊之上有对联：“天上碧桃和露重，门前荷叶与桥齐。”荷池的南侧筑有一座假山，以黄山石仿神龟形态堆积而成。假山有蹬道、山洞、小桥、松树、石凳。山顶建有小亭，名“龟山亭”，与静香书屋南北呼应：“月来满池水，云起一龟山”，又似乎对映“飞塔云霄半”之意。

走进书屋，松林梅的木雕罩格，墙悬国画，条几上供桌屏、花瓶，案置文房四宝，架摆线装古书，最宜弈棋操琴，品茗聚谈。没有刻意摆放，倒是散散淡淡，率性为之，使人一进其中立即体味到《红楼梦》中富贵闲人的洒脱和聪慧。驻足其间，向南展望，有“二十四桥”；向北极目，栖灵塔巍，一幅原本只有平远、深远的山水画，因为塔的出现凭空多了高远的层次，为小小的书屋增添了无限的生动和绵延的韵味。

静香书屋是扬州唯一的景观多以“半制”取胜，即舫为半舫——由南向北望，画舫临水，小巧别致，凫于莲塘之中，如同船泊池边，待到由北向南望时，舫的前舱依然，后舱与廊融为一体；亭为半山亭——亭柱或长或短，搁在黄石山石上，与石成为一体；园中太湖石的假山均为贴壁假山——半在墙里，半在墙外；月洞门旁的美人靠仅有一半、石桥的栏杆只有半边、门庭只是半亭，半真半假，半实半虚，或遮或掩，或放或收，除打破了旧式园林对称规整显得轻灵活泼外，或许更有一段禅机任凭参悟。这个“半”，让人想到了王安石生活过的“半园”，想到了他变法失败后的“半是悲哀半是愁”的叹息与无奈，而静香书屋却无“吾为无名抵死求”孜矻探求的焦躁，也无“有名为累子还忧”的骑虎难下无奈，倒是暗合了金农抛却了苍蝇竞血，看透世间冷暖功利的烦恼，静坐书斋，泼墨挥毫，在书山诗海中体味如饮甘醇，似嚼橄榄的口舌留香和恬淡自适，同时把他个人的理想和追求蕴含其中。

历史的印痕跟人的记忆一样，是有限的，走出小园，回望静静立在那儿的书屋，你才会真切地感受郑板桥“瓶中白水供先祀，窗外梅花当早餐”的那份贫而且清的心境，金农那股“我今常饥鹤缺粮，携鹤且抱梅花睡”的别样情操，才知道它们的精神天地有多深邃辽阔。从这个意义上讲，扬州八怪们那原创的天赋、不羁的个性、自由的精神、孤傲的风骨，以及隐于俗而显于雅，耐于贫而乐于守的独特而复杂的人格，让你访过一遍，一生都走不出那扇记忆的门。

绿水青山

LV SHUI QING SHAN

三亚落日

我一直认为日出与日落相比，日出更具诱惑，这恐怕是日出的升腾、辉煌，更符合人的一种充满希望的心境。特别是站在巍巍的高山之巅，观看日出，有一种独特的享受。有美、有壮阔、有升腾感、有洗涤感……然而，今年八月的海南之行，改变了我的看法，在海边看日落比看日出更富诗意，美妙绝伦得多。

到达三亚市已是傍晚。三亚位于海南岛的最南端，是中国唯一的一小片热带地域，处于北纬18°线上。正是这条无形的线却有形地区分出热带和亚热带的生态和景观，让人领略到那浓浓的热带风情。

一汪蓝得透透的海水包着三亚。站在海边，蓝蓝的天和海融为一色。海面上，白鸥低翔，真担心海水涂蓝它们的翅尖。玉屑银沫般的沙滩，好像是被人用巨梳精心梳理过似的平整光滑。看一眼，只觉得金灿灿、银亮亮；捧一把，真想将它捏一捏、团一团揉成韧韧的面；走在上面，软软的沙暖暖地搔痒着脚板，一种说不出的感觉让人陶醉。而活泼了一天的太阳，似乎如顽童，丝毫没有疲倦一说，它歪着红喷喷的脸蛋，随随便便从身上抹下赤朱丹彤，任意地洒向每个角落，溅出耀眼的亮点。于是，天和海都被它的笑颜所染，那通体一色的金红，灼人的热烈，给人顿悟：三亚之所以风情万种 ，美色撩人，完全是阳光给予的生命恩赐；海水因它而湛蓝，椰树因它而翠绿，沙滩因它而皎洁……

时间不知不觉地溜走，海风阵阵，暑气渐消。这时的夕阳，终于收敛了光芒而渐渐温和，如一光焰柔柔的大红灯笼悬在海与天的尽头。大概是悬得太久了，于是慢慢下俯，刚一挨到海面复又平稳如初，似乎借助海的支撑，再一次任性地在大海这张硕大无比的床上顽皮地蹦跳。此时，海天是一片垂直的斑斓。那光与色彩极富有层次感、质感。液态的光流，浓浓稠稠，轻轻淡淡地涂抹在大海上。大海失去了原色，像饱饮了玫瑰酒，醉醺醺地涨溢着一种情愫。我惊讶得不敢眨眼睛，生怕眨眼的瞬间，那绒绒红灯笼会被一只巨手提走。我正陶醉中，忽然又见那落日颤动了那么两下，最后像是最佳跳水运动员那样，以一个最轻捷的弹跳，再以一个悄然无声水波不惊的优美姿势入水，向这个世界道了再见！

哦哦，这就是三亚的落日！

我完完全全被眼前的这番情景所震撼。那种美妙，那种神奇，那种辉煌，当时就让我感到了语言的无力。我感悟到，人，尤其是生活在现代的人，为什么那样偏爱日出和日落，不辞辛苦地去领略日出的辉煌和日落的神奇呢？是由于现实生活过于庸俗和充斥着喧嚣，人们希望在日出与日落中获得灵魂的解脱，还是因为人与大自然的交感契合，才能创作出生命的辉煌？抑或人本来就是自然之子，唯有在自然中才感到生命的流动，生命的和谐与永恒？

也许因为这个缘故，人们像是参加一次麦加的朝圣聚会，去山顶、去海边，等待美好，等待升腾的辉煌，等待滑落的神奇。而我，同样是因为这个原因，才来到海边，并有了这篇小文的题目——三亚落日。

雨夜西湖

这不是我想象中的西湖，不是。

没来之前对西湖心仪已久。灵隐寺、断桥、苏堤、白堤、雷峰塔等景观，早已深深地印在脑海里，刻在心里。想象着西湖是如何一种媚态能让欧阳修如此倾心地写出了“残霞夕照西湖好，花坞苹汀，十顷波平，野岸无人舟自横”。可是真正来到西湖，眼里只有人，没有景。面对熙熙攘攘、摩肩接踵的游客，我在想，林升笔下描述的“山外青山楼外楼，西湖歌舞几时休？暖风熏得游人醉，直把杭州作汴州”中那人声鼎沸的场景是不是也像今天一样。

没办法，同来的另外四人提议拍几张“到此一游”的照片完事。想想只能如此了。然而，没想到的是，无论我们在哪个景点拍照，总是有人闯入镜头，我们只好分工：各站一边阻拦“闯入”者，并不停地很客气地说：“对不起，稍等一下。”然而就这样还是防不胜防，于是干脆收起相机，索性随人流瞎逛。而这时，不绝于耳的又是旅游团队的哨声和导游的扩音喇叭此起彼伏的声音，其间又夹杂着一些自认为是上了旅游公司当的游客和导游之间的口角，以及一些专给人拍照的个体者四处招揽生意的大呼小叫……这一番赶集似的热闹，把游兴一扫而光。不仅没有了“处处回头尽堪恋，就中难别是湖边”的那份感叹，甚至连多站一会儿的兴致也提不起来，最终，只能是打道回宾馆。

天完全黑了，不知什么时候，天空飘起毛毛细雨，站在房间的窗前向外张望，细雨在路灯的照射下，密密斜斜地交织在一起，轻轻飘落下来，更像是水雾，顿时脸上就有了凉凉的很舒爽的感觉。对啊，这个时间去西湖估计没人了吧！跑到另一房间，刚想张口，好嘛，四位正坐那床上玩扑克牌呢。和他们打了声招呼，就下楼在前台租了把伞，直奔西湖而去。

果然，此时的西湖已让雨声抹去了白天的纷杂，变得安静而神秘。此时的西湖宛如一幅浓墨的山水，但它不是山水大师们雕镂的凝固的变形。雨声、风声、湖水的低吟，有一种灵妙的意境。沿着湖边漫步，看雨水与湖水交融，看水墨般的平平仄仄。

万余年前，还是古海湾一部分的西湖，经过多少次大自然之手的改动，又经过多少人大规模的疏浚和保护，才有了今日“水光潋滟晴方好，山色空蒙雨亦奇。欲把西湖比西子，浓妆淡抹总相宜”的西湖。古往今来，又有多少唯美的故事在民间流传。断桥之上，许仙和白素贞雨中相遇；凉亭侧旁，梁山伯和祝英台十里相送；西泠桥畔，苏小小埋玉其间；青山碧水有幸，竟安葬了岳武穆、于少保、张苍水三位民族英雄。

再有，诗人们一个个直奔它而来，画家们一个个直奔它而来，苏东坡、白居易、刘松年、马远、陈清坡、马麟，甚至连康熙、乾隆，都在这里留下抒怀的诗句和墨宝；情人们一对对奔着它来，让“断桥”为证，倾诉爱的心曲。是谁说过：最具有地域性的就最具有民族性；是谁又说过：最具民族性的就最具有世界性。西湖正是这样一幅最有地域的生命魄力和民族的创造气魄的水墨，一幅地地道道的中国水墨。

时至今日，对杭州来说，西湖不仅仅是一个旅游景点，更是这座城市的象征，千百年来，没有任何地标堪与其相提并论。她不仅见证了旧时临安的繁华与落寞，也陪伴了今天杭州城的发展与兴盛。很难想象没有西湖的杭州会是什么样子，但我知道没有西湖的杭州一定是不完整的。还好，今天西湖还在，她就这么静静地躺在杭州的怀抱中，而我，就这么静静地坐在西湖的怀抱中。

雨渐渐大了。走进一家茶楼靠窗而坐。不得不说，能在这样一个雨夜，能坐在西湖边上喝一杯暖暖的绿茶，是件很幸福的事情，何况倒茶的姑娘是一位瓜子笑脸、身材纤瘦、着一袭水墨小花的纱裙，讲起话来糯糯软软的杭州姑娘。

看着窗外近在咫尺的西湖，雨点“噼里啪啦，噼里啪啦……”地，连续不断地拍打着窗户，像断了线的珍珠，又像透明的水晶球。我静静地听着雨点声，不知为什么竟觉得雨声里像有一只洞箫在宛转地吹着。箫音似乎是从南宋的杭城飘来，充溢了我的心房。我抬起头来，眺望着，面前只有一片茫茫的雨雾，无数灯光在雨雾里闪闪烁烁，欢跳不止。

起身离开，在我和西湖告别的时候，一种不可抗拒的柔媚的启示，打入我的心扉，烙在我的心壁，我无法说清这一切，却永远也抹不掉它。

秋之青海湖

从西宁包车去青海湖的路上，隔着窗子，远看，青蓝青蓝的天，千姿百态的云，起起伏伏的山；近看，成群的绵羊和牦牛，洒落在绿茵茵的草原上。特别让我惊讶的是，时令秋季，居然还能看到黄得蓬勃，黄得灿烂的油菜花。这是怎样的一种瑰奇景色啊！

见我如此的大呼小叫，司机马师傅说："王叔，真看不出你是60多岁的人。"正说笑着，突然，车右前方一抹青色映入眼帘，青海湖就这样从天际而来。

这是我第一次与青海湖的亲密接触。站在湖岸边，全身上下润润的，暖暖的，漾着一股浓浓的鱼腥香味。远处的湖水波光粼粼、熠熠生辉；近处的湖水平静如镜，优雅万分。湖水蓝中泛绿，绿中又掺杂着蓝，变幻的水色令整个湖似一块宝玉，生出诗一般的意境。青蓝的湖水连着远方的山峰，更似一幅浓墨重彩的山水画，恬静而又舒缓。

在青海湖景区，有三处立着写有"青海湖"的巨石供人拍照。那拍照的人实在是太多了，队排得很长很长。游人们做得最多的动作是除了拍照还是拍照。美女们一袭白衣、或红衣、或黄衣，并配着各色纱巾，做着各种舞蹈动作，个个宛如仙女下凡。帅哥们也是酷酷的或抱手在胸、或背手在后、或举手做个V形，总之，男男女女总是摆着各种姿势拍照。我没那个耐心，脱下旅游鞋、卷起长裤，我一步步走进湖水中，也顾不上水有点凉，摆好姿势，岸上的马师傅给我连拍了五六张。

上了岸，我一边穿鞋，一边问马师傅对青海湖的历史知道多少，马师傅笑了，说了解得不多。我说："那好，跟我上游船，听听导游的介绍，也长长见识，别以后游客问到你，一问三不知。"

上了游船，不一会儿，传来女导游的介绍。青海湖为我国最大的内陆咸水湖，藏语称“措温布”，蒙古语称“库库诺尔”，意为蓝青色的湖。青海湖位于大通山、日月山、青海南山之间。早在两亿三千万年以前，青藏高原是一片浩瀚无际的古海洋。200 万年前，剧烈的造山运动使得这片古海洋渐渐隆起，一跃成为世界屋脊。后来，有的海水被四周的高山环绕起来，形成了大大小小的湖泊。青海湖就是被山脉堵塞而形成的一个巨大湖泊。青海湖长约 103 公里，宽约 65 公里，绕湖一周约 370 公里，面积达 4456 平方公里。

我问马师傅：“怎样，现在知道青海湖的来历了吧!”马师傅笑着点头说：“其实我也知道一点，只是没导游知道的那么多。”

导游又开始了介绍。千百年来，青海湖是居住在这里的藏族人民心中的“圣湖”。每年，当地藏族群众都会来到湖边，用自己的方式“祭海”，祈求人畜兴旺、风调雨顺、五谷丰登。所谓“祭海”，就是祭祀青海湖，是最初蒙古族的传统。原来信仰萨满教的蒙古人相信万物有灵，尤其认为天是至高无上的神。在元代，蒙古族就有祭天、祭山、祭海的风俗，清代以来对青海湖的祭祀活动更具规模及宗教色彩。与此同时，环湖地区的藏族人也参加这项祭祀活动。如今，青海湖的祭祀仪式已经全部藏化。对于藏族来说，青海湖祭祀是件非常神圣的事情，大规模的祭祀仪式一年就一两次，如能赶上青海湖边八大活佛主持的祭海仪式，那便是三生有幸。

导游的话音刚落，马师傅忙说他看过“祭海”。接着马师傅说，祭海的第一步就是所有参加祭海的人，都要顺时针绕着桑台转三圈。转完后，来自各寺院的活佛都要上祭台诵经，请求青海湖的神灵降福众生，接着带领祭海的人群向空中抛撒五色风马纸片，并向炉中倾倒食物。诵经完毕，进入祭海的高潮——给湖神敬献礼物。群众将承载着自己心愿的宝瓶投入青海湖，以祈求自己的心愿能够实现。宝瓶是藏八宝之一，是祭海仪式中不可或缺的祭祀物品。瓶内装有青稞、小麦、豌豆、玉米、蚕豆五种粮食，同时还将珊瑚、蜜蜡、玛瑙等碾成粉后和这五谷混合在一起放入瓶中。这个时候，手捧宝瓶等各种祭祀品的喇嘛和信众在活佛的带领下，浩浩荡荡向湖边走去。到了湖边，先由活佛诵经做法事，众喇嘛、信徒高举着祭品簇拥在活佛身后，得到活佛指令后，大家纷纷将祭品抛向湖中，霎时湖水浪花四溅。信徒呐喊欢呼声一片，许多老人、妇女纷纷跪在湖边，摘下身上的护身符用湖水清洗，据说这天用湖水洗护身符，可保一年平安。

伫立船舷，看着一眼望不到边的青海湖，知道了你的来历，再去端详你，你就多了一分厚重。由此联想到不过百年的人生，顿觉人生实在是太短暂了。在历史的长河中，不论大人物也好，普通人也罢，其实，人生不过只是一朵浪花罢了。可能，很多人连浪花都算不上，充其量只是一小滴水珠罢了。

离别的时刻到了，没有告别，没有留恋。我把它装在了心里！

游瘦西湖

我们一行三人是从御码头上的船。开始并不知道游瘦西湖为什么要从御码头上船，上了船经导游一说，才知当年清朝皇帝南巡时就是在此登船的。我再次回头看了看御码头。阳光下的御码头几乎已没了什么皇家气派。从那一层层石级走向河边的时候，根本不觉得自己是行走在万乘之君专用的御道上，却仿佛觉得是从喧嚣的都市里来到了郊野的村庄。时间已经把皇家的浓脂艳粉洗去，当年戒备森严的御码头变成了老百姓随意散步的乡间小道。

瘦西湖其实不瘦，有着700多亩的宽阔水面，只是腰肢细长，故称瘦西湖。瘦西湖给我的第一个印象就是清瘦、含蓄和妩媚。它与西湖截然不同之处便是狭长曲折。坐在游船里，一边看船剪开一线水波，一边听风撩过一片白云，船动景移，一步一景，给人一种“人在历史画卷中”的感觉，领略到王维“柳暗花明浅岸纡，楼台临水恣情娱。分明一幅唐人娟，写出辋川诗画图”的意境，赞叹郁达夫“瘦西湖的好处，全在水树的交映，与游程的曲折；秋柳影下，有红蓼青萍，散浮在水面，扁舟擦过，还听得见水草的鸣声，似在暗泣”的描述如此到位。而我们却在诗化了的环境中尽情领略瘦西湖的秀美风光，充分感受水上曲苑风景，和带给我们的高层次的文化享受。

“青山隐隐水迢迢，秋尽江南草未凋。二十四桥明月夜，玉人何处教吹箫。”晚唐诗人杜牧以一首《二十四桥景》的七言绝句，把瘦西湖的“二十四桥”打造成天下闻名之景。为什么叫“二十四桥”，说法是颇多的。听导游介绍说，二十四桥原为吴家砖桥，周围山清水秀，风光旖旎，本是文人欢聚，歌妓吟唱之地。唐代时有二十四歌女，一个个姿容媚艳，体态轻盈，曾于月明之夜来此吹箫弄笛，巧遇杜牧，其中一名歌女特地折素花献上，请杜牧赋诗。传说是优美的，也有野史说成是隋炀帝的作为，二十四桥即为炀帝以歌女数改名，但无以稽考，只能留给后人鉴赏。宋代沈括是以严谨著称的，他在《补笔谈·杂志篇》中，对二十四桥一一考证，论证扬州在唐最为富盛之时可纪者确有二十四桥。远眺二十四桥，遥想杜牧当年的风流佳话：一个月明星稀的夜晚，桥上的玉女沐浴在月色下，吹着悠扬的《月光曲》，那该是多么美好的夜景啊！

船向西掉头，湖面又开始变窄曲折，是因为湖中有座小金山。导游介绍说“小金山”原名“长春岭”，初建于乾隆年间，四周环水，处于瘦西湖的中心地带。用朱自清先生的话来说：“望水最好，看月也不错。”导游还特别提醒：小金山山门前的石狮子是很特别的，特别之处就是一改他处正襟危坐、严肃无比的模样，而是摇头撒欢，顽皮可爱。这里是湖区建筑最密集的地方，“湖上草堂”面对汪洋一片；“绿筱沦涟”南望“桃花坞”故址，春天时花光荡漾；“琴室”当清溪一曲，绿涌窗牖。这些都是望水的极佳处。岛东临湖有厅轩敞，名曰“月观”，是最好的待月和看月之所。试想中秋之夜，凭栏东眺，满月朗照，大气澄澈，水月交辉，空明一色，身心何等俱净之感！“月观”后的“木樨书屋”有月桂的幽香，那境界，怀疑自己走进了广寒宫嫦娥的家？山不在高，有水则灵，贵在层次。蜿蜒上梅岭，有亭翼然，称“风亭”，是瘦西湖的最高点，登亭四顾，飞塔云霄半，书斋竹林中，亭榭高低碧水间，湖光山色一览无余，真可谓“风月无边，到此胸怀何似；亭台依旧，羡他烟水全收”。

小金山西边的湖区是最宽阔的水域，湖中心横跨南北两岸如莲花出水的“五亭桥”是最著名的景点。五亭桥不但是瘦西湖的标志，也是扬州城的象征。它建于清乾隆二十二年（1757 年），至今已有了 200 多年的历史。按照导游的提示，我们从椭圆形南洞门里看到“白塔”高耸蓝天。最妙的是，站在一定的角度可以同时看到这两幅空灵的画。如果说瘦西湖是瘦美人，那五亭桥就是美人的玉带丝绦。整块大青石砌成的桥墩坚实如同城堡，气势雄伟；桥是拱形，中间的一亭最高，两边四亭，参差相称，那五个亭子飞檐凌空，秀美俏丽。桥下 15 孔，孔孔相通。《扬州画舫录》中有这样一段记载：“每当清风月满之时，每洞各衔一月。金色荡漾，众月争辉，莫可名状。”说是每到满月之夜，五亭桥下 15 个桥洞中每个洞都含着一个月亮。可谓“天下三分明月夜，二分无赖是扬州”。

一路逍遥，满目生机，虽不是烟花三月，却也是春色撩人了。

海驴岛风情

海驴岛位于山东省荣成市成山镇。

我第一次听到海驴岛名子时，脑海马上浮现出海龙、海马、海象、海狗、海狮的模样，难道是因为岛的形状像头驴，因此得名？威海的朋友说，像不像驴他不知道，但他知道海驴岛与一个传说相关。传说当年二郎神奉玉皇大帝之旨，担山填海，修建东京，百鸟欢跃，嘴石为助。一天，二郎神挑着两座大山行至成山头附近，忽听东海之中有驴嚎、西海之岸有鸡鸣，两座大山坠入海中，化为两座海岛，东边为海驴岛，西边为鸡鸣岛。而折断的两截扁担化为两根数十丈高的石柱，一截竖于鸡鸣岛后，一截栽于海驴岛后，两柱对接正是一条扁担的模样。那些跟随二郎神嘴石填海的鸟儿也就成了海岛、仙山的主人，它们年复一年、生息繁衍，便有了如今几十万只鸥鹭遮天蔽日的奇观盛况，海驴岛也因此被称为“仙山鸟岛”。

我说：“那还等什么呀，开车走呗！”

小车在高速上匀速行驶着，窗外的风景从眼前一一掠过，那绿的树，绿的葡萄园，绿的果园，绿的庄稼，那深深浅浅的绿，汇在一起浓稠得真像一片海，填满了眼眸、心里。经过两个多小时的车程来到了码头，眼前是怡人的沙滩碧海，凉爽的海风夹带着海洋特有的淡淡腥味扑面而来。上了游船又坐了大约20分钟便到了海驴岛。

上了岛，我就有点呆住了，眼前的小岛上，成千上万只鸥鹭不停地盘旋起落着，“欧欧”的叫声如潮汐般涌来，此起彼伏。放眼望去，悬崖边、海面上、天空中，视线所及到处都是鸥鹭。那些可爱的精灵们，本是落在峭壁上小憩，但似乎是忽然想起了什么，旋即振翅腾空，或低鸣盘旋，或滑翔俯冲，当它们成为群体飞行时，天空似乎被遮盖了。

人生过半，我哪见过这么多的鸥鹭啊！心就跳得欢了，嗓子眼儿痒痒的，想喊。先还压抑着，顾及自己的年龄而不敢聊发少年狂。看着看着，呼喊的欲望直撞嗓门儿，几下就撞开了，那喊声便喷泉般喷射出来，射向天空，射向鸥鹭，灵魂出窍似的，兴奋至极。

导游介绍说，每年春夏，数以万计的黑尾鸥和黄嘴白鹭登岛繁衍，因此海驴岛被称为鸥鹭王国。据统计，全球的黄嘴白鹭不到3000只，而每年来到海驴岛上的白鹭大约就有1000只。其种群数量极少，弥足珍贵。2011年被中国野生动物保护协会授予“中国黑尾鸥之乡”称号，海驴岛同时也是世界濒危物种——黄嘴白鹭的最大种群繁殖栖息地。历时七年创作而成的第28届金鸡奖电影——《天赐》，就是以黑尾鸥为题材在海驴岛上拍摄的。

沿着盘山的悬空铁丝网小径向前走，海水不停地碰撞着嶙峋的礁石，发出“空空”响声。海边的礁石上，崖壁的空隙处，崖顶，到处都是鸥鹭，它们不断地盘旋着飞起落下，有些半大小的鸥鹭不知道怎么下来的，在临近海面的岩石上呆呆地站着，一动不动。那些年幼的小鸥鹭和成年鸥鹭一点也不像，它们长一身褐色的绒毛，如果只看那身绒毛的话，倒觉得它和鸥鹭没什么关系，实在是像只鸭子。

山坡上住满了鸥鹭，有欲试着展翅飞翔的，有保护着自己身下的小鸥鹭的，有站在桥柱上看风景的，还有在破旧的小店铺里偷鱼食的。这些鸥鹭早就不怕人类了，它们大胆地、近距离地接受着游客们的馈赠——香肠和面包，一派人鸥和谐的场面。我买了一包鸟食，用长签挑起小鱼高高举起来，就在一瞬间，就在一刹那，长签的鱼被鸥鹭叼走，连拍张照片的时间都不留给我。

站在海边，眼前的岩壁岩缝是静默的。似龟背，似卧龙，似猛兽，似方舟，铺排成一个庞大的阵容，若隐若现，密密挨挨。当海浪拖着未知或已知之物，在岩石和峭壁间撞击，在惊涛与骇浪间疾冲，发出阵阵巨大且不规则的闪电般的怒吼时，它们兀然屹立，任凭众声喧哗，波涛翻滚，仿佛得道的高僧，见惯了风浪，了悟了法则，漠然不动，使得周遭的万马奔腾，止于无形。

蓝天、大海、山崖、无数的鸥鹭，这是海驴岛的独有风景。看着这一切，耳畔响起诗人海子的诗句：

“我有一所房子，面朝大海，春暖花开。”

水墨漓江

漓江一直很吸引我，它总是诱惑我联想到桃花源般的世界。四月中旬，当我来到漓江面对它时，想到一个词：“相见恨晚”。当然，相见恨晚，源于“一见钟情”。

上午九点，我们从桂林市大圩镇的磨盘山码头起航。尽管天上下着蒙蒙细雨，但我们还是走上甲板，我们记住了导游的一句话：“雨中游漓江也是一绝，可遇不可求。”站在甲板上，始终是处于一种开阔眺望的境界，很少有山峰挡住远眺的视线，水景、江景、山景相互映衬，特别是那凝滞弥漫在山腰间的薄雾，忽而隐去，忽而又悄然呈现，犹如一个水墨高手点缀出的浓浓淡淡的韵味，画出山峦的变化。或许，雾粒的稀疏、密集所造化的云气变幻又是任何一个画家无法尽现的。岸边的凤尾竹婀娜多姿，把漓江镶上了翡翠边儿，山水间民居的白墙灰瓦小楼扎眼地掩映在绿树丛中。我不禁想起那首无名氏的《摊破浣溪沙》中的句子：“满眼风波多闪烁，看山恰似走来迎。仔细看山山不动——是船行。”有了这船的缓行，有了那水的流转，整个漓江便灵动起来。

这时听到播音员说：“船已经进入了风景区。”首先进入视线的“杨堤烟雨”，但见云轻雨润，水秀峰青，屏翠滩露，鹭飞莺啼，随着船移山行，细雨帘里的杨堤真的如一首朦胧诗，让你想看分明又不让你看分明，使人禁不住从内心产生若梦似真的幻觉。江中有两个沙洲，讲解员介绍说是著名的鸳鸯滩，顺其意观看，的确有点像鸳鸯戏水样子。接下来是“浪石仙境”，这里奇峰多了起来，使我们的想象力得到了更大的发挥。讲解员不是见到奇峰就直接说出名字，而是让我们先猜，于是大家根据各自形象思维的能力，胡乱猜一通，有猜对了的，也有猜错的，最后由讲解员给予点评更正。经讲解员点拨，我才弄清了这些奇峰的真实大名，什么童子拜观音呀，八仙过海呀，青蛙跳江呀，乌龟爬山呀，等等。这段江面的景色除了奇峰让我叫绝外，江中的倒影同样让我叫绝，奇特的山峰不仅耸立于江上，还倒影在江面，上下呼应，变化万端，使我时而昂首看，时而又俯身看。船快到“九马画山”时，讲解员提前告诉我们更要发挥想象力了，她说当年周总理和陈毅元帅游漓江时，周总理看出了九匹马，而陈毅元帅仅看出了七匹马。接着，她又背了一首当地的歌瑶给我们听：“看马郎、看马郎，问你神马有几双？看出七匹中榜眼，能见九匹状元郎。”船行至画山下，满船的人一个个瞪大眼睛察看，有人说看出了九匹马，有人说看出了七匹马，实话实说，我仅看出了五匹马。不过也没什么，我已经是船到码头车到站的人了，状元郎的美梦也只能留给下辈子去圆吧！

船到了漓江最美的景区“黄布倒影”，船行此，恰逢雨霁云散，天空透出了蔚蓝，黄布滩洋溢着初浴之后的喜气迎接着我们：那青髻螺黛的群峰倒影水中更显峭拔清丽，时而还有竹排或渔船拨开如镜的水面穿行其中。这时，讲解员特地背了清代诗人袁枚的诗为大家助兴，其中两句我至今仍记得：“分明看见青山顶，船在青山顶上行。”过了“黄布倒影”，就进入“兴坪佳境”景区，这一带最著名的景当推僧尼山、螺蛳山、朝板山了，僧尼山恰似一僧一尼正面对面辨经，螺蛳山则如巨大的螺蛳挺立江畔，朝板山呢？则如古代朝臣手中所持弧形直立的朝板。此外，还有不少奇特的山峰顺着“镰刀湾”的弯势排成一圈，形成了一幅绝妙的水墨山水画。兴坪景区一过，景色竟平淡下来，直到终点阳朔。

“桂林山水甲天下，玉碧罗青意可参。”这是宋人王正功的诗句。上岸后，当我再一次面对漓江，我概括不出漓江何处最俏，哪里最美。明代旅行家徐霞客在漓江留恋十天之久，也只叹这里是“碧莲玉笋世界”。清代诗人袁枚推敲数日，也仅道出：“分明看见青山顶，船在青山顶上行。”选了清澈为赞。我只能说，漓江的美是整体的，原来看到的任何一幅漓江的图片都不能代表整个的漓江，想象中的漓江怎样的秀美都只是小小的片段。不投身于它的怀抱，你是无法体会那句“桂林山水甲天下”的内涵和那种震撼人心的壮美的。对于这千百年不曾沧桑的风景，我只是一个匆匆的过客。短暂的逗留使我不能与这山之魂水之魄做一次全身心的对话与交流，只感觉我的心如漓江之水般澄净，隐约找到了属于自己心中的风景。

夜游珠江

去广州前在网上查了广州的一些景点。因为白天开会，晚上没有安排，夜游珠江就成了首选。

珠江，旧称粤江。包括东江、西江和北江等支流汇合至广州河段，是中国南方最大的河流之一，全长2400千米，也是中国的第四大河。其名来自“海珠石”。当千里珠江流经广州城下时，江中有一巨大的石岛，石岛长期被江水冲刷，变得圆滑光润，形如珍珠，称“海珠石”，“珠江”由此得名。

由天字码头上船。天字码头俗称“广州第一码头”，位于广州市越秀区沿江中路及北京路交界，建于乾隆时期。清朝中叶曾被指定为官方码头，但凡官员从水路到广州上任时，大臣们都要在此接风，迎接他们未来的上司，码头前面有接官亭，专供迎接官员之用。官员卸任离开广州时，也在此辞别，登船远航，告老还乡。由于只供官员之用，民船不得在此停泊，故称天字码头。当年林则徐就是在此登船前往虎门，后充军伊犁，离开广州时也在此乘船的。孙中山多次途经天字码头，最后在此坐船“逃往”香港。广州从明代起就有码头兴建，到了今天，很多古码头已不复存在，唯独这200多年前的古码头仍屹立在珠江河畔。可见天字码头非同一般。

游船票价分两种，即普通票和贵宾票。问售票员贵宾票有什么特别处，得到的答复是，贵宾票可以坐在游船最上面，另赠送小吃。吃不吃无所谓，关键是坐在游船最上面，可以将两岸夜景一览无余，尽收眼底，那是何等的惬意啊！也没和同事商量，掏钱购了两张贵宾票。

兴致蓬勃来到游船顶层甲板，按照票上的号码找到座位，服务员热情地送给我们每人一瓶用珠江水酿制的矿泉水，另有两盘小吃。八点整游船由西向东出发。

时值二月底，坐在游船上感觉江面上的风还是很大的。好在两岸不断变换的夜景让我们很快忘了寒冷。站在船上远看两岸，各色建筑扑面而至，灯火闪闪，似繁星点点；近看珠江，彩灯映照江面，水波潋滟，五光十色。水与灯，江与楼，浪漫而自然地融合在一起，形成一幅独特的江灯图。

最先出现在我们面前的是广州塔。广州塔是广州标志性建筑，塔高600米。唐代大诗人白居易形容宫女“腰同杨柳，就杨柳哪有这般轻狂?”留下了“杨柳小蛮腰”的诗句。也不知是哪位高人触景生情，给广州塔起了个“小蛮腰”之名。不过，只要你看过夜幕下的广州塔，看过那不断变幻的灯饰，“小蛮腰”倒也名副其实。

城市，河流，夜色，灯影，波光，江风。这一切，构成了珠江夜游的心情。白鹅潭、沙面建筑群、爱群大厦、星海音乐厅、东湖春晓、海印大桥……两岸风景，给人一种“蓦然回首，那人正在灯火阑珊处”的亲切。陶醉中，身边响起一片“咔嚓”声。我也赶紧地拿出相机，按动快门，“咔嚓”“咔嚓”，将不断变幻着的“小蛮腰”收归囊中。当然也不忘和同事互拍，留个纪念。

珠江上的大桥很多，几乎每隔几十米就有一座。解放大桥、海珠桥、江湾大桥、海印大桥、广州大桥、猎德大桥、鹤洞大桥，有的如长虹卧波，横亘江面，有的似巨龙欲睡，斜跨江上，有的像彩绸飘飞，点缀江中。千姿百态，各具特色。

船在水中行，人在画中游。不知不觉，两个小时的行程结束了。下了游船，我们并没有急着离开，而是站在码头上面对珠江。我想，一座城市的繁华，往往从一座水码头开始。有着2000多年悠久历史的文化名城广州，早在清乾隆二十二年（1757年），就成为唯一的对外通商口岸，海上丝绸之路的起点之一。不仅如此，广州还是中国近现代革命的策源地。1911年爆发的广州“三·二九”起义，打响了辛亥革命第一枪，拉开了辛亥革命的序幕。1917年，孙中山成立了中华民国军政府。1918年广州成为全中国第一个“市”。2000多年过去了，今天的广州已成为中国的南大门，中国国家中心城市，国际大都市，世界著名的港口城市，有着“第三世界首都”之美誉。

夜游珠江，深感触动，写下以上文字，权兹纪念第一次珠江之游。

永远的红旗渠

20世纪70年代看过电影纪录片《红旗渠》，影片描述了红旗渠从1960年开始动工，至1969年全面完成，历时近十年。十年时间里，共削平1250座山头，架设151座渡槽，开凿211个隧洞，修建各种建筑物12408座，挖砌土石达2225万立方米。周总理生前曾自豪地告诉国际友人："新中国有两大奇迹，一个是南京长江大桥，一个是林县红旗渠。"1974年，新中国参加联合国大会时，放映的第一部电影纪录片就是《红旗渠》。

林县现已改为林州市，到林州当然就是冲着红旗渠去的。

青年洞，红旗渠总干渠的咽喉工程之一。位于豫、冀、晋三省交界处，素有"鸡鸣一声闻三省"之说的牛岭山村下方，修筑在太行山腰的峭壁之上。它是红旗渠水工、建筑和自然景观结合最为精妙的地段，也是红旗渠建设最艰巨的地段。因参加凿洞的突击队是从全县民工中抽调出来的300名优秀青年。他们直面坚硬岩壁，历经千千万万次的凿斫，硬是开凿出一条凌空天道！故取名叫"青年洞"。青年洞总长616米，高5米，宽6.2米，洞口三个雄劲有力的大字"青年洞"，由郭沫若先生亲笔题写。洞口左边两个大字"山碑"，由前国家领导人李先念题写。

石碑内侧便是被称为"人造天河"的红旗渠总干渠了。渠中清水静流，倒映石壁，倒映天空，石壁铁红，天空湛蓝，红蓝处于水中，看着那清澈的渠水，看着那陡峭的岩壁，我突然想到在红旗渠纪念馆看到的那幅《千军万马战太行》的画。画中展现的是500多名共产党员、共青团员跳进冰雪未消、寒气逼人的激流中，排起三道人墙，臂挽臂，手挽手，高唱"团结就是力量"，奋力堵龙口的壮观场面；想到画下面的那行字：红旗渠里流的不是水，而是一渠粮，一渠油，一渠喜欢泪，一渠庆丰酒。

沿着河渠前行，水渠依山而建，缠绕山体，水流渠中，左盘右旋，迂回曲折，穿行于群山之中，前不见水源自何处，后不见水流向何方。每走几步，呈现在面前的山姿不同，渠道不同，风景也不同，可谓是景随步移，一步一景了。

虎口崖位于青年洞的东侧。崖峰刺天，山崖向外突出十余米，崖势险恶、高耸入云。虎口崖下的“神工铺”，是当年修渠民工住过的地方。由于当时修渠民工多达三四万人，修渠民工没有住房，就住宿山崖，山崖住满了，他们就搭席棚，打地洞。常年顶风冒雪，抗严寒战酷暑，度过修建红旗渠的艰苦岁月。民工们不但毫无怨言，还在崖壁上留下了豪迈的誓言：“崖当房，石当床，虎口崖下度时光，我为后代创大业，不修成大渠不还乡。”

走过横跨两山之间的步云桥，眼前突然出现的一幕让我大喜。在广播里高亢激昂的号子声中，一个再现当年的场景出现了。

首先是凌空除险。伴随着解说，一位民工向我们展示了当年他们独创的一种高空作业法。原来，在红旗渠修建的过程中，因为总干渠大部分修筑在悬崖绝壁、险峰恶崭之上，这些峰崭经过长年风化，特别是经过劈山爆破之后，许多被炸活的石头还挂在崖壁上，严重威胁着施工人员的生命安全。羊工出身的任羊成带领30多名身强力壮的民工，组成凌空除险队。于是一群腰系绳索，在悬崖峭壁间飞来荡去的除险队员成了红旗渠上一道独特的风景。

接下来是一男一女两位民工腰系绳索，沿峭壁而下，最后落在工作面上。女的扶钎，男的抡锤，叮叮当当悦耳的打钎声在耳边回响。

最后是铁姑娘打钎。这就是以红旗渠铁姑娘的故事为原型所创作的“铁姑娘打钎表演”。四人抡锤一人扶钎，当年，这种工作模式有一个非常好听的名字叫“凤凰展翅”。不仅如此，游客也可以在此抡上一锤、扶上一钎，体验一下当年铁姑娘和男同志一起抡锤打钎，开山放炮的感受。

穿行在历史与现实之间，我真切地理解了“自力更生、艰苦创业、团结协作、无私奉献”的红旗渠精神。红旗渠，是人类“改造自然，利用自然”的史无前例的一大杰作。在那个艰难的时代里，林县人没有退缩，他们勇往直前，不怕牺牲，硬是以愚公移山的精神挖山不止，凿洞开渠不停，建成了人工天河，创造了奇迹，实现了伟大的壮举，给今天的我们以巨大的震撼。

下山来到公路上，我转身回望，高处悬崖上“天河风光”四个大字更加醒目，山腰间那一段段渠身巨龙般隐伏于密林，胸中油然升腾起敬意。这一刻，青山不语，大地低伏，我却仿佛看到了漫山遍野红旗招展，听到了千万人声响彻寰宇。

以一个奋斗者的姿态，向红旗渠精神致敬！

登岳麓山

岳麓山不高，海拔仅300.8米；也不大，面积仅35.20平方公里，然而山不在高，有仙则灵。岳麓山上的“仙人”可谓众多，有中国现保存最完好的一座古代书院——岳麓书院，有中国四大名亭之一的爱晚亭，有麓山寺、禹王碑、舍利塔、印心石屋、赫曦台、飞来石等。因此岳麓山不仅仅只是一座山，它沉淀了千年文化，站在这里，穿越就是千年。

站在岳麓书院门前，但见门额上“岳麓书院”四个大字苍劲有力，据传为宋真宗御题。门前悬有一副楹联，白底黑字，上联曰“惟楚有材”，下联曰“于斯为盛”。导游介绍说这副对联出自二人之手，上联是清代嘉庆年间任岳麓书院院长的袁名曜所出，下联是当时书院的一位学生张中阶所对，大意是说楚地的人才在此地会聚。

跟随导游跨进大门，走过书院的二道门，来到书院的核心——讲堂。讲堂位于书院的中心位置，是书院的教学重地和举行重大活动的场所。自北宋开宝九年岳麓书院创建时，即有“讲堂五间”。南宋乾道三年（1167年），理学家张栻、朱熹曾在此举行“会讲”，开中国书院会讲之先河。在讲堂正中央的讲台上，置有两把椅子，为此有些不解。经导游讲解才得知，古时候讲课一般有两个老师，一个老师负责讲述儒家的典籍、孔孟的学说，而另一个教师则负责对他所讲的深奥难辨之处进行解释，所谓“讲解”二字，即由此而来。

我问导游都有哪些大家在此“会讲”，导游介绍道，范仲淹、程颢、程颐、高仲振、湛若水、朱熹、张栻等大师都在这里“会讲”过，特别是清代至民国初期是岳麓书院培养人才的鼎盛时期，培养了王夫之、陶澍、魏源、曾国藩、左宗棠、谭嗣同、陈天华、郭嵩焘、熊希龄、范源濂等大家。

徜徉于讲堂之中，仿佛又听到当年琅琅的读书声。“千百年楚材导源于此，近世纪湘学与日争光。”一副对联，记录了一座书院的历史功绩，在中国的文化史上，留下了不可磨灭的一页。

“停车坐爱枫林晚，霜叶红于二月花。”到岳麓山，是一定要到爱晚亭坐坐的。导游介绍说，爱晚亭建于清乾隆五十七年（1792 年），由岳麓书院院长罗典创建。与安徽的滁州琅琊山醉翁亭（1046 年）、杭州西湖的湖心亭（1552 年）、北京的陶然亭（1695 年）并称中国四大名亭。爱晚亭原名红叶亭，又名爱枫亭，是根据杜牧“停车坐爱枫林晚，霜叶红于二月花”的诗句更名而来。清宣统三年（1911 年）秋，湖南学监程颂万先生主持修复时，把罗典所撰写的对联“山径晚红舒五百天桃新种得，峡云深翠滴一双驯鹤待笼来”刻在了亭柱上，更有了韵味。毛泽东青年时代，在第一师范求学，常与罗学瓒、张昆弟等人一起到岳麓书院，与蔡和森聚会爱晚亭下，纵谈时局，探求真理。因为这个缘故，1952 年重修爱晚亭时，湖南大学校长李达致书毛泽东，请求提书亭名，毛泽东愉快地接受了请求。现在亭上的“爱晚亭”三字就是毛泽东所题。

在岳麓山北峰，有一禹王碑，碑上的文字形如蝌蚪，既不同于甲骨钟鼎，也不同于籀文蝌蚪，很难辨认，很可能是道家的一种符箓，也有说是道士们伪造的。远在 1200 多年前，被人尊为“唐宋八大家”之首的韩愈，曾亲登南岳岣嵝峰寻找此碑，并留有诗记。作为纪念大禹治水的丰碑，它与黄帝陵、炎帝陵被文物保护界誉为中华民族的三大瑰宝。

眼盯着禹王碑，我突然想到禹王碑本来在衡山，怎么会跑到岳麓山上了？导游听我这么一问，一脸惊讶，笑说：“我当导游快两年了，您是第一个问此问题的人。”接着导游告诉我，据说南宋嘉定五年，有个名叫何游的文人游览南岳衡山，偶然之间看到一块石碑，非常喜爱，他于是当场临摹碑文，然后将自己的临摹作品刻碑于岳麓山峰。谁知自此之后，衡山上真实的禹王碑消失不见了，并且许多年不知所踪，而被何游临摹出来的“山寨”禹王碑因此成了热品。在中国历史上，只怕这是唯一的“赝品”享受“真品”待遇的文物吧！据说 20 世纪六七十年代，真正的禹王碑曾在衡山脚下一位农户家里被找到，可是已经被损毁严重，无法再恢复原样，政府只好将禹王碑遗址列为省级文物保护单位，所以直到今天，专家们知道岳麓山上的禹王碑是临摹之作，但却不得不怀抱“假作真时真亦假，真作假时假亦真”的复杂心态，暗自庆幸“要不是何游当初临摹，如今也就不存在禹王碑了”。

黄昏越走越淡，依依不舍地和岳麓山道别。从岳麓山到长沙市区，必须要穿越湘江。“独立寒秋，湘江北去”，毛主席的《沁园春·长沙》里，从浩浩荡荡的湘江水联想到的是历史的苍茫，而我此时从湘江侧畔而过，前方橘子洲头横踞在眼前。

春雾缭绕天柱山

天柱山坐落在安徽潜山。李白在此留下“待吾还丹成，投迹归此地”的心愿。苏东坡游兴高飙之际，挥毫写下“青山只在古城隅，万里归来卜筑初”。王安石虽累累被官场羁绊，内心却一直思念着“水泠泠而北出，山靡靡而旁围。欲穷源而不得，竟怅望以空归”的天柱山。黄庭坚来得最是时候，石牛古洞前巧遇大画家李公麟，请他给自己画像之后，迅即趴在石牛旁的大石上，神采飞扬地写下一首七言诗：“郁郁窈窈天官宅，诸峰排霄帝不隔……石盆之中有甘露，青牛驾我山谷路。”

到潜山，自然是要上天柱山的。

缆车刚上到一半，就发现山的四周开始起雾了。一团一团，先是那么翻滚，似乎是在滚着雪球。滚着滚着，陡然间，群山被雾包围了，只露出些隐隐约约的轮廓。满山满谷乳白色的雾气，那样的深，那样的浓，像流动的浆液，能把人都浮起来似的。

导游告诉我们，天柱山因主峰如柱倚天而得名。海拔 1488. 4 米。2011 年 9 月联合国教科文组织批准天柱山成为世界地质公园。《天柱山志》称其“峰无不奇，石无不怪，洞无不杳，泉无不吼”……我还是忍不住打断了导游的介绍：“请你别说了，说的再好，可眼前除了雾什么也看不见啊，你越说好，我就越后悔怎么赶上这样一个大雾天气。”导游很聪明，接过我的话茬笑说：“雾里看山倒也另有别致噢!”

也是，人不可能同时站在两条河流里。得失之间，有时很难评判究竟是得到的更多，还是失去的更多，亦或本来就无所谓失去，山水之乐尽在其中矣。就说这眼前的雾，这些天赐的轻盈之物，像一丝丝、一绺绺、一片片、一团团白色的纱幔，无声地在山间飘逸，在眼前舞蹈，在树丛中缠绵。这一切，像一部巨大的自然默片，浓浓地散发出春天的气息。记不清是在哪篇散文中看到关于对雾的描写：春雾自然是清新的，含有鲜嫩的味道。它既不像夏雾那样世故和乖巧，又不像秋雾那样成熟和凝重，当然，也不像冬雾那样沉闷和冷冽。春雾是年轻而鲜嫩的……顿时，我的心境安静下来了。

我们沿着山道往顶峰爬。上山前曾在一堵墙壁上约略看过游览路线图，知道应有许多景点排列着，一直排到最后的天柱峰。因了雾，所以也就不太去观顾四周，眼睛只盯着脚下的路。虽少了雄奇尽览的快意，却又为其山平添了几分温婉绰约。如果说古人眼里的天柱山是挺拔伟岸的男子，那么今日我之所见分明是一位秀丽端庄的贤淑女子。她蒙了一层薄薄的面纱，羞涩间更藏风情万种。到是这山道真的不错。毫无疑问，这些引领我们走向风景绝佳处的磨滑了的石径，是历史，是无数双远去的脚，是一代代人登攀的虔诚，把这条山道连结得那么通畅，踩踏得那么殷实，流转得那么潇洒自如。

云雾愈加浓厚了，像一堵白色的高墙，挡住了视野，一切都被白色吞没。虽与导游仅隔几步，却只能闻其声难觅身影。尽管云雾使得眼前白茫茫什么都不见，但我调动所有的想象，想象着那层白色纱幔后面层层叠叠的山峰，想象着那峰峦上的怪石、奇松，想象着千沟万壑，汇成的巨大飞瀑，从山顶顺势而下，弥漫着水汽在身边发出巨大的轰鸣……

云雾还在不断地或聚或散，或静或动，或浓或淡，这让我想到了清代学者刘熙载在《艺概》中的一段话："怀素自述草书所得，谓观夏云多奇峰，尝师之。然则学草者径师奇峰可乎？曰：不可。盖奇峰有定质，不若夏云之奇峰无定质也。"我想，雾中天柱山之峰峦变化，大概亦蕴含着"无定质"之审美吧！

也算万幸，恼人的雾开始慢慢散去，导游抓住时机让我们加快脚步。当我们上气不接下气地登上主峰，突然听到有人兴高采烈地喊叫："看见啦，看见啦！"大家赶紧看过去，浓雾正在飘散，青白色的山石渐显渐明，金灿灿的阳光穿透雾阵，泻在石顶上，山石的顶部鲜亮透明，而更多的部分则依然暗淡朦胧，山石、薄雾、青松以及高远的天空组合成一幅梦幻般的光影效果，美不胜收。可谓看山莫须移半步，万景争与眼底平。

好景不长，拿出相机还没拍几张，阳光退却了，浓雾重新遮蔽了全部。

下山时，时浓时淡的雾像无数的白幔在石上滑动，在我们身边游弋，倒也添了一分情趣，让我们忘记了纵览群山却无以见的落寞无奈。遗憾也是一种美。这是天柱山要我们日后再来呢！

巍巍井冈

刚走出井冈山火车站，立刻被迎上来的五六位司机围住，和其中一位林姓司机谈好包车价格后，便坐进车里前往井冈山风景区。当车进入井冈山高速路收费站，一块巨型“井冈红旗”雕塑出现在眼前。没等我开口，司机小林将车停在了雕塑前的广场上。小林告诉我，不用客人打招呼，到了这里我们都会停下来，让客人在这里留影拍照。

这是一座巨型雕塑。一面巨型的红旗高高飘扬，上面镶嵌着五角星、镰刀斧头和“井冈山”三个大字。关于这座雕塑，我事先在网上查过，此雕塑高19.27米，跨度27米，为纪念井冈山革命根据地创建80周年而建。雕塑含有三层寓意：一是它像一块屹立不倒的巨石，象征中华人民共和国在井冈山奠基；二是它像一团熊熊燃烧的火焰，寓意中国革命的星星之火从井冈山燎原；三是它像一面高高飘扬的旗帜，矗立在四面环山的平畴之上，刺向苍穹，昭示中国革命从井冈山走向胜利。

拍完照直奔黄洋界。小车沿着盘山路行驶，约一个多小时到了著名的黄洋界。爬上山顶，我已气喘吁吁，大汗淋漓。猛一抬头，一块“黄洋界哨口”的方形碑立于眼前。碑上刻着朱德的题字“黄洋界”三个大字。反面是毛泽东手书的《西江月・井冈山》。学生时代就会朗读这首诗，并知道这首诗是毛泽东为黄洋界保卫战的胜利而写的，充满了革命激情，讴歌了红军的革命英雄主义精神。今天身临其境，面对峰峦叠嶂，地势险要的黄洋界哨口，怎能不热血沸腾，怎能不情不自禁地大声朗读：“山下旌旗在望，山头鼓角相闻。敌军围困万千重，我自岿然不动。早已森严壁垒，更加众志成城。黄洋界上炮声隆，报道敌军宵遁。”

碑的对面是高高耸立着黄洋界保卫战胜利纪念碑，上书毛泽东的“星星之火，可以燎原”。在哨口，放置一挺重机枪，枪下碑石上刻着“黄洋界上炮声隆”。走进它，用手轻轻抚摸着那似乎发烫的枪管，我仿佛看见上一个世纪那血与火的战争岁月里，红军战士和老一辈革命家，为了革命事业，为了祖国和未来，他们舍小家为大家，舍小爱为大爱，在这片红色的土地上，用鲜血和生命，用忠诚和信仰，书写了革命的大爱篇章，书写了大爱的井冈山!

从黄洋界下来，我去了位于大井的毛泽东旧居。

毛泽东旧居处在一个田园风光浓郁的环境中。旧居前，有一座毛泽东同志坐姿雕像。雕像的东边有两棵碗口粗的槲树，树干像麻花一样紧紧地拧在一起。旁边的牌子上写道，当年毛泽东和朱德同志常在此散步，探讨革命理论，酝酿发动群众，憧憬革命未来，树影下常常留下他们的身影。他们俩像亲兄弟一样团结，就像这两棵紧紧长在一起的树，人们就把这两棵树叫作“兄弟树”。

走进旧居，庭院内有观光甬道和一片绿茵茵的草坪。旧居房屋群坐北朝南，土木结构，因墙壁为白色，当地人习惯称它为“白屋”。1927 年 10 月 24 日毛泽东率秋收起义部队来到大井村时，驻扎在“白屋”中的农民自卫军首领王佐，将他这幢兵营腾出给工农革命军做营房，毛泽东便居住在此屋的东厢房内。在与毛泽东旧居相邻的黄屋是朱德、陈毅的旧居。他们的居室十分简朴，最大的屋子也不超过十平方米。毛泽东同志住的那间屋子里有一张木桌、一张木床，桌上有一方砚台、一盏油灯，床上只有一被单和一条毯子。

我把最后一站放在八角楼。没来之前，一直以为八角楼是一个八角形的楼的建筑，到了之后才知道，八角楼只是一栋土砖结构的两屋楼房，因楼上有一个八角形天窗，所以当地群众称之为八角楼。

八角楼是毛泽东居住和办公的地方。从 1927 年 10 月到 1930 年 2 月，毛泽东在八角楼住了两年零四个月。记得小学语文第五册第一课《八角楼上》是这样描述当时情景的：“在井冈山艰苦斗争的年代，毛主席住在茅坪村的八角楼。每当夜幕降临的时候，八角楼上的灯就亮了。这是个寒冬腊月的深夜，毛主席穿着单军衣，披着薄毯子，坐在竹椅上写文章。他右手握着笔，左手轻轻地拨了拨灯芯，灯光更加明亮了。凝视这星星之火，毛主席在沉思，连毯子滑落下来也没觉察到。就在这盏清油灯下，毛主席写下了《中国的红色政权为什么能够存在》《井冈山的斗争》两篇光辉著作，指明了中国革命胜利的道路。”

走出八角楼，站在这片圣土上，感觉不仅仅是“到此一行”。不由自主地想到艾青诗句，“为什么我的眼里常含泪水？因为我对这土地爱得深沉!”是啊，怀着敬意，走进井冈山，这里的每一寸土地都凝聚了中国革命先烈的心血，依稀还能听到那个年代的炮火声，还能嗅到黄洋界上那浓浓的硝烟味……

武夷山三章

对一个地方的牵挂，有时像是对一个人，因为有着距离，所以存着念想。那种念想，既温暖又笃定，因为你知道，相见终有时。对于我来说，武夷山便是这样的一个存在。

九曲溪

九曲溪，顾名思义是溪流要绕九道湾。从九曲起行，到一曲结束。坐上竹筏，竹筏前后各有一个艄公，武夷人把女艄公称为“艄婆”，坐船的游客都是“漂客”。九曲虽为溪，水面宽处达十数米，水量充沛，实非寻常溪流。一路上，溪流时宽时窄，水流时缓时急，溪水时深时浅。放眼四望，溪边景色奇妙，红色的山石形态各异，每个山石头上都长着茂盛的树木，宛如戴了一顶绿帽子，红衣绿帽，甚是好看。撑排的小伙子风趣地说：“这是因为这些山石的‘老婆’都有外遇的缘故，而它们的‘老婆’就是长在山石下边的凤尾竹。”的确，那婆娑多姿的凤尾竹，临风招展，真如婀娜娉婷的少女。

在撑排小伙子风趣的解说中，竹排顺流而行，九曲溪似玉带般串起了天游、酒坛、玉女、笔架、大王、隐屏诸岩峰，不可胜数。这山水倾倒了无数的文人雅士，两岸的摩崖石刻举目可见，竞放异彩，却转眼即逝，无暇品味。到了六曲，迎面耸立着一座山石，犹如一面巨大的石墙，墙面上像是由人工雕琢出的一道道整齐划一的纵向痕迹，堪称奇绝。撑排人告诉大家，这就是武夷胜境——天游峰。记得徐霞客在游记中这样描述最初看见的天游峰：“……忽透出峰头，三面壁立，有亭居首……”，而我所看到的只是天游峰的一面石壁，心中不由好奇地猜想那三面壁立是怎样的一幅壮观景象啊！

过了天游峰下不久，远远地就看到一柱奇峰宛如玉树临风般地在水中矗立。随着溪水蜿蜒，它始终没有离开视线，而是不断变幻着风姿，真是妙不可言。临近了，撑排的小伙才告知这是玉女峰，它对面的那座雄壮山石就是大王峰，大王峰和玉女峰还有一段美丽凄美的爱情故事，千百年来一直在流传。没容撑排小伙细细道来，竹排已到了一曲的码头。

站在码头上，回味刚刚九曲溪的漂流，心生感慨：王维有他的辋川山庄，苏东坡有他的大江赤壁，朱自清有他的月下荷塘，夏尊有他的白马湖，我今天也找到了自己的武夷九曲溪这样一个甜美的梦。

武夷书院

武夷山是中国古代朱子理学的摇篮。朱熹，这位南宋的理学大师，自 14 岁那年遵父遗命来武夷山投其父生前好友刘子羽，其后断断续续在武夷山居住了 50 多年。这期间，朱熹继承并发展了二程理学思想，也与武夷山有着深厚的渊源。南宋淳熙九年（1182 年），时任浙东提举的朱熹因弹劾贪官受挫而去职，在武夷山结“武夷精舍”，自号“仁智堂”主，开馆授徒，一时间天下大儒云集，此后八年间，来武夷山与朱熹探讨学问的学者、求学的学生达数百人之多。后人有诗称赞朱熹及其传人在武夷山的为学之举说：“东周出孔丘，南宋有朱熹。中国古文化，泰山与武夷。”

武夷书院位于隐屏峰下，九曲溪畈。书院原名精舍，1244 年后人重建时易名为书院。这是一栋三进两院的房子。大门前有一牌坊，上书“武夷书院”四个大字，牌坊左前方空地上立有朱熹坐像，一手扶腿，一手抬于胸前，似讲学状，颇为生动。牌坊后的大门上有“学达性天”四个大字，是为学问、通达、人性、天道，大约是追求天人合一的境界吧！现书院是在原址上重建的，两边的厢房内保留着书院过去的土墙、木窗和地砖，似可遥追当年之况。书院最后一进正屋内模仿了当年朱子讲学的课堂，正墙挂孔子像，朱熹立于像前，手持书卷，两旁各有书桌。书院展览介绍了朱熹一生为学、授业历程，历历之下，颇感沉思。

事后我在网上找到了武夷山在申报世界遗产时，世界遗产委员会的评价中有这样的表述："作为一种学说，朱子理学曾在东亚和东南亚国家中占据统治地位达很多世纪，并在哲学和政治方面影响了世界很大一部分地区。"

武夷岩茶

"年年春自东南来，建溪先暖冰微开。溪旁奇茗冠天下，武夷仙人从古栽。"北宋大文学家范仲淹在武夷山留下了这样的诗句。东南有名茶，尤以安溪铁观音，武夷大红袍为著。武夷山茶大多生长在岩石下狭窄的土地上，岩石缝隙里渗透的泉水富含各类矿物质，加上湿润的气候条件，为武夷山茶提供了得天独厚的生长环境，故武夷岩茶以高山岩石产区为上品。

武夷岩茶大红袍的来历还有个传说。从前有个进京赴考的学子，由于饮食不净，路经武夷山时腹胀难忍，生命垂危。被山寺方丈看见，命小和尚将学子背入禅房，以武夷岩茶饮之，第二天，这名学子即五内通畅，大病痊愈。这举子入京后独中花魁，状元高第。一天皇帝上朝时愁眉不展，群臣戚戚。原来皇后也得腹胀之症，无药可医。新科状元向皇帝荐以武夷山茶，果然茶到病除。皇帝龙颜大悦，命状元赴武夷山感谢寺僧。方丈带着状元来到那几棵长在岩石半处的山茶，状元激动之下，解下身批的红袍覆在茶树上。揭开红袍后茶叶顿成紫红色，光芒四射，是以名曰"大红袍"。

沿着山路，跟着导游来到了芳名远播的茶树下。果然，这三棵茶树长在近两人高的岩缝处，茶树约有半人高，旁边的石壁上有"大红袍"三个红色大字。这里是一个峡谷，两边皆是岩壁挺立，茶叶每天的日照时间有限，下午见不到阳光，岩石缝隙中泉水不断渗透下来，形成了独特的生长环境。三棵树每年的产量不到500克，可见其珍稀非同一般。

我问导游："那市场上怎么会有那么多的大红袍呢?"

导游笑着说道："市场上出售的大红袍多是用这三棵茶树枝嫁接于其他茶树培育出来的。"

仰慕天姥山

从绍兴坐高铁到台州 1 小时 30 分，走出高铁站，朋友董明已等候在出口处，握手、拥抱、几句问候之后，坐上他的“现代”直奔天姥山。

关岭，谢公道和唐诗路上的一处重要节点，自唐代开始，历代诗人路过关岭都曾留下诸多故事和诗篇。站在高处，往东北能望见天姥山北峰北斗尖，往东能望见天姥山主峰天姥峰。两峰南北遥遥相对，天姥主峰实为两个峰顶平行的馒头状的山峰，远看好像母亲的双峰，孕育着一方水土。

继续前行，便进入一片山阵。隧道一个接着一个，像钻进了魔王的肚子。那个诗史中轰然作响的山，竟躲得这么深幽，也就知道，想一睹天姥山真容，并不容易。李白当年若来，更不知要费多少艰难。董明告诉我，天姥山不是一座山，而是一片群峰的总称。天姥山，生成于何年何月何时，人们并无详考，现代人知道它大都缘于李白的诗歌《梦游天姥吟留别》。李白一生四入浙江，三至越中，二登台岳，成为这条唐诗之路最著名的游客。“一座天姥山，半部全唐诗”。此言不算夸张。天姥山吸引了 451 位诗人到来，留下了 1500 首诗。在全唐诗里，堪称倾国倾城。

我接过董明的话说，由此可见，与其说现在的人敬畏山水，不如说是对中国传统文化的一种尊重。如果没有那些历史上的文人骚客“到此一游”，留下珍贵的诗词文墨，那些风景就有如山不生树，树不长叶，叶隙无韵一样光秃乏味。

到了山脚下，环顾四周，最初感觉，它不是那么粗犷狞厉，倒是群峰莽莽，山浪峰滔，天地俱现。鸟儿的各种怪嗓奇音填满了山林，亲切地叩击着耳鼓。各种叫不出名的花，红的、白的、紫的，恣肆地开放，颤颤地动人。俗话说有山就有水，有水先有泉，有泉就有溪水。这样，抬眼望去，山水间就是灿然一片了。

这里遍布着道道裂谷，座座独峰。有的地方像是霹雳崩摧，有的地方突现洞天石扉。千岩万转，到了高处，见一块巨岩，刻有“太白梦游处”。又遇到一个亭子，说是微信亭，莫不是取李白诗句“烟涛微茫信难求”中的“微信”二字？虽然与原意不同，游客却要坐下来体验一把，将一路所照发到朋友圈里去。我也不能脱俗，把一路所拍的图片发到朋友圈，并就此在亭中稍事休息。

攀到高处，天姥山的泉水声悠扬一片：“石激湍声成虎吼，泉喷清响作龙吟”是一种泉水声，“间关莺语花底滑，幽咽泉流冰下难”是一种泉水声，“泉眼无声惜细流，树阴照水爱晴柔”是一种泉水声，“泉声清似鹿呦呦，逝者如斯日夜流”是一种泉水声，“清泉一派接银河，宝鉴同明水不波”是一种泉水声。天姥山的泉是多姿多彩的：“明月松间照，清泉石上流”是银亮的，“泉声咽危石，日色冷青松”是清幽的，“湛湛玉泉色，悠悠浮云身”是玉白的，“溅石迷空晴亦雨，飞涛喷雪夏犹寒”又是洁白的。

看着，听着，我突然问董明：“如此一座神奇的仙山，为什么在其后的1000年里沉寂下来，从此湮没于历史的滚滚烟尘之中?”董明也是无限感慨道：“天姥山的‘失落’是一个谜，这在中国的名山演进史上是一个奇特现象。其他受到古代名人推崇的名山从古至今都保持着相当高的知名度，比如你们安徽的黄山、九华山、天柱山等等吧，唯独天姥山却不知什么原因消失在世人的视野中，从而走向了孤寂。”这或许与道教的兴衰密不可分，或许与历史上天姥（西王母）的形象毁誉参半有关。20年前，浙江新昌将当地的天姥岑改名为天姥山，并建设为风景名胜区，声称李白梦游的天姥山就是此山。而反对的声音至今仍不绝于耳，有的认为此山是福建太姥山，有的认为此山位于毗邻新昌的天台境内。总之，目前还是谁也说服不了谁。

我想，诗仙心中的天姥山在哪里可能永远是个谜了。但一座山被谁说道，被谁欣赏，都不重要，重要的是未曾登临而梦见。既然是“梦游”，到底哪处的山更接近诗中的描述，只能凭个人感觉了。

初识敬亭山

宣州的敬亭山坐落在城北五公里的水阳江畔，为宣城名胜之冠。自然地理意义上的敬亭山，属黄山支脉，东西绵亘百余里，大小山峰60座，主峰海拔317米，似乎缺乏一座名山应该具备的视觉冲击力。然而只要开列出那些吟咏过敬亭山的历代名人，又足以叫人目瞪口呆。谢朓、李白、白居易、杜牧、韩愈、刘禹锡、王维、孟浩然、李商隐、颜真卿、苏东坡、梅尧臣、欧阳修、范仲淹、晏殊、黄庭坚、文天祥、汤显祖、石涛、梅清、梅庚、姚鼐等，如此一长串的名单，哪个不是声名赫赫？特别是李白先后七次登临敬亭山，在这里的诗作有45首之多。其中《独坐敬亭山》的广泛传播，使得敬亭山更是声名鹊起，名声远播，成了名副其实的"江南诗山"。

缘此，到宣城了，自然要去看敬亭山的。

穿过矗立山口的敬亭山仿古建筑门坊，由古昭亭坊拾级而上，盘旋在依山势而修筑的长条石台阶上。山中并无独特景点。有翠云庵一座、虎窥井一口，均始建于盛唐。庐山有险峰，黄山有奇松，都是以天下绝景著称于世。而敬亭山没有嵯峨峥嵘的奇石怪岩，没有苍翠馥郁的青松古柏，没有柔婉的溪流、清冽的山泉和如霆如雷的飞瀑……就此而言，敬亭山实在有点不幸。然而，"山不在高，有仙则名"。沿竹海小径，再向上40米处，即到敬亭山之灵魂——太白独坐楼。

这是一座二层的小楼。木雕是徽文化的一个重要的文化符号，太白独坐楼充分运用了这一元素。进入正厅，一尊李白坐像赫然就在眼前。太白坐于山石之上，左手据石，右手持诗卷靠膝，头微上昂眺望远方，似有所思，颇有神采。只可惜"尘满面、鬓如霜"。可见很长时间没有人来打扫擦拭了。墙上悬挂五幅木雕作品：《辞亲远游》《初进长安》《仗剑出川》《翰林供奉》《重病而逝》，展现了李白一生五个重要的人生经历。同样也是“尘满面、鬓如霜”，看了心里很不舒服。

站在二楼的窗前，默诵着诗人的《独坐敬亭山》：“众鸟高飞尽，孤云独去闲。相看两不厌，只有敬亭山。”想象当年诗人“独坐”此地，看着与自己朝夕相处的鸟儿一只只高飞远去，天空中的最后一片白云也悠然飘走，万物都消失得无影无踪，天地间一片肃静，只有诗人独自一人孤零零地坐在这里，默默地与敬亭山对视相看，山与人的相依之情油然而生。

李白诗歌的语言，有的清新如同口语，有的豪放，不拘声律，近于散文，但都统一在“清水出芙蓉，天然去雕饰”的自然美之中。如诗的结句“只有”两字，突出了诗人对敬亭山的爱和情。正如孔子需要一座泰山，让他发现天下之小；苏子需要一座庐山，让他悟得“横看成岭侧成峰，远近高低各不同”的哲理思辨；徐霞客需要一座黄山，让他明证“五岳归来不看山，黄山归来不看岳”的惊艳一样，李白也需要一座敬亭山，让他在云飞鸟憩之际，独坐凝神，寄寓“相看两不厌”的情思。换一个角度说，诗人愈是写山的“有情”，愈是表现出人的“无情”，而他那横遭冷遇，寂寞凄凉的处境，也就在这静谧的场面中透露出来了。

走出太白独坐楼返回，这才注意到位于敬亭山南麓的敬亭双塔。“双塔如两翁，颓然比肩立。”双塔已有800多年历史，两塔均为四方形，高均约20米，各有7层，东塔比西塔略大，东塔每面2.65米，西塔每面2.35米。塔檐有华拱出跳，墙面嵌有宝相花，呈现出佛教特有的庄严气氛。远看或近看，双塔既有宋代宝塔的韵味，又较多地体现唐代宝塔的传统风貌。最值得一提的是，两塔的第二层内壁均横嵌着北宋文学家苏轼所书正楷碑刻——《观自在菩萨如意陀罗尼经》。其文末有“元丰四年二月二十七日，贡拔黄州团练副使眉阳苏轼书以赠宣城广教院横上人”的署款。苏轼的墨迹，为敬亭山又增添了浓墨重彩的一笔。

古人有幸，是创造了文化遗产。今人有幸，是享受了文化遗产。正如一个人要有知音的理解，一座山也需要经典的解读。匆匆敬亭山之游，思绪上下千年。恍惚中，唯见李白依然孤傲独坐，那著名的五言绝句，绵绵不绝地回荡在敬亭山的云海林涛：

“相看两不厌，只有敬亭山。”

龙脊梯田

这里有另一个造物者。

不然，何来龙脊梯田？何来那种造化的神奇？

当我站在海拔1916米的龙脊山脉，面对仰慕已久的龙脊梯田群时，让我这个久居异地的人有种眩晕感。远远望去，那由千千万万条弧线勾勒、叠出的梯田，像画家笔下，整齐划一、线条等距的悦目阡陌图，有一种曲线舒展流动的美。和北方齐整划一，线条直接而硬朗的梯田不同，这里的梯田依据山谷曼妙的姿态，往复着，盘旋着，在空中画着不规则的弧线，层层递进，从谷地上升到丘陵，然后继续上升，直达高山之巅，每一层都凭着自己的意志慵懒地弯曲着，散淡地延伸着，层层叠叠地铺展在一座又一座的山间，曲线错综而妩媚婆娑，有一种阴柔之美，艺术张力发挥到了极致，撼人心魄。据说，这里共有大小各异的梯田15862块，最大的梯田有0.62亩，最小的梯田只能插3株禾苗，有“青蛙一跳三块田”和“一床蓑衣盖过田”之说。

想想真是幸运。来之前，由于大雨，山体滑坡，通往景区的路已被堵塞多日，什么时候通车还是个未知数。听到此消息，我的心都凉了半截。如果因此放弃，那真不知什么时候才能再来。合肥离此地太远了，不是想来就来的呀！好在一夜过后，告知可以通行，一颗悬着的心终于落下了。

龙脊梯田始建于元朝，完工于清初，距今已有650多年历史。历史久远，当然故事也多，导游小黎给我们讲了龙脊梯田的精华“七星伴月”的传说：七星伴月源于一个叫阿星的壮族小伙爱上一位叫阿月的瑶族阿妹的故事。在古代，壮族和瑶族的青年男女是不能通婚的，如果结婚了那就是犯了寨规，要受到最严厉的惩罚。为了爱情，他们俩避开双方族人，躲到这云雾缭绕、荒无人烟的高山，在这儿，他们开出了一层层围绕着山转的梯田，后来又生了三男三女，日子过得挺幸福的，但他们的行踪后来还是被族人发现了，瑶王便带领着族人，趁着月夜把阿月押回了瑶寨。可怜的阿月到寨子后，整天得遭受族人的唾骂和侮辱，最后导致精神崩溃，含恨而死。她死后就埋在我们眼前这块月亮田里，阿星就带着六个儿女前来祭拜，结果哭声惊动了上苍，引发了雷电交加、狂风大作。天晴后，阿星和六个儿女竟变成了七个大小各异的土山包，陪伴在阿月的坟前，形成了现在"七星伴月"的奇特景观。

这是一个悲情传说。不过小黎补充道："现在平安村的壮家还有一个习俗，每当八月十五的时候，只要你看上了谁家的姑娘，你可以偷偷地告诉她今晚在月亮田上约会，姑娘若是中意你的话会准时赴约的，看着皎洁的月亮和满天的星星许下一个愿望，就可以实现你们的爱情。"理由是阿星和阿月还有他们的儿女都升了天，变成了天上的星星和月亮，他们是你们爱情的见证人。

坐在山顶观景区，我在被震撼、被感动的同时，却产生一种隐忧，因为我发觉这幅巨画中缺少了一些什么，是什么呢？是田里辛勤劳作的人群！那种天人合一的壮美！也许时间还是四月中旬，还没有到耕种的季节，也许梯田里裸露的土壤需要一定时间的晾晒以增加肥力……总之，无论它怎么美丽、壮观，它本质上仍然是一片赖以生存的田地。作为"田"的最朴实的本质，它的美需要认真的耕种，需要汗水的浇灌，需要披星戴月的勤劳，需要赖以生存的尊重，唯有这些，它才会具有震撼人心的力量，产生那么大的旅游价值和商业价值。

下山的时候，导游带我们走小路。路过一个寨子，在一幢幢顺陡峭的山势依坡而建的木楼门前，老人们坐在阳光下有的手中捻着纺线，有的用绷架在织腰带之类的饰品，还有的抱着孩子在含饴弄孙。山间民风淳朴，老人见到我们都报以微笑，我们提出给她们拍照也都尽量给以满足。鸡群在门前或在老人身边悠闲地踱步，时不时地偏着头打量我们这些"不速之客"。走过这恬静得有些原始的寨子，不知怎么的，忽然间，觉得自己的心，很柔暖地，被某种莫名的情感触碰了一下。

品味古镇

PIN WEI GU ZHEN

古朴的束河

束河，纳西语称“绍坞”，意为“高峰之下的村寨”，是纳西先民在丽江最早的聚居地之一，是茶马古道上保存完好的重要集镇。当年徐霞客曾走过此地。在他的记述中这样写道：“过一枯涧石桥，西瞻中海，柳暗波萦，有大聚落临其上，是为十和院。”“十和”即今天的束河古镇。

束河依山傍水。一个古镇有着水的飘逸，幽雅便不冷清。有着山的厚重，轻松便不浅薄。沿着束河街行进，时光从脚底慢下来。镇子是静止的，时间在流动；屋舍是静止的，居者在流动；树是静止的，风在流动；风景是静止的，看风景的人在流动。走在400多年前的茶马古道，只剩下马蹄声在发黄的书页里吟哦。虫声鸟鸣，古道疏影，平静的生活让人忘了时间和衰老。

街两边别致的民居，多被翠蔓绿树簇拥着，点缀着轻灵的花朵，处处透着精致。特别是每一栋房子门牌上的文字，更是让人浮想联翩：“盛夏光年”“初见”“乡村天空”“柔软时光”“一坐一望”“美纳”“飞鸟与鱼”“庭院深深”“格林小筑”“1/3理想”“清如许”“守望者”“那些记忆”“发呆”……这些文字或文雅清丽，或诙谐怡人，或诗意浪漫，视线能及的任何一个门牌花窗，享受到的是一种无障碍的视觉语言。

束河无处无典故，无处不景观。譬如距今已有400多年历史的青龙桥。桥长25米、宽4.5米、高4米，全部由石块垒砌，为丽江古石桥之最。青龙桥的桥面经过数百年风雨的洗刷变得斑驳苍老，却不失它的庄严和厚重。走在那鉴可照人的石板上，你会陡然合上它的节拍，仿佛走在历史的画卷之上，恍如隔世。古桥两边，田畴润绿，炊烟袅袅，鸡犬相鸣，桥下潭水清澈，水草曼舞，游鱼逍遥，清姿傲岸，似一曲田园牧歌，令人心醉神迷。“疏影横斜水清浅，暗香浮动月黄昏”的诗中意境自在其中。

四方街长宽不过三十几米，有四条道路通向四面八方，水流环绕。临街均为店铺，当地人将一条街经营出了一股鼎盛的人间烟火味，或许正是这种人间烟火味，才有一条条街巷不顾曲曲折折通向这里。四方街在古老的小镇真的是摆足了派头与气概。现在我走在四方街上，依然还可以通过临街的铺面那一扇扇朱漆斑驳的大门窥见它非同等闲的风骨。

沿束河街北走100米，便可找到溪流的源头“九鼎龙潭”，潭水清澈晶莹，水草曼舞，游鱼逍遥，束河人奉为神泉，于是建有北泉寺。玉龙雪山倒映其中，清姿傲岸，意境无穷，成为束河八景之又一景：“雪山倒映”。潭中的鱼儿不怕人，每当喂食的时候，纷纷拥来，你争我抢，溅起的水花泼到喂食者脸上。人与鱼如此亲昵的情景为束河八景中的“鱼儿亲人”。

束河茶马古道博物馆是一座明代古建筑。馆内展有搜集和收购的茶马文物1000多件。这些文物从多方面展示了纳西文化、茶马文化、农耕文化和束河皮匠历史文化。院内还有明代建筑“大觉宫”。为当时木氏土司“束河院”的重要组成部分。现存正殿、两厢和前殿。正殿内现留存六铺珍贵明代壁画和八铺木版画，均采用汉式和藏式壁画的表现手法，且保留了唐代画风。壁画从内容到形式融汇道教、汉传佛教、藏传佛教和纳西东巴信仰的神、佛形像和绘画手法，其壁画特点为多种宗教合一，多种画风合一，宗教题材与地方原始风物合一，是中国壁画中的罕见珍品。2013年3月5日被国务院公布为“第七批全国重点文物保护单位”。

走累了，随便进入一家茶吧。茶吧里正播放着一首老歌，极其符合我的心境。也许年龄关系吧，我喜欢怀旧的东西。品着令口舌生香的普洱茶，两眼四处张望，尽情享受这份慵懒和闲适。世俗远了，天地近了。在这里，适合做梦，适合发生缠缠绵绵的故事。

束河，用她别具一格的美丽，给我们带来不断的惊喜。不管是错落有致的民居，还是古老的木板门面，暗红色油漆；不管是洁白如洗，似雪块般静静飘在天上的云朵，还是斑驳的青石小巷，一段沉甸甸的茶马古道历史。这一切都在告诉我：束河这个地方，进去容易离开难。没有去过束河是一种遗憾，去过束河而不能再去，更是遗憾！

风雅南浔

一到南浔，我便强烈地感受到了浓郁的水乡情趣。这座已有750余年历史的江南古镇，静静地安卧在浙北太湖南岸，显得宁静而安详。这儿少有老屋长廊，深街古巷，而多以中西合璧的民居建筑和别具一格的古典园林见长。小桥流水尽显宁静古朴的水乡情调，似乎在招引着都市的人们抛却城市的喧嚣与烦恼，重新回归自然。而半圆形的石拱桥横卧在市河之上，与碧水中的倒影恰好组合成一轮满月，斑驳陆离的青砖灰石像清晨的一抹残梦，总会蓦然勾起游子们一股淡淡的思乡的情。

涉趣于小莲庄，流连于百间楼，仰望日浸月衍的张静江故居，除了通常意义上的小桥流水粉墙黛瓦，还能看到来自法国的铸铁栏杆、德国的瓷砖、罗马的彩色玻璃。民国的符号，是那么的土中有洋，摩登而怀旧。“这里有水晶晶的水，水晶晶的天空，水晶晶的水风车，水晶晶的池塘，水晶晶的水网，水晶晶的垂柳，水晶晶的荷叶珠子，水晶晶的桑树园，水晶晶的稻田，水晶晶的紫云英，水晶晶的稻香村，水晶晶的炊烟，水晶晶的渔舟，水晶晶的烟波，水晶晶的童年，水晶晶的灵魂，水晶晶的生命，……这个水晶晶的小镇，水晶晶的倒影，映出这个水晶晶的世界！这是，呵！这是我的水晶晶的家乡！”这是徐迟先生连用60多个“水晶晶”的形容词，来夸赞家乡小镇的稀世之美。

徐迟纪念馆坐落在文园内。我没有料到，徐迟纪念馆竟是坐落在这样一方幽雅的净土，竟是这样一幢白墙青瓦极具江南建筑风韵的秀丽庭院。馆舍前方与右侧都临有绿盈盈、水晶晶的湖泊，门前小径两边绿树成荫。院中的茵茵绿草，衬托着依宅面门而立的徐迟半身塑像。我向徐迟塑像深深致了三鞠躬，倾注了我对他的崇敬、哀惋与遥念的三鞠躬。紧接着进馆参观，馆内共有中、左、右三间大厅，外加中厅后面一室。三间大厅，间间图文并茂。只是想到这位以

《哥德巴赫猜想》而名闻天下的作家，他的最后归宿，竟然是那高楼窗口的纵身一跃。他的死，给他的家乡南浔，抹上了一缕凄美迷离的色彩，叫人黯然神伤。

有着“巨富之镇”的南浔，堆金积玉之中也不失书卷之气，名闻全国的刘氏嘉业堂藏书楼就坐落在南浔镇上。此楼缘于那末代皇帝溥仪所赠“钦若嘉业”九龙金匾而得名。整个建筑呈中西合璧风格。进得正门，只见左边是一荷叶形的莲池，沿池环绕着由太湖石堆垒而成形似12生肖的假山，细细品味，颇有一番滋味；左右“浣碧”“障红”两亭，与池中孤岛上“明瑟”亭构成鼎立之势；引人逗趣的还是那3米多高的“啸石”，上前凑近那石上小孔，使劲一吹，便如虎啸般声振全园，游人纷纷上前，欲欲而试。藏书楼为回廊式的两层楼房，中间的大天井如同一个大球场，四边由7间两进和左右厢房组成，共有书库52间。此楼创始人为刘镛之孙刘承干，历时20年费银30万两所造，藏书60万卷，共16万册。刘承干还以雕版印书蜚声海内，刻书200余种，不少是被清廷列为禁书的孤本书籍。所以鲁迅曾称其“不是毫无益处的人物”。

南浔常给你意想不到的灵感，也是一个可以让你发各种呆的地方。石凳呆、木椅呆、廊桥呆、水榭呆，你呆若木鸡，什么都可以想，什么都可以不想；河岸边、石级旁、拱桥上，到处可以把自己站成或坐成一道风景，暖暖秋阳给你打主光，粼粼波光做底光，拿白墙当米波罗补光，再扯一把天上云做你的顶光板，只等人来帮你摁快门了。

暮时，微雨开始飘落，青石板路开始润湿，看上去非常明净开阔，一种区别于弯弯曲曲的狭窄巷道的大气。街的两边，间杂着普通住家和一些光线暗淡的铺子，其中几家已经在下门板打烊了，主人看着我们这些显然是外地来的游人走过去，并不出声吆喝招揽，仿佛是怕打破这暮雨中的寂静。

深夜，一个人散步在长街上。夜静巷空，南浔适合夜泊、飘零、流浪。从石板路两边紧闭着的木门里，隐约传来的另一个我们所走不进的南浔的气息。一家的夫妻在拌嘴，带着气恼的江南口音忽高忽低；一家的电话铃久久地响着，却不见有人接；一家的小孩子嬉笑着逗弄小狗，小狗低低吠叫……我走着，如同走在梦中。这是一条多么适合梦游的街道，把人催眠了，却把记忆深处童年、故乡和初恋的惆怅一一唤醒。

街上的第二批灯笼次第熄灭。

瑶里感怀

一条逶迤清亮的大河出现在我的面前。一座木板桥横跨两岸，走在桥上，轻快的脚步应和着杉树木发出的轻微“吱嘎”声。镜面似的河面上，爬满绿色藤萝的粉墙黛瓦在远处烟雨迷茫的群山掩映下，倒映其中，铺展开一幅恬静优美、层次分明的自然画卷。河边洗衣的村妇一边聊家常，一边手舞着棒槌，爽朗的笑声在棒槌的“啪、啪”声中滚过，平添了几分大河的生气。沿河两岸，错落有致地分布着数百幢飞檐翘角，粉墙黛瓦的明清徽派古建筑。门前石头甬道，高大的樟树散发出浓郁的花香。三三两两的老人坐在自家老屋门前，目光中透着平淡，神态恬然。

这里就是国家历史文化名镇——瑶里。

瑶里，古称“窑里”，是景德镇陶瓷的主要发祥地。战国时期开始点火烧窑，直至明初。明代之后，景德镇成为瓷业中心，瑶里的制瓷业逐渐衰落，成为单纯的原材料产地；到了清代，瑶里得天地厚的优质瓷土高岭土采掘殆尽，从此瑶里的经济一蹶不振。近代之后，由于地处山区，交通不便，瑶里进一步衰落，她曾经有过的那一段辉煌历史逐渐被凝固和尘封，以至被世人遗忘。用今天的眼光看，坏事变好事，这种遗忘正是瑶里的幸事，如今她依然保存着较为完整的优美自然环境，充满着古朴、悠然、散淡和安宁的风貌。

沿河而行，转过数座青山，便可见到南宋龙窑遗址。龙窑因依山而建，状若行龙而得名，盛于宋代。此外，这里还保存了多处元、明等时期的古窑遗址，以及大量的古矿洞、古水碓等瓷业遗迹。面对这些古窑址，想象我们的先人在几千年前，就在这样简陋的作坊中，用手工将瓷土制成一件件让世人赞叹不已的陶瓷。在那一件件精美绝伦的瓷器背后，承载着太多太多的智慧结晶；熊熊窑火下，也留下了太多太多艰辛的汗水。如今，古窑虽已荒废，但那踩在脚底下的每一块瓷片，无不是那段辉煌历史的最好见证。从那坍塌的砖窑缝里钻出的花花草草，仿佛是在替先人们看守着昨天的故事，看守着一份眷恋。

“狮冈胜览”是瑶里现存的珍贵欧式建筑风格的民居。外形为西欧风格，内部结构趋势徽派传统建筑。因从对面的狮山上观看这座建筑灵秀而不失气势，于是屋主将此屋取名为“狮冈胜览”。整座建筑为两堂八房的楼房结构，分为前堂、正堂和后堂，正堂和前堂边有正房、厢房，后有一个后堂。后堂墙上书有“狮冈胜览”四个大字，字上方为两个狮子的浮雕，意在压制住对面的狮山。建筑内门窗、房梁上有近百幅木雕，生动逼真，精雕细琢，未施油漆，充分显现了木板纹理的天然美。木雕取材广泛，多以当时盛行的和吉祥典故为主题，常见财神、花鸟等山水图案，雕刻精细，栩栩如生，充分显示了屋主的财力和家族曾经的荣耀。

避开大街，按照墙上提示牌引导，踅入左岸小巷，一座旧宅上方的“陈毅旧居”出现眼前。这座旧宅原名“敬义堂”，修建于清朝嘉庆年间。走进，不大的一个院子，屋顶很高，天花板是一块透明的玻璃。晴天采光，雨天则可以把雨水储存在堂屋的池塘里。1937 年 11 月、1938 年 2 月，陈毅两次到瑶里指导红军游击队改编事宜，就工作生活在这里。后来，在此成立了新四军驻瑶里留守处。现为陈毅图片展览室，集中介绍了新四军瑶里改编的过程和陈毅同志的简要生平。离开时，大门处还有个邮戳章，盖出来是“浮梁县瑶里陈毅旧居”。

人水和谐，相生相伴，水美瑶里，在于敬畏。瑶里人自古就重视水生态文明，开展禁渔、护鱼等活动。在当地的博物馆内，我们看到了清道光十二年（1832 年）建立的养生碑，上面对违背禁渔条例的人如何处罚做了详细规定。瑶河岸边上，有一块当地群众自发立于 1988 年的禁渔石碑，并将每年 8 月 8 日定为禁渔节，举行放生活动。同时，镇上形成了一条不成文的规矩：早晨七时之前的水用来食用，七时到九时，可在河中洗食物，九时以后才可以洗衣服。

“商业化”，几乎所有的古镇都有这三个字的烙印。在瑶里，几乎找不到丁点的商业气息。在瑶里的老街上行走，走着走着，你的脚步就慢了，走着走着，你的心就静了。沧桑的烟雨，岁月的阳光，就这么缓缓地在你眼前铺展开来……

如果可以，真的想一辈子赖在瑶里。

小汉口靖港

靖港是一个有着千年历史文化的明清古镇，坐落于湘江西岸，距长沙城区约为30公里。靖港现保存“八街四巷七码头”，主街道铺满麻石，街边以仿明清建筑为主，商铺林立，店幌诱人，米铺、陶瓷铺、印染铺、食杂铺、古玩店……哪家都想进去瞅两眼。那房檐下，店铺门前的货架上，挂着各种大大小小腌制的咸鱼，在艳阳下红得发亮，撩人肠胃。

在靖港，有几个地方是必须要去的。

陶承故居位于保健街。陶承原名刘桃英，1893年生于靖港。20世纪20年代她的先生欧阳梅当时在湖南省担任总工会秘书长，1927年长沙“马日事变”后转移至武汉，陶承携带子女，随梅先生一起投身于革命，之后以自己的一生经历写了一本书《我的一家》，成为进行革命传统、革命理想教育的优秀教材，后被北京电影制片厂改编成电影《革命家庭》，由于她的一生都奉献给了革命事业，因此被誉为“革命母亲”。1986年7月11日，病逝于长沙。

陶承故居是一栋土砖老式房，走进房内，迎面是两张照片，一张是陶承与欧阳梅的生活照，另一张是陶承和一群少年儿童在一起。整个故居陈设简单。

曾国藩行营位于古镇半边街对面。靖港在历史上不仅有着独特的经济地位，还是古代重要的军事重镇，历代兵家的必争之地。历史上就曾发生许多为争夺这一战略要地的战争，最著名的一场战役就属曾国藩领导的湘军与太平军在此交战的靖港水战了。清咸丰四年（1854年），太平军将领石祥贞（石达开之兄）、林绍璋率领太平军从岳阳南下，占领靖港，在这里修筑炮台，驻兵巩固，形成对长沙的包围之势。当时担任湖南团练大臣的湘军统帅曾国藩为了抢夺靖港这一战略要地，解除腹背受敌的困境，亲自率军进攻靖港，两军展开了昏天黑地的混战。然太平军攻势凌厉，湘军在洪家洲全军覆没。作为首次带兵作战的文官曾国藩，羞愧难当，威颜扫地，悲愤中两次投水自尽，都被部下救起。后在湘军水师彭玉麟、陆师塔齐布等救援下，合力击败了太平军。后来，曾国藩以“屡败屡战”的顽强，率领湘军讨伐征战，横扫太平军，赢得了天下“无湘不成军”的美誉。可以说，靖港水战也是曾国藩人生的重要转折点。

宏泰坊建于清雍正七年（1729 年），是长沙自清朝以后保存的最完好的青楼遗址。走进宏泰坊，眼前的房屋为两层结构，主体部分全部用木材搭建而成。沿着木质楼梯而上，二楼的“小包房”大部分保存完好。一个个包房里，展示着各朝各代名妓的爱情故事：钱塘第一名妓苏小小、吞金簪自杀的李师师、伐鼓抗金的梁红玉、怒沉百宝箱的杜十娘、倾国名姬陈圆圆、名花潘玉良、才思兼备的小凤仙……据说，解放后濒临倒塌的宏泰坊是否修复曾经备受争议，最终支持修复的意见占了上风，并仍然相沿其旧名——宏泰坊。2008 年，靖港被国家评为“中国历史文化名镇”就有宏泰坊的支撑。

八元堂，又叫宁乡会馆。晚清时期，来靖港从业的宁乡人接近 4000 人，因此他们在此地设此会馆，供老乡下榻休息和联络乡情。会馆大厅空阔，可包容百人聚会，厅中两根四方形花岗石柱，柱基略阔于柱身，四周有浮雕图饰。厅中有 20 多平方米的木楼古戏台。台柱上的对联大气且刚劲有力：“溯湘水南来，百里河山，仗此楼台锁住；唱大江东去，九天烟雾，好凭管弦吹开”。会馆里有不少老照片，可以看到当年该会馆那热闹场面。据当地人说，现在逢年过节，或有组团的游客到此，古镇的民间艺人会在这里或一曲弹词，或一段地花鼓，又或是一段皮影戏，让人欣赏到原汁原味的当地古老的艺术。

岁月枯荣，古镇沧桑。走在主街道上，静静地欣赏着这座古镇，欣赏着古镇人最生活的状态，虽然谈不上有多美，但只有在这时才会发现，当你凝望那琉璃彩瓦、画栋雕梁，仿佛你凝望的是历史，其实你凝望的是明清时代的时尚；当你走过一条条静谧幽深的青石老街，仿佛你穿越的是寂寞，其实你穿越的是康乾盛世的繁华；当你抚摸那褪色的木雕，仿佛你感受的是粗朴，其实你感受的是流年镌刻、风描雨绘的精致。只有在这时才会发现，这座古镇的千年底蕴和内涵正在慢慢进驻心里……

风情安昌

安昌是绍兴四大古镇之一。

由景区口进入，一条河将古镇分为南北两部分，南岸是民居，北岸为商市，两岸之间古桥相连。南岸多有檐廊，当地人在自家门前，开茶肆酒楼，开传统的手工酿酒作坊，开药店，开客栈钱号，其中最夺人眼球的是那沿河挂满了黑黑红红的腊肠和酱鸭子，很壮观，又很馋人，是他们将一条街经营出了一股鼎盛的人间烟火味。或许正是这种人间烟火味，才有一条条街巷不顾曲曲折折通向这里，像它一手带大的一群弟弟，和它牵手搂腰，跟前顾后，如影随形，安昌在古老的绍兴真的是摆足了派头与风情。

历史上的安昌曾经是商贾云集、经济发达的重镇，同时也是连接方圆百余里的产品集散地，尤其是棉纺织业，安昌“挟水运之利，仗物产之丰”，成为数百年间整个浙东地区的重要棉花集散地。当时，来自全国各地的商人们到腊月时节也不能回家，于是安昌的百姓就用各种当地的习俗来宽慰四方客人的思乡之情，如现在依然能在安昌老街上看到裹粽子、灌腊肠、春年糕、扯白糖等传统美食工艺，以及每年古镇临河戏台上上演的社戏、越剧、莲花落等。渐渐地，这腊月的各种民俗被保留了下来，直到今天，当地的百姓还把腊月办成一个盛大的节日——安昌腊月风情节。

“小个子的老头戴着一顶瓜皮帽，老花眼镜一直搁到鼻尖上，一手捧着一面算盘，另一手握着一支毛笔”——这恐怕是我们大多数人对于旧时师爷的一个印象。师爷是明、清两代各级官员私聘的谋士，他们参与日常公务的处理，甚至是一些机密工作，虽然没有正式的官职，却对地方的政治、经济以及军事等各方面有着很大的影响力。

“绍兴师爷馆博物馆”就坐落在安昌北岸的老街上。此馆原是娄心田师爷的故居。馆内有一组彩塑作品，表现了清代地方衙门的官员升堂审案时的情景：原被告跪在堂前，衙役持棒站两边。明镜高悬，正襟危坐，惊堂木一敲威风八面，喝令一声地动山摇，但是且住，真正的“主心骨”却是坐在堂后的师爷。因为没有官方身份，所以师爷只能坐在后面听审，一旦发现当事人的证供有问题，就差人递条子，遇到县令意气用事，更要及时提醒。此外，馆内还介绍了师爷的种类、工作、生活、学幕概要与著名师爷的简历、师爷的典故，以及师爷的职业道德。展品有师爷的工具书、作品、手稿，多为当世绝品。鲁迅先生曾说：“我们绍兴师爷的箱子里总放着回家的盘缠，合则留，不合则去，这是绍兴人傲岸自尊的丹气。”

在南岸，有一座高达三四米的高墙，墙上有两米见方的“仁昌酱园”四个大字。仁昌酱园已有120年历史，创始人姓徐。走进厂区可以看到几百个摆放整齐的酱缸，缸面上镌刻着“仁昌记”三字，空气里面弥漫着酱香的味道。从介绍资料上看，仁昌酱制一般在清明前后蒸料、发酵，伏天晒酱，金秋成油，也称“伏酱秋油”。制作上采用传统技艺酿造，采用的是上等大豆，不添加任何化学添加剂，经过整整六个月的晒制才是纯正的“仁昌记”酱油。“晒足180天”不仅仅只是广告词，这是仁昌酱园的常态。

在老街，一个熟悉的身影一下吸引了我。此人一身藏青的长大褂，留着胡须，戴着毡帽，很像鲁迅笔下的孔乙己。在看他那不大的店面，贴满了各种报纸报道与他相关的采访。老人叫沈宝麟，自己开了一家宝麟酒家。说是酒家，也就三张桌子，而且还是置于河边。桌上放一盏黄酒，一碟茴香豆。老爷子很随和，只要游人提出和他合个影，他都不拒绝，很配合，直到游人满意。老爷子确实也算是古镇的活招牌了。

老街上除了游人，更多的是悠闲生活的当地老人。他们戴着的乌毡帽已经起了球，黑色厚棉袄也很显旧了，有的裹紧衣服蜷着腰在打牌，有的围成一桌在聊天，还有的只是捧着自己的大茶缸坐在河边，皱着眉头看外面人来人往，默默地抽烟。也有女人在河边洗衣服，拉着家常，间或，扯着嗓门隔河喊话，也不觉得有失体态。驻足良久，心想，也许有些粗犷了，也许有些世俗了，但这就是他们的生活，是他们生活本来的样子啊！你看你的风景，我过我的日子，一点都没有因游人被打扰，被改变。

沿街而行，一路上都飘满了浓浓的肉香和酱香味。时光从脚底慢下来，沧桑的烟雨，岁月的阳光，就这么缓缓地在眼前铺展……

走进铜官

铜官古镇位于长沙市望城区湘江东岸，自唐代起，铜官又称陶都，历来以陶瓷闻名于世，早在1300多年前的隋末唐初，铜官镇便出现了大型的窑场，即现在仍保存完整的“长沙铜官窑”。深秋时节，走进铜官古镇，和她的前世今生来了个近距离的接触。

我在一座写有“铜官街”的牌坊前下了车。走过牌坊，是一条南北走向的街市。街内陶砖陶瓦的古建筑林立两旁，风格各异的陶瓷器皿俯拾皆是，古香古色的店铺展示的都是陶瓷产品。可能与我曾经的工作经历有关，我特别留意店铺门上的招牌。

我走进的第一家店是挂有“泥人刘”的店铺。走进后的第一眼，我就看见在一张桌子后面的墙上挂着一牌匾：湖南省非物质文化遗产——陶瓷烧制技艺。桌前坐着一位中年妇女，通过闲聊，原来她是泥人刘第四代传承人刘嘉豪的母亲。据她说，刘家的陶艺，世代传承，父传子，子传孙，到现在已是第四代。刘嘉豪从小就耳濡目染整个制陶的全过程，上大学时，他选的也是陶瓷专业。毕业后回家继承父业干起了制陶艺术。

我在一个展台上看到了放着诸多造型各异的壶，因是外行，也看不出好与不好，但每一把壶线条流畅，肚腹鼓胀，壶嘴微倾，各有各的特质，有几把壶好像是从历史的泥里深挖出来的，被渡上了光阴的喑哑，有的壶的表面又像被烟熏火燎过般潦草，且变异出千变万化的釉质，倒也令人爱不释手。

在老字号张泰和的作坊里，我看到有不少孩子正老老实实坐在那里，听一位女老师讲课。一张张长条桌上面为每个孩子都准备了一块儿小木板、一杯泥浆、一支竹签，还有一大坨泥巴，桌子上还摆放着几件已经做好的作品。女老师说：“先不要动桌子上的泥巴，因为人手的温度会让泥巴变干，就不能很好造型了。”她还讲道，“这泥巴不是普通的泥巴，它要经过反复摔打、捏揉等复杂的工序，然后才能使用呢!”女老师让孩子们先取一点泥巴放在木板上，用力拍成泥饼，还要注意掌握好厚度，然后在上面写上自己的名字，等烧好后再送给他们留作纪念。

走出老街，一踏上彩唐桥，映入眼帘的便是古窑背上黄永玉的题字：“长沙铜官窑”，字体古朴写意。铜官窑就卧在一片丘陵起伏的山坡上，形状像卧龙，又称龙窑。

在陈列馆里，到处是土坯、陶罐和杂乱的碎片，一时间，感觉就像回到了唐朝，依稀还能听到1000多年前陶车的转动声，脚下堆积如山的瓷片，似在将过去的辉煌与繁盛向我们娓娓道来。这些窑迹，全面真实地还原了练泥、拉坯、印坯、利坯、晒坯、刻花、施釉、烧窑、彩绘到釉色等一套完整的工艺流程，再现了大唐铜官窑生产彩瓷的真实场景。

又是一把青釉壶吸引了我。走近看，“春水春池满，春时春草生，春人饮春酒，春鸟鸣春声。”如果没有记错，这是唐代民间流传的一首无名氏所作的《咏春》复字诗。窑工把这首复字诗刻在这把壶上，不得不说，窑工中也有很另类的。也正是因了这种另类，使得这把青釉壶成了湖南省博物馆珍品，还上了中央电视台《国家宝藏》节目。

参观过程中，发现铜官窑瓷器上描写爱情的诗比较多。“日红衫子合罗裙，尽日看花不厌春。更向妆台重注口，无那萧郎铿煞人。”诗中把一个萧郎等美人的心情“铿煞人”跃然纸上。“一双班鸟子，飞来五两头。借问岳家舫，附歌到扬州。”诗中的“五两”，不是一个数量词，而是一个名词，指的是古代系于船头用于识别风向的候风器，通常用五两鸡毛做成。这痴心的小女子，不说自己的相思之苦，盼归心切，只小心翼翼地问：“船上的货物不算重吧？还可以给我带封信吧?”忐忑不安，欲言又止的样子，让人感动。

透过这些瓷器诗，不难看出，当年的窑工中有相当一部分人不仅识文断字，还会写诗。他们也许就是在和泥拉胚或添柴烧火之际，心灵一动，想到什么顺手写下来，刻在那些器物上。看似随意写下的诗句，却毫不矫情造作。在艺术风格上吸取了《诗经》赋、比、兴的手法，开了以诗入瓷之创举，在中国陶瓷史上写下了浓墨重彩的一笔。

伫立铜官窑废墟，当抹去岁月的尘埃，你会惊诧于民间工匠们对诗歌、绘画、书法等传统文化的感悟，你会震慑于点画间释放出来的睿智光芒。此时，这些瓷器已不再冰冷，带着1000多年的温度，从铜官窑走进我们的生活。

安宁的沙湾

这几年，我到过许多名头响亮的江南古镇。只是由于近年来刻意地经营与雕饰，尽管深受中外游客的青睐，但对我来说置身其中总感到若有所失。我不知道为什么天地间自然的气息会在修葺、重建、开发中渐渐消解；我也不知道为什么规划时受伤的总是审美。于是，随着一路怏怏而归的风景，将似曾相识的印象交给了似是而非的记忆。这些倩丽的名字很快模糊地成为走马观花中的浮光掠影。

沙湾不一样。沙湾没有那么美，它素颜，不施粉黛，以一种真诚和淡定亮相，古朴素颜中透着胸襟和气象。

沙湾镇位于广州市番禺区，建于宋代。在800多年的发展历史中，现存的街巷错落纵横，宗祠古屋点缀其间，檐椽梁枋巧饰雕琢，“石阶石巷”的古村落格局保存完好，并保留了大量明、清、民国时期的古建筑。全镇现存以留耕堂为典型代表的古祠堂约100多座。

作为广东三大宗祠之一的留耕堂，建于南宋德祐元年（1275年）。堂名得自祠堂门前的对联：“阴德远从宗祖种，心田留与子孙耕”。意即建祠造福后人。留耕堂的主要特色是柱多，计有112条石柱和木柱；“三雕”多，留耕堂保留了非常精致的石雕、木雕、砖雕，体现了岭南庭园精巧的建筑艺术。正门上为红底金字“何氏大宗祠”横匾，门两边的一副对联：“前人修后人续享之绵绵，大宗同小宗异钦于世世。”此联表明留耕堂的修建，前后历经几十代人几百年。这里最值得细心欣赏的是门顶的横梁，梁上的木雕极其精美，特别是在古建筑学上称为“驼峰”的33个三重如意斗拱，雕刻内容花样百出，或奇花异卉、飞禽走兽，或历史故事人物，无不栩栩如生。1983年，被誉为“七国院士”的中科院院士、中国现代考古学奠基人的夏鼐老先生参观后，评价留耕堂为“岭南古建筑综合艺术之宫”。

走进正门，一座高大的石碑坊便耸立在面前，这座碑坊在古建筑学上称为仪门，属于留耕堂的二进。过碑坊，到丹墀（大天井），回首可见，碑坊额上的“三凤流芳”四个苍劲大字。这是为了表彰沙湾何氏祖先在北宋后期考取进士的三兄弟，这三人在当时被尊称“何家三凤”而流芳后世。天井由红砖铺成。月台依天井的北面而建，高出天井 1 米，原是族人在喜庆日子看戏的舞台。其基石由一列 15 块大理石构成，石上刻有“老龙教子”“双凤牡丹”“双狮戏珠”“犀牛望月”“苍松文理”及松、梅、竹、菊、牡丹等图案，刀功浑朴自然、玲挑剔透，是元、明年间的古石雕，非常珍贵。

再往里走，就是进深达 17 米多的象贤堂。我也见过不少古祠，特别是安徽徽州地区的古祠，但如象贤堂这种规模的古祠，我还是第一次见到。堂正中一前一后悬“大宗伯”“象贤堂”两块红漆金字木匾。“大宗伯”指的是沙湾灯厂第二代何起龙，明朝洪武年间任礼部尚书。礼部尚书当时人称“大宗伯”。“象贤堂”是纪念沙湾何氏的宗祖何德明（号象贤）而设。象贤堂由 4 条石柱和 24 根两人合抱的大木柱支撑，梁、枋、驼峰斗拱均有玲挑剔透的三纹鸟兽、花果虫鱼等复杂木雕，令人叹为观止。置身如此宽敞高挺的象贤堂，巨大的柱林更觉得肃穆庄严，对前人的敬意不觉油然而生。

在建筑上，象贤堂的外墙也很特别。珠三角一带盛产蚝，聪明的老百姓就地取材，在建房时把蚝壳拌上黄泥、红糖和蒸熟的糯米，一层层堆砌起来砌成一道壮观的墙。这样不仅美观、壮丽，而且还具有防火、防虫、隔音的效果，雨季时，蚝壳墙上的雨水会迅速流走，保持室内干燥，蚝壳屋冬暖夏凉，坚固耐用，虽然经历了几百年的风吹雨淋，却依然完好密实。象贤堂就有连续数面的蚝壳墙，摸上去，感觉很平滑，不扎手。

除留耕堂之外，三稔厅也是值得一看的地方。三稔厅建于清代中叶，是当年何氏宗祠文化外事活动的中心。清末民初，“何氏三杰”何柳堂、何少霞、何与年在此创作《雨打芭蕉》《赛龙夺锦》《饿马摇铃》等曲目。之后，以何柳堂、何与年、何少霞为代表的众多粤乐创作名家，在继承前人音乐特色的基础上，吸收粤剧、戏曲和西洋音乐的养分，锐意改革和创新。创作手法从朴素的现实主义过渡到浪漫主义，打破传统模拟自然的局限，强调节奏的转换、旋律的优美、音色的华丽、调式的变化，以曲抒情，使沙湾的广东音乐创作日臻成熟，并形成了一个具有鲜明个性的典雅流派。2000 年，沙湾被国家文化部命名为“中国民族民间艺术之乡——广东音乐之乡”。

走过整洁有序的街区。一路上，沙湾宗祠文化展览馆、何炳林院士纪念馆、何氏大宗祠、古镇书斋、农耕生活馆等，无不体现着岭南文化的精细和古朴。错落有致的飞檐，风雨斑驳的瘦高白墙，简约得只能说是大方，只用线条，就能勾勒出几百年的文化，透露出曾经主人的文士风雅。我想，如此地的安宁，在中国，也寻不到几处了。

同里掠影

无锡市距同里镇只有一个多小时的路程，办完公事便坐上出租车直奔同里。同里乃江南六大古镇之一。始建于宋代，至今已有1000多年历史。事先知道，同里的特点在于明清建筑多，镇内有明清两代园宅38处，寺观祠宇47座，有士绅豪富住宅和名人故居数百处之多。

本文所记的，并非它的整体风貌，只是游览中所遇的人与物。

1. 古桥

古桥是同里的一大特色。一座区区方圆一公里的小镇，竟有十五条河，七个岛，五个湖，四十九座石桥，行舟代步，以桥代路，其密度之大，即使是在江南水乡，也属罕见。最为难得的是，这些石桥出自不同年代的不同匠人之手，大体架构不离中国古桥规制，在细微之处却又别出心裁。

在众多的古桥当中，最具代表性的当属“吉利”“太平”和“长庆”三座古桥了。这三座桥斜跨在三条河道交汇之处，彼此相连，环成一个品字形的桥街。其中“太平”“长庆”为梁式古桥，吉利桥则属于拱式古桥，都是明清时的乡绅捐建而成。据说在同里当地，至今还保留着“走三桥”的传统。当地人认为，这三桥连缀起来的街道，是沾染了祝福、祥和之气，可以祛除疾病，带来幸福。无论婚娶寿辰，都要前往这三桥走上一圈，所以“走三桥”的习俗流传至今。这进一步说明，地理环境与居民性格如何作用于建筑风格，又是如何反作用于民俗文化中的。

最富有神话色彩的古桥当数富观桥了。在此桥的龙门石上，有一幅惟妙惟肖的“桃花浪里鱼化石”的石雕。传说这条鲤鱼在三月桃花水发的时候，乘风破浪奋力跳跃，想跳过龙门脱去凡胎而进入仙界，可就在它奋力跃出水面的时候，桥上走来一位如花似玉的姑娘，鲤鱼凡心一动，结果已跳过龙门的头部变成了龙头，而龙门外的半身仍旧保留了鱼身。

2. 里弄

里弄，在我们安徽称为小巷。在同里，里弄较多，如尤家弄、串心弄、同泰弄、西弄、仓间弄等。同里有一条颇有名气的小巷叫“穿心弄”，据说是小镇的中心线。此巷狭长达300余米，行人脚下会发出哐哐声响。原来石条下竟是空心的，小弄蜿蜒前伸，而那一条条石板故意铺排不齐，留下大大小小的空隙，于是行人走过，也就发出这动人的声音。此里弄窄到仅容一人通过，若两人对向而行，须侧身避让才不致擦肩碰撞；仰首望去，仅存一线天空，天高境远之意顿生，不得不佩服当地人遣词的精致和禅意。

走在长长短短深邃幽静的里弄，很容易地联想起戴望舒先生那首著名的《雨巷》：“撑着油纸伞，独自彷徨在悠长，悠长又寂寥的雨巷，我希望逢着一个丁香一样的结着愁怨的姑娘。”我希望在此时有那么一点浪漫的故事发生，有一个美丽而浪漫的邂逅，但终究只是一个美好的愿望罢了。

3. 退思园

退思园方圆只有九亩大小，即使是在江南园林中，也算是袖珍的。此园由清代安徽兵备道任兰生被弹劾归乡后斥资修建的私家园林，退思二字取自《左传》的“进思尽忠，退思补过”，表明了主人寄情山水、归隐田园的心境。

因是带罪思过，想那园子必得有些低头顺眉的小模样，自然是不能如同位在高官时那般跋扈张扬了，自然得打破常规，做出检省内愧的收敛状。然而，漫步园内，道路九曲回转，两边或置太湖石镇守，或植花木点缀，或以回廊隔断，碧水清澈见底，锦鲤逍遥在水中游动，碧莲并蒂绽放，随处皆是风景，且景景相连，相映成趣，一路看下来，才惊而发现它一改园林南北通透的定式，竟从东西横入，建筑彼此之间方位奇妙，极富层次。一个如此局促的格局，竟规划出一波三折，可谓独辟蹊径，独秀江南。

退思园，退而思之。是啊，为什么人们总是要待“退”时才能思过呢？尽管退而思过，当强于退而拒思者百倍，但若在“进取”时，亦能冷静检省自己，岂不是能避免更多“过错”么？

4. 苏州评弹

下雨了。撑着伞，我们沿着一里弄漫步，突然传来苏州评弹的曲调。寻声而去，在一家写着“同里评弹”的门前我们站住了。在女主人热情招呼下我们进去坐下。我好奇地四处打量，书场不大，仅能容下六张方桌，正面台正中置一张长桌，两侧各一把高背木椅，桌椅上铺着黄底绣花的绸缎，桌上放着一把琵琶、两把三弦。背景是挂在墙上的一幅龙的苏绣，两边的庭柱上写有一副对联：“开篇入胜满堂喝彩、吴侬软语娓娓动听。”

接过女主人递过的节目单，点了一首张继的《夜泊枫桥》，付上 40 元后，女主人收下钱，拿着节目单走向里屋，不一会儿从里面走出一男一女。男的约有 50 多岁，穿白色长袍，着黑色布鞋，头发向后梳着；女的约有 20 多岁，脸上涂着胭脂，虽然浓了一些，但配上那一身浅绿色的旗袍，“淡妆浓抹”的端坐在那里，很让人想多看上几眼。

两人坐定，那女孩柔柔地说了句欢迎的话，我虽然听不太懂，但知道这就是那吴侬软语了。接着，那男的用手指轻轻一拨三弦，女孩纤纤手指一拨琵琶和之，演唱开始了。“月落乌啼霜满天，江枫渔火对愁眠。姑苏城外寒山寺，夜半钟声到客船。”张继的诗变换成一幅幅美好的画卷呈现在我眼前。感觉那乌啼声、钟声，配上那琵琶声、琴声和那女孩婉转的和唱声，声情并茂，别有韵致。那男的在绵绵的语调中还带出了一种沧桑感，动人心魄。

苏州评弹的魅力，只有身临其境才能感受到。

低调的前童

说到江南古镇，首先会想到周庄、西塘、南浔、同里、角直、乌镇等江南六大古镇。粉墙黛瓦、枕水人家、碧水环绕、小桥石驳、古风古韵等等，似乎唯有这样才能透露出江南的秀丽与婉约来。这六个古镇我都去过，也认同这种说法，直到前不久去了浙江省宁海县前童镇，一下子改变了我的看法。

前童也是小桥流水人家，却有着与众不同的景致。小镇以“回”字九宫八卦式布局。八卦水系，挨户环流，为江南古镇独特之奇观。这个始建于宋末，盛于明清的古镇至今仍保存有1300多间各式古建民居。建筑保留了明清时期的风格，集砖雕、木雕、石雕于一体。屋基也大多为卵石垒成，这使得整个古镇多出几分山野的气息，是一座不凡的江南明清时期的民居原版。

前童的街道并不宽，有的仅能容两人侧身而过。前童的街也并不是笔直得一览无余，而是如八卦迷宫一样蜿蜒曲折，但又路路相通，人走着走着便转回到了原来的起点。可不论是那多叉道的石街，还是通向深宅大院的小径，那街路却全是由一块块鹅卵石铺就的。环村而筑的“俨思祠”“永言祠”“崇本祠”等数十座小祠，分别建于明天启、清顺治、乾嘉年间，历经数百年轮廓依旧。古祠周围是黛青粉墙的四合院，“群峰簪笏”“职思其居”“欣所寄”等，几乎完整无损地保留着清代乾嘉年间的风貌。此外，古镇东有塔山，西有鹿山，两山峙立，景色秀丽。比起那些出名的江南古镇，前童没有刻意的张扬、修饰、模仿，还是一个未开发的古村落，是一幅古韵浓重的乡村画。

建于清道光年间的“明经堂”是前童最著名的建筑之一。此堂系一幢四合院，大门上悬挂的“明经”匾额为道光皇帝钦赐。左右两边的产柱上头分别刻有篆字“礼仪”“孝悌”字样，体现了主人的道德准则与思想规范。“明经堂”的始祖是一个做黄酒的老板，却在院中挂了块“敦伦凝道”的匾额，因不解其意，我向一位坐在小院里晒太阳的老人询问，老人摇头说自己也不知道，只晓得先祖造这间宅子时就有了，迄今已有180年的历史，上面的金字还是当初描的，至今不褪色。通过聊天，得知老人叫童衍方。在明经堂的中堂，至今还贴有七张旧时喜报，均为各个时期的童氏族人金榜题名的喜讯。随着年代的久远，这些当年曾经红极一时的喜报，已斑驳剥落，很难看清上面的字迹了。

“石镜精舍”是一所创立于明洪武十三年（1380年）的家族学校。在初创时期，由童氏后人童伯礼聘请明代大儒方孝孺两度来此讲学，历时四年，因而声名远播，为历来学者名人所重，成为我国古代著名书院之一载入史册。据称，方孝孺不但为童氏家族的教育事业付出一定的心血，还奠定了对童氏家族组织与道德建设的规范性基础，主要表现在制定族规及祭祀制度。而且，还为童氏子孙制定了“敦孝悌、秉忠贞、广言行、明礼义、达家邦”15字行辈。这15字日后更成了童氏治家理族、安身立命的行为规范和道德标准。自此，“读书不求闻达，亦足变化气质”，便成为童氏先人信奉的要旨。

在“石镜精舍”的中厅，立有方孝孺先生的雕像，厅壁上高悬“人间正气”的匾额，墙角立着方孝孺手书的古碑，厅中陈列着十几张古旧的书桌凳。在先生的雕像前伫立良久，“思古幽情”油然而生。在都市的繁华中日渐沉沦的灵魂，移处在这极尽沧桑的精舍里，感受着这绝世的清幽和宁静，不禁会产生强烈的视觉差和荡涤灵魂的震撼。

在老街上随意游走，无意之中，发现脚下的路全是由一块块鹅卵石铺就的。那些卵石铺设得错落有致，有的还利用颜色各异的卵石铺出种种图案来。蹲下来细细看，因年代久远，再经过许多路人双脚的研磨，那些卵石变得圆满光滑，在深冬午后阳光懒散的照射下，散发出幽幽岁月的青光。由此我想到了母亲在世时，每天晨练时就喜欢穿软底鞋在公园里用卵石铺就的小路走走，说是能感受到那卵石对脚底的按摩，其效果不亚于如今风靡全国各地的足穴按摩。

游走于这份无法言语的古朴中，没有了世尘的喧嚣，更没有都市的嘈杂，让我感觉有点孤寂，有点落寞，有点陈旧，更有点唐诗宋词的韵味。这次和前童虽只是短短不过三个小时的相逢，临走依旧有牵念，仿佛堤岸垂柳甩出的水袖，日夜和流水纠缠。如此，在这样的背景下，也就不难理解明朝著名的地理学家徐霞客在他长达27年的游历生涯中，为何两度光临这里了……

品味青岩

青岩古镇是贵州四大古镇之一。尽管600年前曾经历过战争，但依然风骨峥嵘，耸立不倒，像一个历经沧桑的老人，诉说着曾经的几多往事。

古镇依山而建，走进古老的城门，穿过雕有龙虎石刻的牌坊，小街两边一家挨一家的店面，以浓郁的贵州特色呈现在游人的面前。身穿民族服装带着挂满装饰的硕大银项圈，头戴银饰帽子的苗族女孩迎接着拍照的游客。店边的地摊上摆放着手绣的布手链、大花朵儿的布项链、手工戒指和耳环，银店门口站着抽象变形的木雕立人，头上装有麻绳编的长发。店里手绣的布鞋，带有民俗图案的麻包、蓝底白花的蜡染布等，琳琅满目令人目不暇接。

来前，我根据网上提供的线索已做好功课，所以进了古镇，我顾不上闲逛而是直奔景点。

背街，是古镇最具特色的一个景点。走进背街，脚下的路面是用当地的青石板铺成。经过几百年的雨水冲刷，石板早已经变得平滑如镜。街边两旁的老房子，墙体都是由青石板层层砌成，墙上长着野草、匍匐着藤蔓，精雕刻花的门窗，油漆成大红色的门板，灰青色的瓦片，浑然一体，古香古色。走进一家木门打开的小院，向里探望，藤架上吊着葫芦，窗台上放着一盆盆小花，花盆形状各异，墙角一块菜地，面积大概有四五个平方的样子，一条条小黄瓜，嫩嫩绿绿的，辣椒也一个个挂着，像小小的绿草莓。此景让我一下就想到了黄山脚下的徽州人家小院，真没想到在远隔万里的大西南，也有这样的人家，这样的小院，真的让我刮目相看了。

除了脚下的石板街，地面上的建筑，也是人类活动的最好见证。

在这一个不大的古镇上，谁会想到居然建有佛教寺庙、天主教堂和基督教堂。这边是慈云寺里袅袅的青烟香火不断，那边是基督教堂做礼拜的人也络绎不绝，是什么样的胸怀，让一个古镇包容了三种不同的思想形态？其实，这“三教”就是一个很好的具体答案。古镇的胸怀就是青岩人的胸怀，不同的文化和思想在这里可以交汇、融通，不论是本民族与生俱来的还是西方后来传入的文化，都得到了很好的接纳和传承。

还值得一去的就是位于状元街 1 号的赵以炯故居。我看过赵以炯的资料。清光绪十二年（1886 年），赵以炯参加廷试（殿试）获第一甲第一名，成为贵州省以状元及第而夺魁天下的第一人。赵以炯诗文俱佳，其应试时所作的《赋得〈报雨早霞生〉得生字五言作韵》就获“刻画工巧，藻不妄抒”的好评，其作的《中庸不可能也》一文更是得到极高佳评：“绝不矜才使气而轩豁，呈露题蕴自阐发无遗，知洗练之功深矣。”为贵州写下了永垂青史的一页。

站在故居大门，第一眼看到的就是门楣牌匾上“文魁”二字。跨过门槛，这是一个以一进院、二进院组成的一个大建筑群，系穿斗式悬山顶木结构建筑。正堂悬挂赵以炯的画像，四壁张贴着主人的诗文书画。内有“赵以炯生平展”“科举制度展”“青岩镇文物图片展”，其中在“赵以炯生平展”室，我虔诚瞻仰了先生的《赋得〈报雨早霞生〉得生字五言作韵》和《中庸不可能也》。时光冲淡往事，只留下泛黄的痕迹，但字里行间，依然能映出先生的文豪光彩。

震耳的鼓声从古镇的戏台传来，寻声来到古戏台，看了一会儿，我发现演员戴的彩绘面具、表演的形式和音乐，和我们安徽池州地区的傩戏十分相像。我问负责音响的一位中年人，他说在当地叫作地戏，是傩戏的一个派系。原来如此！我知道傩戏起源于商周，有着“中国戏剧活化石”之称。“戴上面具是神，摘下面具是人。”我多次看过池州的傩戏，没想到在古镇看到了傩戏的另一种表现形式，真是让我惊喜且大饱眼福。看着台上精彩的傩戏表演，再看台下或站或坐的游客和当地老人，我想，游客们看的是热闹和新鲜，而当地老人品的是悠久古老文化，这就好比临街炒货铺刚刚出锅的糖油板栗、五香瓜子，香且经嗑。

最后，我登上了山顶的古城墙。站在城墙上，回看古镇，原生态的景色、幽静的背街、书香风范的府第、经历了百年风雨洗礼的教堂寺庙、古老原始的地戏……是的，一座古城，其实就是一本古书，把曾经的风雨烟云不动声色地嵌入字里行间，在临风开卷的时候，让身处其间的人们浑然置身在历史的瞬间。

闲适的龙兴

我有莫名的古镇情结。

在重庆参加一个研讨会，会议刚一结束，利用难得的一个下午机会，我包了一辆出租车，来到距重庆市区 36 公里处的龙兴古镇。

由入口进入，首先让我惊讶的是这里百姓生活的状态。没有商业气息，没有小贩的叫卖，没有商家的潮流音乐，走在经过岁月洗礼已经磨得不平整而显得凹凸不平的石板上，石板街两边有的只是此起彼伏的麻将声，整个小镇几乎家家都是满座打麻将的、打纸牌的、侃龙门阵的男男女女。从那活色生香的场景中，我看到当地人的生活状态，以及他们看游人走过时淡然的样子。在这里，那种怡然与自得能让你找到慢下来的理由，一份闲适在你周遭弥漫开来，一瞬间，仿佛时钟松开了发条，能感受到全身心的放松，有一种走亲戚、会朋友的愉快感觉。

徜徉在古镇宽阔、笔直的石板街和狭窄、悠长的阶梯步道，我是处处打卡，时时留影。府第、佛寺、道宫、祠堂、牌坊、会馆、戏台、石桥、绣楼、水井等，感觉进入了一个文化底蕴深厚的露天历史博物馆，丰富得令人目不暇接，新奇感叹不断。

藏龙街 115 号“龙藏宫”的来历吸引了我进去一看的兴致。龙藏宫在明初之前是一个小庙，传说建文皇帝曾在此小庙避难，躲过追兵，得以脱险，后小庙经扩建而命名为“龙藏宫”。建文皇帝即朱允炆，明太祖朱元璋之孙，安徽人。龙藏宫让我想到了我们安徽萧县有个皇藏峪。传说汉高祖与西楚霸王因争夺天下引领数十万将士血战于野，高祖不敌，被项羽追杀，逃进深山大谷，情急无奈之中躲进悬崖上一个小小的石洞里藏身。追兵到前，一块巨石从天而降，落到石洞的前面，形成一种屏障；紧接着又有蜘蛛用自己的丝网密密地将洞口封住。刘邦于九死处得天助而得一生，后收拾军士，抖擞再战，终定乾坤。此后，有后人命名此洞为皇藏洞。

我问保安是否有“龙藏宫”和古镇这方面的资料介绍。保安说有啊，让我到刘家大院那里去看看。于是，按照保安的指向，很快就找到了位于藏龙街80号的刘家大院。

刘家大院建于清朝道光年间，占地面积2000多平方米。大院建有12米高的烽火墙围绕，三道大门，里面是典型的三开五进，中轴线式庭院，布局规整，以中轴线严格对称。从大门进入，则为一进，左右并列商铺。第二进是普通会客场所，用于接待客人。第三进为正堂，正堂上方设神龛，立有祖先牌位。第四进为贵宾客堂，堂内靠椅、茶几摆设讲究，滚线穿斗木柱的壁上挂满了典雅字画，是接待贵客嘉宾的地方。贵宾客堂的两边是主人住房，大太太居左，二太太居右，居室内设置漂亮的金漆木雕家具，以示主人的奢华。第五进也是最后一进为小姐楼，其中楼上是小姐的闺房，楼下的两边是丫鬟、女佣的住房，中间是读书、刺绣的地方。

上上下下看完，回到一进处，我对接待我们的此院主人说：“刘家大院和我们安徽皖南地区的古建筑差不多啊!”主人一听我们来自安徽，马上接过话茬说：“安徽我去过，你们那里的古民居真不错，有一种不可言喻的大美!”我笑了。我掏钱买了一本介绍刘家大院和古镇的书，和主人道别离开。

在一户人家，我看到一对中年男女把一桶热气腾腾的米饭倒进石臼里，女人在舂米，“砰嘭”“砰嘭”的声音很有节奏，随热气喷出浓浓的米香。我问：“这是做什么啊?”女人说：“打糍。”看我不太懂，又说：“做糍粑。”我问：“现在可以吃吗?”女人说：“还没做好呢，十分钟后来吧!”我说：“如果回来还从这里过，我一定来吃。”走到街尽头后，我折回，守信来到那户人家。女人拿出一个餐盒，把一块块黏稠的糍粑，裹上黄豆粉和白糖，说：“十块钱。”同时，又往里面加几块糍粑。米香、豆香四溢，我用牙签挑起糍粑，入口爽滑，味道清香，滋味甜润。我把沾在手指上的黄豆粉也吮干净，感觉唇齿留香。

黄昏越走越淡，返回入口，站在城楼上，眺望有着600多年血与火历史的古镇，依山而建的木屋、古庙、祠堂、戏楼，斑驳的脸上写满岁月的痕迹。这种宁静与厚重、幽远与苍老，显现出一种原汁原味的静穆之美。

回到安徽已有些时间了，每当整天沉浸于忙不完的事务之中时，我就会突然想到龙兴，想到那些坐在自家门口悠闲玩乐的龙兴人……

千灯溢彩

知道千灯古镇纯属偶然。前阵子腰不舒服，去一家推拿店推拿推拿。几次下来就和推拿师傅熟悉了。那天我对她说明天就不来了，去昆山参加一个活动。师傅接过话茬，跟我说昆山有个千灯古镇很好玩的。我问她怎么知道的，她说她和老公曾在那里打过工。我就是这样知道了昆山有个千灯古镇。

初听“千灯”这个别致的名字，心中便浮现出一幅旖旎浪漫的夜景——千盏灯火，点缀在江南的小桥流水、雕梁画栋、雨巷故宅之间，该是怎样一幅梦幻般的图画。去了之后才知道，“千灯”古称“千墩”，是一座有着2500年历史的江南古镇。

避开熙熙攘攘的人流，我首先来到了顾炎武故居。故居内景点分立，诗书画遍布。我最感兴趣的是读书楼。顾炎武的读书方法一直为天下人称道，他给自己规定每天读完的卷数；限定把每天读完的书抄一遍；再要求自己每读一本书都要做笔记，写心得体会；最后，他还要在春秋两季，重新温习前半年读过的书。他读《资治通鉴》后，一部书就成了两部书；他的一部分读记，也就是后来的《日知录》。所以后世学者们谈到治学精神，都不忘提《日知录》的学术价值，还有他那呕心沥血，印证史料，往往很长时间才落笔的严谨态度。当然说这些对于普通百姓来说都记不住，老百姓心里记住的，还是那句激励了多少仁人志士的名言：“天下兴亡，匹夫有责。”

坐落在棋盘街上的顾坚纪念馆也是必去的地方。纪念馆是共两进、走马楼，布局优、雅、美。第一、二进之间有天井，天井两侧有厢房。厅堂内设一个小舞台，舞台两侧有副对联：“曲奏陶岘丝竹江南，腔吹顾坚管弦玉峰。”舞台精美别致、小巧玲珑。楼上中堂上立有真人般大小的顾坚坐像，仙风道骨的样子。案桌上有文房四宝，两边放置陈列框，主要是顾坚的生平介绍和著作介绍，特别是南曲和昆山腔的介绍。陈列馆有用小蜡人呈现的《浣纱记》《十五贯》《牡丹亭》《长生殿》等昆曲代表剧，表现了昆曲的发展轨迹。蜡人小巧精致，造型生动，让人过目不忘。

一股凉风抚过，送来几声悦耳的铃音。原来是千年古银杏和秦峰塔。银杏树遮天蔽日，一个人抱不过来。塔却亭亭玉立像美人儿，那种江南美人儿，纤细，俏丽。为何姓秦？史书这样说的：公元前 210 年，秦始皇南巡，登上这第一千个土墩，于是便有了“秦望山”。到公元 503 年，山上又耸起一座佛塔，至唐时改称“秦峰塔”。现在看到的是重建于北宋大中祥符（1008 年）的塔，是千灯保留的最古建筑。塔身一层紫一层灰，保存完好，每层檐角都挂着小铃铛，清风徐来，铃声悠扬，仿佛一曲江南小调。

在古镇还有一家与我们安徽有着千丝万缕关系的余氏典当行。余氏典当行位于北大街 50 号。明万历年间，余氏先祖余爱山自安徽休宁县迁至昆山千灯吴家桥畔开店经商，其聚敛财富，遂为当地一富，被时人称为“玉溪余氏”。清顺治年间，余爱山的第二代传人余尚德在千灯镇上营建徽派建筑群，占地面积近三千平方米，称余宅。光绪十二年（1886 年）由安徽人董斌夫主店，招牌号“益泰”。1937 年千灯沦陷后，益泰典当被迫停业。

余氏典当行原有七进，现存五进，大小房屋 120 多间。第一进为当铺，第二进为“立三堂”即会客的厅堂，堂内有一副对联：“劝子勿为官所腐；知君欲以诗相磨”。第三进为大堂楼即主人居住的地方，第四进是餐厅，挂有“黄米饭香青菜熟；白头人老赤心存”的对联。第五进是库房、更楼，现展放各类昆石精品，供游人观赏。

千灯有一条始建于南宋年间的石板街。全长 1500 米，共铺有石板 2072 块，是江南古镇保存最长、最好、最完整的石板街。石街两侧的房子多为二层楼古建筑，主要是前店后宅。昔日望门大宅的古建筑群，占古镇现存老房子的 80%。时近午间，光线开始在石板街上跳动，古朴之中便有了旋律的韵味。走进一家茶铺，屋里只有一位老人，古色古样的桌子。彩电里放着戏，委婉的声腔像是昆曲。喝着茶，本想和老人聊聊古镇，可惜我的话老人听不懂，老人的话我也听不懂。

走过歇马桥、永福桥、汶浦桥、西宿桥，走过尚书浦、七千湾、三官堂、剪刀浜，一幅风情长卷，一派生活的生动，一片民风、民俗、民情的烟火。千百年的时光已经流逝，但是，生活仍在延续，古镇仍在生长。无论是从前的大户人家，还是今天的普通百姓，或者只是当下的一个远方游客，在这里结下和千灯的缘分，无论浅与深，无论长与短，无论多与少，缘分让我们走进千灯，让我们记住千灯，让我们在往后的日子里，想念着千灯，正所谓“千灯万盏，不如心灯一盏”。

碛口古镇

碛口古镇，位于山西省临县城南50公里处，依吕梁山，襟黄河水，是自明清以来最繁华的黄河古镇之一。黄河就是在这儿拐了一个大大的弯儿，世人称之为“万里黄河第一湾”，而碛口古镇也因此被称为“九曲黄河第一镇”。

碛口古镇上的黄河码头自古就是黄河流域最大的码头之一。自西北各省而来的商船到了这儿就停泊下来，装货卸货，再转由骡马、骆驼运往太原、京津及汉口等地，或者会走得更远，出西口，走嘉峪关，及至走出国门，运往异邦。这是另一条闻名于世的古丝绸之路。在碛口，商人们会将当地的物资转运至西北。那情景可谓是泊船如林，昼夜不歇。资料记载：“鼎盛时期，碛口码头每天来往的船只有一百五十艘之多，各类店肆三百多家。”使得碛口“水旱码头小都会”的美名，随着九曲黄河传遍大江南北。兼之镇上至今尚有众多保存完好的明清时期的货栈、票号、当铺，连同各类商号、庙宇、民居、码头等建筑，几乎包括了漕运商贸集镇的全部类型，故而又有“活着的古镇”之称。

镇上有一条明清老街，分前街、中街和后街。前街集中了饭店、酒馆、大车店等服务行业，中街主要经营绸缎和日杂百货，后街实力雄厚的商号聚集于此。街面由黄河卵石铺成，街两边房檐连着房檐，店铺挨着店铺，老房子上明清风格的砖雕、木雕、石刻依稀尚在。店铺里摆放最多的是小布老虎和小布驴。

我从事非物质文化遗产保护工作多年。我知道布老虎起源于虎图腾崇拜，原始社会人类自身很脆弱，觉得老虎是世界上最强大的动物。老虎不仅勇猛无敌，而且“虎毒不食子”，对自己的幼崽又特别爱护，因此人们把虎作为生命保护神和繁衍生育之神，布老虎以及由此衍生出的老虎帽、老虎鞋寄托了长辈对小孩子的慈爱和祝福。

制作布老虎的材料及工艺各不相同，较常见的是把棉布、丝绸缝制成形，内部装填锯末、谷糠、棉花或香草，表面用彩绘、刺绣、剪贴、挖补等手法描绘出虎的五官和花纹，经过艺术加工的布老虎头大、眼大、嘴大、尾巴大，既勇猛又憨态可掬。我拿起一个小布老虎看了看，和江南精巧细腻的布老虎不同，此地的布老虎比较古朴雅拙。

走进后街，当年祁县的乔家、太谷的广誉远等晋商名门，都在碛口设有分号或办事机构，用当地人的话说："后街上做的都是大买卖。"一排排大瓮，一个个油篓子，一座座饮马槽，让人充分感受着历史的辉煌与商业氛围的浓郁。抗战时期，日寇八次进犯碛口 ，烧杀抢掠，许多富商巨贾远走他乡以避战乱，碛口的商贸基本陷于停顿，他们中的很多人从此再也没有回来。

来到黄河岸边，岸边的各色小吃不少，咕噜噜的肚子幻想着古镇的特色小吃，小店的老板热情招揽着自己的生意。品尝了"洋芋擦擦""炒莜面"，味道都还不错。还有一个名为"炒恶"的小吃，有点像臭豆腐的做法，只不过主料换成了土豆粉做的"豆腐"，吃着挺劲道。除了吃的，传统的陕北汉子和骑着毛驴的米脂婆姨特色照相吸引了不少的游客，一打听，服装十元，洗一张相片十元。

走进一家仿古的茶楼。茶楼的老板娘是一位年轻妇女，破例为我弄了两碟家常小吃和热乎乎的小米粥。没想到吕梁的小米这么好吃，甜甜的，暖暖的，柔柔糯糯，喝起来那种入怀的亲切与温暖，让你的心里一下子暖和起来。热情开朗的老板娘还应另一桌茶客的邀请唱了一支当地的民间小调儿："一道道水哟，一道道山，哥哥想妹妹哟，想在心尖尖。想你的巧嘴嘴，想你的毛眼眼。千想万想，就想看上妹妹一眼……三十里的明沙，二十里的水，五十里的路上我来呀么看妹妹……看妹妹，哥哥跑成了罗圈儿腿。"

这是山西的"山曲调"。听着小调情歌，俯瞰窗外的黄河，想象昔日古镇商船如织、帆樯如林、人声鼎沸的情景。又浮想当年红军东征渡黄河，过激流，冲险滩，迎寒风，抢渡黄河的悲壮气势，即便是酒力不胜，也要敬上一杯。

要离开了，再看一眼我们的母亲河，心已随黄河水远行矣……

戏曲古镇石牌

金秋时节，我去了安徽怀宁县石牌古镇。

石牌，是一个有着千余年历史的商贸古镇，波光粼粼的皖河水不仅哺育出了“京剧之父”的徽剧，还哺育出了全国五大地方剧种之首的黄梅戏；“梨园佳子弟、无石（石牌）不成班”。在清代中叶，我国剧坛上除了昆曲之外，民间的地方戏曲开始兴盛起来，当时以石牌为中心的地区，逐渐形成了一些业余戏曲团体，活动范围慢慢扩大，名声渐起。到清朝康熙、雍正时代开始形成独立剧种——徽剧。石牌成为徽剧的发源地，从此进入了一个黄金时代。

走进中国徽班博物馆，迎面就是《同光名伶十三绝》的巨幅画像。此画像是京剧史上一幅闻名遐迩的名伶彩色剧装写真画，出自晚清民间画师沈蓉圃之手。画面上共有当时活跃在北京剧坛的 13 位顶尖名伶，个个栩栩如生。他们分别是程长庚、卢胜奎、张胜奎、杨月楼、谭鑫培、徐小香、时小福、梅巧玲、余紫云、朱莲芬、郝兰田、刘赶三、杨鸣玉。其中程长庚、卢胜奎、杨月楼、郝兰田均出自石牌，至今仍被尊为一代宗师。清代包世臣《都剧赋》云：“徽班昳丽，始自石牌。”著名剧作家曹禺 1982 年 9 月到石牌考察戏曲文化时说：“作为一名普通戏剧工作者，我这次是来朝圣的。”

史载，石牌一带早先唱和的是耕歌戏，又称竹枝腔，是由农村播种歌（俗称“竹枝调”）发展而来的石牌高腔与民间百戏（又称“杂耍”）融合而成的民间歌舞演唱。“每当播种之时，主伯亚旅，一人发声，众耦齐和，长吟曼引，比兴杂陈，因声寻义，宛如竹枝，至治之象，溢于垄亩。”这种源自民间、发自山间、唱自田间的草根艺术，带着泥土的气味和山花的芳香，真实再现了传统农业社会其乐融融的热闹景象。

明代中叶，江南的青阳腔传到石牌，与耕歌戏相互交融，并吸收僧道诵经做法事的佛调道腔，衍变成新腔“乐佛调”即今之“石牌高腔”，又名“夫子戏”，因专演三国时蜀汉大将关羽的故事而得名，多在农历五月十三日即传说中的关羽生日演出；正月十五和八月十五演出“冠礼戏”；五月端午则在水上演出“彩龙船戏”……博物馆的解说介绍说，这些起源于民间的戏剧形式渐露雏形，不仅丰富了市井文化，而且吸引了更多的艺术形式向石牌这块土地集结。从明末开始，先后流播到石牌较有名的声腔有江西的弋阳腔、苏州的昆山腔、陕西的秦腔、池州的青阳腔、徽州的四平腔、湖北的采茶调、皖北的花鼓灯等艺术形式，为后来的徽剧和黄梅戏的形成打下坚实的基础。

清乾隆年间，在广泛吸收山歌、秧歌、茶歌、采茶调、花鼓调、凤阳歌、青阳腔、徽调等艺术精华，并与连厢、高跷、旱船等民间艺术有机融合的基础上，在怀宁逐渐形成别具一格的“怀腔”或“怀调”，逐渐固定为黄梅戏的正宗腔系，念白则以安庆官话为标准。从此，黄梅戏自徽剧之后，名声鹊起。在民间以野火之势蔓延，一代又一代承前启后，经久传唱，成为经典，至今仍然很受欢迎。石牌，由此进入了第二个黄金时代。

新中国成立后的十多年里，以王少舫、严凤英为代表演出的《打猪草》《天仙配》《女驸马》，让黄梅戏大放异彩，唱响大江南北，展现出黄梅戏清新质朴、风姿绰约、优美动人的独特魅力，并远播海外。尤其是20世纪50年代，戏曲电影《天仙配》搬上银幕后，黄梅戏更是享誉海内外。那个时候，无论城市乡村，到处传扬着“七仙女”的动人故事，传唱着“树上的鸟儿成双对”的优美唱腔，其风靡程度，绝不亚于当下的流行金曲。也就是从那时起，黄梅戏与京剧、越剧、评剧、豫剧并称“中国五大戏曲剧种。”

走在古镇的老街上，去寻找“京剧鼻祖”程长庚当年的踪迹，去邂逅哼着黄梅小调的老艺人，并由此想到黄梅戏乃至全国地方戏曲的现状，现在都在提“保护”“振兴”“繁荣”地方戏曲，并有政策扶持，有资金支持，有节庆帮衬，有舞台呈现，可我还是心结难解：我们的地方戏曲还能再现20世纪六七十年代的辉煌吗？过去讲“无‘石’不成班”，现如今谁还能仍旧执此一端？如果一旦失去政府财政支持，他们还能走多远？

当然，世间但凡心之所向之事，总是需要有情怀敢担当的痴情者，单纯而执着，不惮付出有坚守，不自负颟顸，矢志不渝，虽九死其犹未悔，期待凤凰涅槃。即使最终真的无改，至少可以无愧无憾。

至于是非得失，且留待时间和他人说去吧！

古村风韵

GU CUN FENG YUN

江村无江

江村无江。

江村有江。

说江村无江，是就自然而言。因为江村是个山村，无“洋洋乎之势，汤汤哉之威”的大江，有的只是枕山环水，阡陌纵横，山峰如黛，幽谷窈然，诗碑堤栏，垂柳秀荷，相映成画。1400多年来，经历代徽商及仕官的积年营造修缮，使江村一度享有“小杭州”美名。最辉煌时，村中曾有宗祠9座，牌坊18座，书舍9所，藏书万册。一个小小的山村，竟然有9所书舍，有万册藏书，这实在是一个奇迹。

说江村有江，是就姓氏而说。因为江村大多姓江。据有关资料介绍，江村人是南北朝著名诗人江淹的后裔。江淹少年时家贫好学，人极聪明，可以出口成章，其《恨赋》《别赋》，流传于世，脍炙人口。很年轻时便以文章出名，入朝做官，官至金紫光禄大夫。别人写诗越来越好，他却每况愈下。所以当时人们笑话他是“江郎才尽”。江淹的子孙为避羞辱，躲入深山发奋读书，这便有了江村的来历。

江村文风淳厚，村民自古以来“重诗书，勤课诵，多延名师以训子弟”。明清时期，江村造就了进士18人（其中授翰林院编修4人），文举人42人，武举6人，另有明经40人，辟举4人。民国初十年出学士、博士18人。这在中国古村落中实属罕见，也为徽州许多古村落望尘莫及。在“豪杰梓刻家谱中”，其中主要代表人物：唐侍御史江全铭，明顺天府推官江中文，明湖广分巡江廷寄，明护理南河总督清河道江瀚，二品顶戴翰林院编修江树昀，内阁学士兼礼部侍郎二品戴江麟瑞，清代医学家“人痘接种法”发明者江西舜，清翰林编修、书法家江志伊，民国为国捐躯的海军将领江泽澍，《语丝》发起人、民俗学家江绍原，民国北京市特别市长、代总理江朝宗，民国安徽省长江亢虎，还有文化教育巨子胡适夫人江冬秀，革命烈士江上青（江泽民之父），数学泰斗著名数学家江泽涵都出自江村。

村口有湖，名曰聚秀湖，状若砚台。湖畔有阁，名曰文昌阁，如巨笔倒垂。我所在的狮山恰如几案，那么何为纸？定是这方锦绣大地了。村口还有一雕塑，是1939年牺牲的革命家江上青，手执书卷，神情飘逸，风流儒雅，与我想象中的孔武剽悍全然不同。单是看眼前这尊雕像，儒雅得近乎柔弱，沉静得几乎木讷，谁也不会把他与投笔从戎、转战南北的“革命家”三个字联系起来。想想也并不奇怪，千载风云，沧桑巨变，纷乱危机的时代，总是不乏知识分子义无反顾地迈步上前，用自己瘦弱的肩膀担负起解民倒悬的重任，用自己洁白的良心捍卫着民族的尊严。当日本军国主义的铁蹄恣意践踏中国领土时，江上青便怀着对祖国的热爱，对光明的向往，对战斗的召唤，毅然投身沙场，直至把自己的鲜血洒在黑夜如漆的国土上。

江村才子豪杰无数，但也不乏红颜佳人。大才子胡适的夫人江冬秀的故居就在江村，至今仍保存完好。虽年月已久，但雕梁画栋仍清晰可见，处处彰显大家风范。中堂上，挂着胡适和江冬秀的画像。从画像上看，一百年前的这位山村村姑，还是细眉大眼，风姿绰约。只是，看上去十分丰满，微微有点胖。画像两边是胡适写的对子：“旧约十三年，环球七万里。”读胡适的《尝试集》，可以想象胡适初次探妻时的情景。难以想象，“五四”时期的胡适，那可是新潮人物的偶像，一个如此摩登的留美洋博士，娶了一个小学文化都不到的小脚村姑，无怪乎被称为“民国七大怪事之一”。反过来说，一个有钱有势的江家大户，竟主动将14岁的大小姐许配给一个13岁的胡家穷小子，你也不能不佩服江家的眼光。很明显，江家爱的是人才，迷的是文化。

江冬秀是一个名门闺秀，但更是一个典型的东方女性和贤妻良母。与胡适婚后，国事、家事、大事、小事，事事过问。待人接物，通情达理，豁达和顺，敬客如宾。治理家庭，管教孩子，不分“天光黑夜”，忙亦乐乎，真情地奉献了一切。也正因此，胡适才能专心于学问和事业上，而无后顾之忧。胡适虽是学术泰斗，世界级权威，但在家中，却俯首称臣。据说，晚年的胡适从美国返回台湾定居，曾与友人打趣说：“男人也得遵守三从四德。”胡适一语妙惊四座，他解释说：“我的‘三从’就是，太太出门要跟从，太太命令要服从，太太说错要盲从。‘四得’是，太太化妆要等得，太太生日要记得，太太打骂要忍得，太太花钱要舍得。”胡适在处理夫妻关系上，如此宽容，语言又如此幽默，不愧为一代文化大师。很清楚，胡家崇的是贤良有方，敬的是治家有道。

我们一行走在窄窄的青石板路上，觉着我们的每一步都是踏在一段厚重的历史上：古色古香的江村古居“黯然别墅”，透着文化底蕴的龙山书屋，横着牌坊的青石老街，如诗如梦的聚秀宝湖，气势恢宏的江氏祠堂，我就在想：“一个藏在深山的偏僻村落，在历史上英才何以灿若星河？村庄何以雀噪皖南?”

诗意棠溪

在棠溪古村，分明让人想起那些慢时光。

棠溪古村是福建福安市北部最大的村庄。依傍武陵溪畔，枕一湾碧水，宁静而安详。在村子里寻径闲步，你会感觉日子一下子慢了下来，古屋、古木、古井、古廊桥与溪水交织成一幅寂静悠远的古村景观，顿教人从心底衍生出纵享山水的陶然心境。

在棠溪古村，最显眼的无疑是九棵古榕树。相传是由郑、陈、郭、周、吴、王、林、潘、李九大族姓的祖先种下的，至今有数百年。棠溪人遵循古训："草木荣华滋硕之时则斧斤不入山林，不夭其生，不绝其长也"，多年来自觉保护生态，深得回报。站立村口放眼望去，那参天古榕，在蓝天下伸展着筋骨般的虬枝，华盖如荫，好似上了年纪的老人在村口唠叨着古村的历史变迁，又如一位守护者，用千百年的沉淀庇护着脚下的这片土地。

棠溪有一座保留完整的百年古廊桥——登烛桥，该桥位于村北一公里通往浙南的古官道上。据记载，棠溪村原是一个古码头，已有600多年的历史。历史上商贾云集，是茶叶加工交易的集散地，便捷的水上交通成就了这里的经济发展。据说棠溪出茶师，每到采茶时节，临近乡村的茶商争相到这里聘请制茶师傅。更有坦洋胡氏茶商为方便茶师们回乡，也为感激他们所做的贡献，挑来银圆捐资建起了这座廊桥。如今桥上还留有当年旅人送别的诗句："折柳送君君别去，攀花赠我我辞行。虹影横斜天上下，箫声嘹亮日东西。"

站在廊桥上，远处峰峦绵延，云片缭绕，崖石积翠，树影婆娑。近处溪水潺潺，成群结队的墨绿金黄红黑的鲤鱼，或咬住水中浮草，或叼走几片碎叶，好似顽皮的儿童。桥上桥下，时空流转，山风月色，尽揽怀抱。多少朝代风云际会，一代代的达官贵人、书生美女、布衣百姓，都在它的注视下——来了，走了；生了，灭了。而古老的桥笃定淡然。桥下的溪水，岸边摇曳的树，吹动树的风，和那爱抚着眼前这一切的天空，以及在这里繁衍生息的人们，它们缺一不可，有动有静，互为注释，在这里经久上演着清明上河图。太阳底下，日复一日，每一天依旧新鲜。

老油坊是棠溪人特意为游人留下的“古董”。据村里人说，昔日棠溪村最令外乡人眼红的，就是漫山遍野的油茶树。寒露一过，茶籽就到了收获的季节。从农历十一月开始，乡亲们便带着丰收的茶籽聚集到这里榨油，享受着收获的快乐。那时，沿着溪岸坐落的就有20多间老油坊，如今老油坊大多破败不堪，仅存的油坊位于棠溪边两树相互寄生的龙（榕）凤（枫）呈祥古树旁。

村里最老的榨油师傅陈柱波见证了棠溪村近半个世纪的榨油历史。据他介绍：“以前榨油得从农历十一月持续到次年的四月，村里人都提前把榨油的日子定好。今天张三家，明天是李四家，后天王五家，一季下来得榨100多担茶籽。现在村里茶油种植面积只剩下几千亩，一季只能加工30多担。手工压榨的茶油油质清纯，入口香爽，周边的村民几乎都吃棠溪产的油，还有很多外地人大老远跑来买油，就图个纯手工制作。”

昏黄的光线下，古旧的磨盘、滑轮、油梁、木楔子、石缸、陶缸、铁锅，都是如今少见的乡村实物。无疑，它们都散发着陈旧的光泽，以及草木清新与茶籽混合的气息。若是我没有猜错，老油坊经年不衰的秘密就是对传统压榨工艺与诚信的一份坚守吧！

棠溪村不但有茶、油茶等经济作物，还有李、桃、杨梅、枇杷、柚子、葡萄、青枣等十数种水果，要说起特产，还得提棠溪的芙蓉李。棠溪种植芙蓉李三万亩，年产鲜果一万多吨。果肉深红，肉质致密，甜酸适口。我看见，从这里到后半山腰，全是高低不一、相映成趣的芙蓉李树，碧绿的叶片丛丛簇簇，赫赫地在阳光下拥翠叠玉。

棠溪是古朴典雅的。岁月枯荣，古村沧桑。古屋、古木、古井、古廊桥与流水交织成一幅寂静悠远的古村景观，令人流连忘返。青砖剥落了多少不堪回首的伤痕，流露着唏嘘嗟叹；黛瓦凝聚了多少耕云种月的风尘。在古宅上，画出飞檐；在深院内，雕出画栋，在武陵溪畔，驻守小船，绘制成一幅幽雅古典的山水画。当你走过一条条静谧幽深的村街，仿佛你穿越的是寂寞，其实你穿越的是明朝盛世的繁华；当你抚摸那褪色的石雕，仿佛你感受的是粗朴，其实你感受的是流年镌刻、风描雨绘的精致。

棠溪是诗意的。它只与这片土地上婉约、柔美的风情有关。

风水郭洞

郭洞，既非城郭更非山洞，而是浙江武义县所辖的一个小山村。600年前，宋朝宰相何执中的后裔何寿之来到郭洞，立刻就被这里的山水深深吸引，精通风水堪舆之术的何寿之，当即看中了这块风水宝地，不久便举家迁至郭洞筑宅置产。

古人造村，讲究地脉风水，喜欢在前有照（河流湖泊），后有靠（山岭高地），用现代人的眼光来看，无非是地形学。但在中国文化体系中，风水和阴阳八卦结合，成了中国古代玄学的重要内容。大至首都的定位、皇帝的登基，小至墓地的选择、宅基的方向，都与风水有极大关系。何寿之深谙风水之道，因为有山，郭洞风景如画；因为有水，郭洞面容滋润。山水相容，郭洞郁郁葱葱，美到极致。何寿之对郭洞的喜爱并不仅因为山水风光的秀美，在何氏家谱有着这样的描述："（先祖）相阴阳，观清泉，正方位。"何寿之确信这是块"万古不败之地"，是风水使他离开繁华的县城，告别显赫的府第来到这里。经过多年的精心打造，终成规模，形成"山环如郭，幽邃如洞"的小村，被誉为"江南第一风水村"。

走进村口，最吸人眼球的要数那80多棵明朝栽种的松、柏、樟、杉，蓬蓬簇簇的枝叶，将村口遮映得朦朦胧胧。村里的老屋，历经几百年的风风雨雨，大多已经过翻修改造，但仍有多座老宅保存完好。作为公共建筑的一祠四厅，分布在村子上、中、下三部分，村民的祭祀、红白喜事等活动均可就近举行。古宅大体为普通的九间堂楼，院门口的围墙，是三角形、菱形、长条形拼砌成的青砖墙面，窗雕、檐雕、廊雕和石雕，比比皆是。

郭洞村的最大建筑当数何氏宗祠，它建于明万历三十七年（1609年），规模宏伟，气象肃穆，总面积达1060平方米。宗祠门前立着几根长短不一的铁杆。我知道这是古代官员官位高低的标志。门前放着一对石圆板，左右对应，叫户对，门上有四根短横木镶嵌中间，叫门当，所谓"门当户对"是也。祠堂内悬挂匾额30块。祠中还建有一个古戏台，那整齐排列的小瓦，飞檐翘角上蹲着的走兽，以及瓦缝里生出的野草，虽典雅古朴，同时也让我感受到一丝冰凉寂寞。后院的几株罗汉松，树身如虬龙环绕纠缠，枝叶若华盖蔽日，郁郁葱葱，冠大形美。

郭洞有六口水井，老井布满皱纹，体内长满绿苔，贮藏了古村的忧欢，哺育着一代又一代。见村民在井边刷牙，毛巾搭在肩头，完毕，牙具放进水杯，杯子搁在石阶上，双手从木桶里掬起清澈的井水在脸上搓洗，用毛巾擦去脸上的水珠回屋去了。女人在井边浣衣，此起彼落的棒槌声，抑扬顿挫，仿佛是在敲打古老唐诗的韵律。从菜地里弄菜回来的老人，直接把蔬菜放在井边的石阶上，一边洗菜一边聊起了家常，爽朗的笑声在晨空中回荡。

一条小径伸向林间，不浇水泥，不铺石板，纯粹是泥路，路径损坏处，以自然死亡的树木替之。沿着起伏不平的小径走，厚厚一层落叶铺垫着，人走在松软的落叶上，起起伏伏，脚步时高时低，就感觉有些不真实，感觉危机四伏……落叶不仅厚，还潮，有一种四溢飞扬的土腥气，像是大山的气味。清凌凌的山泉，欢鸣的鸟雀，一路跟随，因着山水的美丽，就让人心存梦幻，疑心走进了仙境……

郭洞先祖曾立下族训："凡村中之人，上山伐一棵大数者，断其一臂；伐一棵小树者，断其一指；折一棵树者，拔其一指甲。""大跃进"时，有人要砍树烧炭炼钢铁，毁林造"大寨田"，村中老人便结队持铳上山，以性命捍卫古林。从现代眼光来看，龙山直耸于村落之侧，倘若滥砍滥伐，必定造成水土流失，山洪和泥石流便会侵吞村落，600多年来，神奇的龙山庇护了郭洞。

好风水也给何氏子孙带来福祉。从宋徽宗的丞相何执中起，郭洞便世代书香，明清两朝出过贡生10名，增广生14名，禀膳生10名，府县秀才114名，还出过一名武举人。虽在深山，郭洞世代崇尚教育，当地流传一首《读书歌》："一代绝书香，十代无由续。书不读，礼仪薄，纵有儿孙皆碌碌。"村中曾有私塾啸竹斋，清康熙年间扩建为风池书院，如今为村中小学。

村子是静止的，岁月在流动；宅院是静止的，主人在流动；河岸是静止的，溪水在流动。经历了600个春夏秋冬，双溪一如既往地流淌，日出有清醒的期待，满村飘散着炊烟；日中有繁华的喧闹，游客川流不息；日落有安详的静谧，飞鸟疲倦归巢歇息。"郭外风光凌北斗，洞中锦秀映南山"，这是古人对郭洞的贴切描绘。

郭洞，我会再来的。

古寨丁屋岭

山道弯弯，弯弯山道，哼唱着《山路十八弯》，一片片起伏的绿野、色彩斑斓的野花从车窗外掠过。约莫40分钟后，群峰叠峦，老树竹林的翠绿中，一个青砖黑瓦黄土墙组成的山寨跃入眼帘。古寨丁屋岭到了。

下车，站在村口，眼前的景物很是让我们吃惊，很难相信，一个偏远乡村会有如此密集的古民居群，沿山谷布局，高高低低、层层叠叠、错落有致。青砖，黑瓦，黝黑的木门，深咖色的木窗，唯一的彩色，是在屋檐下的红灯笼，耀眼的红映衬着黑，显得苍凉、拙美、纯朴和灵动。

踩着由岩石碎片垒成的一条巷道，我们边走边四周打量，这里的民居以黄泥房居多，地基大多用石块垒成。黑瓦下的黄土墙斑驳着当年的老标语。在一家敞开的老屋门前，一位白发的婆婆坐在门前的木凳上晒太阳，她脚下卧着一只黑白相间的猫，正在酣睡，门前的老人和那只猫，那一刻，光阴仿佛静止了。

我们询问老人能否进去看看，她咧着掉了几颗牙的嘴笑说："好啊，好啊！"说着，老人直起身，引我们进门。没进屋前，感觉老屋门面偏小，走进院落，却忽然有一种豁然开朗的感觉。庭院齐整，面积宽敞。这也许正是当地人的处世之道，低调做人。第一进是门厅。一进与二进之间是一个不大的天井，两侧是廊屋。这一切让我们似曾相识：层层递进，左右对称，布局严谨，我们安徽黄山脚下的古民居不也是这样的吗？

房间里都是些老式的家具。老人指着老式的桌椅说："这些都是过去留下来的。在我们这里，像这样的古家具，家家户户都有几件的。"攀谈间，我们了解到这个村子鼎盛时期住户有一百多家上千人口，如今大多人去屋空。年轻人不是在外求学就是在外务工，只剩一些老人、妇女和儿童在这里守望，过着宁静的田耕生活。

告别老人，沿着幽深逼仄的巷道行走，一块写有“瑞希颐养堂”的牌匾吸引了我们。走进屋里，一位老人正在看电视，屋里没有什么摆设，有的只是五张桌子。“这是饭店吗?”老人说：“是啊!”老人起身指着墙上的一幅大彩照说：“2014 年 1 月 27 日，韩国影视女明星张瑞希来到此地游玩，在得知昔日上千人的繁华村落现在大部分是留守老人的情况后，张瑞希决定向村里捐赠一座老人食堂，提出寨子里所有老人都可以免费在食堂用餐。”这座老人食堂在大家的要求下，命名为“瑞希颐养堂”。

在“瑞希颐养堂”正面有一古戏台。因受环境影响，戏台面积不大，歇山式顶，飞檐翘角，古意盎然。让你想起了这里旧日的喧哗，和那无法感触的神秘。戏台正面有一块不大的场地，铺着十来张竹席，上面铺着的是当地的高山野生油茶籽。

就这样漫无目的地穿街过巷。路过一处宗祠，规模虽不大，倒也肃穆庄严。说到宗祠，我多少知道一点。宗祠是由祠堂而来。祠堂分为两类：一类是宗祠，一类是支祠。宗祠是指某一姓氏后裔子孙为祭祀一世祖所建的祠堂为宗祠。一个村落的姓氏只有一座宗祠。也有少数姓氏建有两座宗祠的。宗祠的实用功能是祭祀场所，通过纪念祖先、弘扬祖德而凝聚本族。但我不知道眼前的这座宗祠是纪念村里哪位祖先。正好一位中年男子走过，我上前打听，中年男子一听笑答：“我们村可是块地宝地啊，知道清官江怀廷、文学家江瀚、诗人法学家江庸吗？他们就是这个村里的‘祖孙三杰’。”中年男子接着又问我们，“你们进村前看到山脚下一方蟾蜍巨石了吗？听老人说因是蟾蜍的庇佑，我们这里常年无蚊呢!”

中年男子的话让我们听了好生羡慕。是啊，这里的每一块砖瓦，每一缕炊烟，每一条巷道，都是一本美丽的书，都氤氲着厚重的历史气息，吸引你去打开，去细细阅读。也是一幅画，让你贪婪地想把他们都收藏起来，装进背包，全部带走。

我们来了，我们走了……

走进下梅村

下梅村位于武夷山市东郊，是中国近代著名“万里茶道”的起点。正因如此，“因茶而起，因茶而兴，因茶而荣”的下梅村引起我这个嗜茶者的兴趣。

下梅村村口建有一座亭子，亭上对联：“茶道逶迤梅溪浮舣行万里，街肆沧桑君山护社报千秋”。重檐翘角，有些气派。亭下有一溪，当地人把它叫作“当溪”，溪水从村中流过，把村户人家南北而分，习惯称为“南街”和“北街”。

邹氏家祠是村中的标志性古建筑。邹氏原籍江西南丰，公元 1694 年，邹家人来到下梅村择居创业。经历了几代人的艰苦创业，发展成为闽北有名的商贾。仰观，祠堂门楼气势宏阔，砖雕图案丰富多彩。门两侧的“木本”“水源”，是两幅篆刻横批。意思是说一个家族的繁荣昌盛，如树木一样，有赖于深深遍布在乡土中的根；又如江河之水，有赖于源头的涓涓细流，揭示了邹氏追思祖先，不能忘本的理念。门楼左右两侧圆形砖雕图，分别刻着“文丞”“武尉”，其含义是希望子孙后代能文能武，人才辈出。

走进家祠，柱高梁粗，墙厚院深，空气里泛着一股老屋子味。正堂原有 24 孝木雕鎏金门四扇，雕刻着我国传统孝道的 24 个经典故事。神坛上供着祖先灵位和邹氏艰苦创业时的扁担麻绳。每至清明祭祖时，都要供奉扁担麻绳，借此激励后人要知道创业的艰辛，不忘祖先功德。下厅是用于搭建临时戏台的场所。顶上构建是藻井，两侧是厢楼，供听戏时用。邹氏家祠每年举行春秋两祭活动，活动期间除祭祖之外，还请戏班在家祠内唱大戏。整个家祠最有特色的是天井边柱子上的对联：“规范师表匡道德，明荣知耻正世风。”反映了邹氏家族为人处世的理念。

邹氏家祠旁边便有一个晋商茶馆，馆内有一人物雕像，经导游介绍，此人是晋商常万达。公元 1718 年，以常万达为主的山西商帮看中了武夷茶的生意资源，把经商触角探往武夷山下梅村的茶坊街市。初来乍到的常万达与邹氏结为盟友，共同出资，在下梅村的芦下巷、新街巷、罗厝坊设立了茶号，雇请当地茶工，将散茶精制加工成红茶、乌龙茶、砖茶。每年茶季，雇用当地茶工达千余人。在随后的100多年中，两家人精诚合作，把茶生意不仅做到全国，而且做到了国外，北抵俄罗斯、南达新加坡，由此，一条长达5150公里“万里茶路”就从这里启程。

在下梅村有一条很特别的巷子，叫达理巷。邹氏家祠和住在此巷的方家紧挨，在建豪宅时两家后墙紧贴，都无法开后门，为此两家多次争执吵闹。后来方家有一儿子在新疆伊犁镇守边关时牺牲了，因此方家是忠烈门第。得知消息后，邹氏不忘扶贫济困，出钱帮助方家度过生活中的困难，方家人也十分感激，不计较以前两家人的恩怨，马上做出让出封火墙的决定，邹氏主动承担了修建巷子的全部费用。邹氏的后门开通了，方家与邹氏从此成为好邻居。听完导游介绍，我立刻想到我们安徽桐城的六尺巷，可以说它们都有着异曲同工之处。

下梅村有不少茶馆，我发现茶馆所用茶具几乎都是建盏。建盏产于福建南平市建阳。我在南平市博物馆见过建盏介绍。建盏系我国宋代八大窑之一产品，口大底小，有的形如漏斗；多为圈足且圈足较浅，足根往往有修刀（俗称倒角），足底面稍外斜；少数为实足（主要为小圆碗类）。造型古朴浑厚，手感普遍较沉。建盏配岩茶，应该是一件讲究的事。

如今，下梅村完整保留着当年的人文风貌，村民们还是以贩卖茶叶为生计，只是，这里没有了当年的喧嚣热闹的市场，整个村落充满着安逸、恬淡和祥和的氛围，只有溪水静静流淌，仿佛在向游人们诉说当年“每日行筏三百艘，转运不绝”的繁忙光景。

转回村口，回望下梅村，小桥流水人家，闪烁出无限意境之美。

游石门高

车到石门高村口时，当地文化站的刘站长已在此等候。

石门高村四面被大山环抱，因入村水口处有两块巨石对峙，形似城门，“山为城，石为门”，又因水口内住着高氏家族，故得名“石门高”。据《高氏宗谱》记载，高氏先祖自西汉时就住居此处，距今已有1800多年了。

一边听着刘站长的介绍，一边四处张望，发现整个村落都处于石的布局之中，这里有圆形的石，磨棱的长石、方石，石铺就了道，围起了墙，垫起了脚、架起了桥。石，拼就了村门；石，也搭起了家门。今天的石门高村还保存着传统木结构民居100余幢，其中明清民居23幢，这些建筑，融徽派文化之精华，体现徽派民居、祠堂、牌坊古建三绝的风格特色。不仅如此，这些古民居的建筑风格，还体现在砖雕、石雕、木雕上，雕镂精湛，造型丰富，结构严谨，处处讲究韵律美，如果说石门高村如同一本尘封千年的“立体古书”，那么这些古建筑就是最好的语言。

我们站在了高氏宗祠前。该宗祠建于明代景泰六年（1455年），坐北朝南。祠堂前有一口方塘，使得祠堂“前有镜照，后有山靠”。这口古老的方塘用花岗岩砌成，汇聚龙泉活水而成。方塘如一面镜子，映照着古祠、山峰和村庄，使得村庄有了灵气，是石门高村的一道美丽景观。古人高薰有诗赞曰：“门开一鉴照回廊，石下潺潺活水长。是有锦鳞争泳跃，更多绿藻竞芬芳。”

走进宗祠门厅，抬头是“人”字造型的房顶，那些黝黑的柁梁和墙壁上，雕饰有各种图案。雕刻技法娴熟，造型婀娜多姿，具有很强的立体感。虽然有些残旧，依然焕发着生命的灵光。该祠原有七进，后因最后一进享堂倒塌，现尚存六进，面积有1000多平方米。宗祠的整个布局为背倚牛形山脉，就势递升，纵横20余丈，勾勒出徽派建筑的神韵。

第三进大厅是高氏宗祠最宽敞、最气派的大厅，厅内顶上方有11根柁梁相连，共有22根木柱支撑。木柱下方各有一“石磉”坐垫。每一个石磉上所雕刻的花纹图案都不相同。在天井台阶和天井水池两边，共有六块石头雕出的“牛鼻石”。上有平台，两边有走廊，整个大厅古朴宏大。这里也是高氏族人集会之处，也是当年匾额集中之处。匾额有皇上御赐的，有达官显贵赠送的，也有名家书写的，显示这座古建筑的荣耀和辉煌，展示着它的文化品位。

徜徉在村中的石板铺就的街巷之中，越走越感受到仿佛走进了一条悠悠的历史隧道，连接起了历史与今朝。今日的石门高村，早已没有了往昔的繁华，然而许许多多的岁月痕迹，沉淀在大小巷陌中，古井、古园、古树，随意镶嵌。光亮可鉴的青条石、灰砖墙上斑驳的苔痕、青檐上摇曳的荒草、古色古香的牌匾、在风雨中有些飘摇的庭院，无不在诉说着岁月的沧桑。于是我在想，那些残垣断壁，青砖碧瓦，还有那棵被雷电击中焚烧，但奇迹般的是竟然没有死亡，依旧以昂扬的姿态矗立于村子中，用它那旺盛的枝叶为村人们遮风挡雨的古银杏树，无论是那曾经的繁华亦或衰落，它们应该都是有灵魂的。它们都淡然地守候在村里的每一个角落，给人一种品不完的古韵风情。

我们最后在村东的一块巨大的摩崖石刻“魁”字前站住了。据《高氏宗谱》记载，唐长庆三年（823年），石门高氏第十七代高子军，文采出众，荣获翰林院大学士桂冠，光宗耀祖。高子军的叔父高祐，高兴地写下个“魁”字，并请石刻名匠，将这个“魁”字刻在村东的花岗岩峭壁上。一个“魁”字，足有一丈见方，笔画宽度超过一尺，深达寸半。在这崇山峻岭之中，显得格外耀眼和古韵森森。魁者，魁星也。预示着石门村千百年人才不断，文曲星辈出。事实确实如此。陪同我们参观的刘站长介绍，石门高村历代科举人才不断，最辉煌的年代莫过于明朝嘉靖年间，当时石门高氏曾有14人同朝为官，可谓显赫一时。

离开时，坐在车上，再次看着村口那形似城门的两块巨石，我问自己，人生能有几次这样美丽的相遇。

太湖边上的陆巷

陆巷是苏州市东山镇的一个古村落，位于太湖边，背山面湖，进村的入口处，是一个四柱三门重檐的高大牌坊，坊额刻有“陆巷”二字，四根石柱上，有两副楹联：“山与人相见，天将水共浮”“万顷碧波奔眼底，千年史诗激胸中”。

走过牌坊，迎面映入眼帘的便是“寒谷渡”。渡口不大，木结构的栏杆、屋架、顶棚，青黑色的小瓦屋面，青石的河埠，一切都有着古渡的韵味。从导游的介绍中得知，当年，村里一个个布衣书生，载着全家人的憧憬、全族人的希冀乃至全村人的荣耀，从这里登船，驶入太湖，走进京城。在这些众多的布衣书生中，王鏊便是其中的一个。王鏊，号守溪，曾担任文渊阁大学士、武英殿大学士（相当于宰相），伺候过成化、弘治、正德三朝天子，是位名副其实的“三朝元老”。不过，真正让王鏊名扬四海的并非他的官职政绩，而是他门下几位大名鼎鼎的学生——唐伯虎、文徵明、祝枝山等，特别是素以清高桀骜的唐伯虎竟破天荒地夸赞恩师“海内文章第一，山中宰相无双”。

惠和堂是王鏊的故居。高大的风火墙，五进三路，左右备弄相隔，江南官宦人家的宅第代表。“积金积玉不如积书教子，宽田宽地不如宽厚待人”的门联犹见古宅主人“宰相肚里能撑船”的气度。正厅“惠和堂”取自“惠风和畅”之寓意。故居有厅、堂、楼、库、房等 104 间，建筑面积约 2000 平方米。其轩廊制作精细，用料粗壮，大部分为楠木制成；瓦、砖、梁、柱也均有与主人宰相身份相对应的雕绘图案。故居内三开间的二层书楼在苏州古宅中甚为少见，楼前有一磨砖贴面照墙，高齐楼檐，照墙中央嵌有圆形“丹凤朝阳”图案。

与惠和堂相比，宝俭堂却另有一番情调。宝俭堂始建于宋代，初名梦园，明初改为宝俭堂。原为南宋左拯、户部尚书、观文殿大学士、文学家、词人叶梦得故居。它以小巧精雅著称。园以水池为中心，四周布置亭阁轩庭，山石花木，假山曲桥，形成明净开朗的园中主景。故居花园占了大部，“掬芳”“梦园”“惠园”，园内有景，园外有山，建筑虽多而不见拥塞，山池虽小而不觉局促，是苏州古典园林以小胜多的范例。

在村里的老街行走，每一步都新奇，望一眼即传说。看着那耸立在老街上的三座牌坊：“解元”“会元”“探花”，想象这个古村当年勤勉的读书风气，揣测当时庆贺科举成功的喜气和疯狂。走在这牌楼高耸的明清文化长卷里，每一处老宅，都是从光阴里走出来的风景；每一扇板门，都散发着老江南的味道。历史与文化的积淀之厚重，令人除了叹服岂有他哉！

一块挂有“净因堂”的民宅引起我的好奇。走进，一位戴着老花眼镜的老人坐在一张靠椅上，头发花白，一手端着一块菱形的石头正端详着，一手握着把刻刀比划着线条。工作台上放着大大小小十几把刻刀。老人身后的展柜上放着几把已做好的茶壶。走近细看，和我们常见的紫砂茶壶和瓷器茶壶不同，那是一把石壶。那壶身遍布各种古钱币，或平铺或斜插，每一枚都线条流畅，极其逼真。细数一下，一把巴掌大的壶上居然刻有百多枚钱币。

我拿了一把小板凳坐在老人身边，主动和老人聊了起来。老人叫钱家男，出身于一个石雕家族。爷爷和父亲都是石刻手艺人。钱家男从小受熏陶，在他刚满 20 岁那年子承父业也干起了这行。如今他已经从事这行 33 年了。老人指着一把用玻璃罩上的石壶对我说：“那把壶上刻有 13 个朝代钱币，我用了六年的时间才刻成。2001 年，那把壶获得了首届中国石壶技艺创新大奖。”

我围着壶观赏，钱老站在一边道：“不同的古钱币，线条各不相同，字体也各有特点，在雕刻时，如果有一个钱币上的字出现线条的错误，整把壶就废了，几个月，几年的心血也就白费了。”

这时有一旅游团客涌入，我只能和钱老告别。

离开陆巷，出村望太湖，湖水烟波浩渺，远山含黛；回首陆巷，粉墙黛瓦，高低错落，掩映在青山绿林中……

春游朝阳沟

在邯郸待了三天，该看的看了，该玩的玩了，问跟了我三天的出租车司机小张邯郸还有什么地方可去，小张想了想说：“好像该去的都去过了。”分手时和她约好第二天送我去车站。晚上快九点时，小张突然打来电话，问我可知道朝阳沟。我说：“当然知道啊，那不是在河南登封吗?”小张说她也是刚听她爸爸说的，朝阳沟就在他们邯郸，离这有80公里。我一听来劲了，说明天我不走了去朝阳沟。

挂了电话很是兴奋，立刻在网上查到，现实中有两个朝阳沟，其一位于河南省登封市大冶乡曹村，《朝阳沟》编剧在那里体验生活，剧中人物原型地。其二为河北邯郸的朝阳沟，编剧杨兰春就出生在这里。邯郸朝阳沟村原名叫列江村。相传，赵匡胤行至此地，所骑之马受惊，缰绳断裂狂奔，后被神仙所救，而得村名“裂缰”，后谐音为“列江”，历后代繁衍，逐渐形成了现在的自然村落。2006年，家乡人为纪念杨兰春而改名朝阳沟村。

说到豫剧《朝阳沟》，我想出生于20世纪五六十年代的人都会哼上一两句，特别是那经典唱段：“亲家母你坐下，咱俩说说知心话，亲家母咱都坐下，咱们随便拉一拉……”想当年，我的母亲虽是一名黄梅戏演员，但只听了一遍《朝阳沟》里的这段经典唱段，就能张口就来，而且还有滋有味，有板有眼。那年，我十岁，也会跟着哼唱几句。

朝阳沟三面环山，峰托着峰，岭推着岭，重重叠叠。时值五月，整个朝阳沟装满了绿，让人就感觉那树绿得发嗲，有些充盈和奢侈。几声鸟鸣，为僻静的山沟增添了几分原始森林之感。清凌凌的山溪，活蹦乱跳地一路跟随我们进村。

村口立有杨兰春的全身塑像。杨兰春作为著名的现代戏曲作家，在中国戏曲史上，特别是在对现代戏曲的创作有着不可磨灭的贡献。他在20世纪60年代创作的豫剧《朝阳沟》，进京参加了全国现代戏题材汇演，之后又拍成电影戏曲艺术片。电影的上映，让《朝阳沟》红遍大江南北。之后，杨兰春又创作了《朝阳沟内传》，参与改编了《小二黑结婚》《李双双》《唐知县审诰命》等。《朝阳沟内传》1984年获全国优秀剧本奖。有“朝阳沟之父”之美誉的杨兰春，于2009年6月2日21时26分病逝，享年89岁。

走过吊桥，拾阶而上，挨家挨户参观电影《朝阳沟》里熟悉的老房子：拴宝银环旧居、李支书旧居、二大娘旧居、老小孩旧居……错落有致依山而建的石头房子，家家相连，户户相通。破旧的铁钟，陈旧的纺车、土布织机、辘轳水井，目睹一件件旧物，让我一下子想到20世纪60年代我插队落户农村的情景，一种隔世之感油然而升。

在山沟深处有两棵紧挨的柳树和一口老井。旁边立着一块石碑。碑文写道：1958年拴宝和银环高中毕业，来到朝阳沟。银环不适应山沟里的生活和艰苦的体力劳动，思想产生了动摇，拴宝在此地对她进行了耐心的劝解，最终银环想通了，并立志和拴宝一起共同建设朝阳沟。随后两人一起种下两棵柳树作为见证。当时山沟里没有水，他们俩和社员一起，在柳树旁打下了这口井，并取名甘泉井。为此也留下“夫妻柳下千缕青丝，甘水井旁百年好合”的佳话。

朝阳沟还是革命老区，著名的八路军梁沟兵工厂、八路军白求恩医院三所、太行山新华日报的所在地，是太行山区抗日根据地的一部分。当年这里的百姓抗日救国情绪高涨，全村共有56人参军，14人在抗日战争和解放战争中牺牲，18人受伤致残。虽然历史的年轮让这座小村变得老旧，然而岁月带不走文化的积淀和红色精神的传承，这里依然保存着良好的生活风貌和习俗。

穿梭在村中的石砌巷道，抚摸着墙体被风雨无情冲刷的印痕，唯见赋闲的老人们三三两两坐在墙脚处沐浴阳光，谈天说地好不惬意。阳光给这座石材铸就的小村镀上一层金色，小村的韵味和它生命的脉动缓缓流淌。在这里，你会感觉到村民们过的是“现代的田园生活”，淡然的生活态度，平静、祥和的感觉围绕于心，与城市里的浮躁、忙碌截然不同。目睹眼前这一切，就想到《朝阳沟》里的一段著名唱段：“朝阳沟好地方名不虚传，在这里一辈子我也住不烦。”是的，满眼的树，满眼的水，满眼的山，加上百鸟争鸣，恍若人间仙境。

沿着岁月磨光的石板路下山，看着四周那迷幻的绿色，不由地唱起“亲家母你坐下，咱俩说说知心话，亲家母咱都坐下，咱们随便拉一拉……”

桂峰晒秋

桂峰古村坐落于福建省三明市尤溪县，距今已有700余年历史。在村口的民俗文化馆里看到，该村现存39幢古建筑群中，最早的建于明代后期，数量最多的则是清初建筑。“四寻客栈五步楼，比屋弦声乐悠悠。梦寐以求寄居地，旅客旋步三回头”是当时桂峰古村情景的真实写照。整个村落的建筑风格，均依山就势分布于村中的三面山坡上。层层叠叠，错落有致。村中小桥流水，曲巷通幽，真可谓旋踵即景、移步换天。有专家学者来桂峰参观后发出惊叹：“厝厝均有文化，满街都是历史。”

一进村口，就是桂峰古村最繁华的区域——石印桥景区。石印桥始建于明万历三十二年（1604年），因桥下有一方巨石如印而得名。桥头一株高大的丹桂，枝繁叶茂。有一小溪穿桥而过，依山傍水构筑的酒肆、旅馆、商店，旗幡轻扬、灯笼高挑，蜿蜒布局在小溪两旁，使人禁不住生出欲探桂峰深幽之念。

但凡有过鼎盛历史时期的古村古镇，都跟深厚的历史文化分不开，桂峰古村也是如此。早在宋淳祐七年（1247年），北宋名臣蔡襄之九世孙蔡长在此肇基，承祖训避世筑居、耕读传家。一个弹丸之地的古村落，现存明清时期的书斋就有“玉泉斋”“泮月斋”和“后门山书斋”等。据记载，明清两代就有进士3名，举人12名，秀才412名。这些人不仅为当地留下了丰厚的文化积淀，传下了崇文尚学的精神财富，同时对后人也有着潜移默化的教育，影响十分巨大。此外，在这世外桃源般的天地里，蔡长带领家人大规模开荒造田，建设村庄，铺设石路，广种桂花，撑起一片属于他们那一辈人自己的蓝天。从此，尽管朝代更迭，但儒风不衰，一个小小的古村落，涌现出一代又一代兄弟举人、父子翰林直至当今饱含学识的莘莘学子。

蔡氏宗祠位于村中心。宗祠大门以石材为框，门板上绘制尉迟恭、秦叔宝两位门神像，显得十分威武。宗祠为二进制单檐歇山顶抬梁式木构建筑。中轴线上依次为正堂、中堂、山门华表。面阔五间，左右次间与明间相通，构成一个宽敞的大厅。正堂为祀典活动的主要场所，因采用减柱法构建，即抬梁式与穿斗式相结合，故有五爪龙构件。厅中植四柱，宽十米有余。正楣中设一神龛，龛内竖立"皇清敕授儒林郎翰林院吉士六世祖登瀛蔡公妣徐安人神位"灵牌。楣柱悬挂清乾隆宰相、内阁大学士蔡新亲笔题写的"人心知水源木本，庙貌报祖德宗功"的联筒。额悬"着存""进士""兄弟举人"匾。祠中有一天井，左右各置花架。两侧为厢房，成门厅式结构。中堂内昂上悬"父子举人"匾，正楣柱悬挂"最喜渊源崇元定，尚期家世继君谟"筒联，外廊悬挂"宗功垂福泽，祖德衍家声"筒联。

站在蔡氏宗祠的正堂，透过那一块块印证了当时桂峰文化教育繁荣的牌匾，仿佛看到当年那些学子们寒窗苦读、进取功名的文化缩影。

中国的农耕时代历史悠久，形成了极富特色的耕读文明。由于地域环境不同，浓郁的农业景观呈现出的魅力也各不相同。桂峰古村连续三年举办晒秋节，不仅见证了这里人们特有的农耕生活方式，同时也是让古老的村庄融入了新的内涵。

晒秋，是中国农耕社会的一种典型农俗现象，极具地域特色。每年霜降前后数周，正是秋阳杲杲、金风送爽的时节。生活在山区的村民，由于地势复杂，村庄平地极少，只好利用房前屋后及自家窗台、屋顶架晒或挂晒农作物，久而久之就演变成一种传统农俗现象。

2018 年是该村举办的第三届晒秋节了。站在观景台上极目远眺，一幅喜气洋洋的晒秋图扑面而来。红彤彤的辣椒、黄澄澄的玉米、白花花的地瓜条，有放在屋顶的，有放在大院里的，有悬挂在房檐上的，跳跃的颜色，与沿山而建，错落有致的民居构成了一幅完美的秋收画卷。

在桂峰行走，我试图探索，是什么原因让农耕文化在桂峰这个小小的古村落保持长久不衰？在与村民的聊天中，我大概理解了，村民骨子里对精神文明的追求，对美好生活的向往，就是这一文化传承的原动力。找得回文化，才能记得住乡愁。流传下来的"耕读传家，经史名世"的祖训，使优秀传统文化的宝贵沉淀得以焕发，也是他们的精神所系。

离开，这种来与去，可能在我一生的行程中独此一次。一次，才显珍贵。回望古风流韵的桂峰古村，如一朵奇葩静卧青山绿水间，恍若世外桃源。真羡慕家在这古村的人啊！村庄在，根就在。

印象冉庄

“地道战嘿地道战，埋伏下神兵千百万。千里大平原展开了游击战，村与村户与户地道连成片，侵略者他敢来，打得他魂飞胆也颤，侵略者他敢来，打得他人仰马也翻，全民皆兵，全民参战，把侵略者彻底消灭完。”这是电影《地道战》的主题歌。每当听到或唱起这首歌时，脑海里马上会浮现出老钟叔敲钟报警的英雄形象，想到那棵老槐树和那口大铁钟，想到四通八达的地道，特别是想到电影里的经典台词：“各小队注意，各小队注意，你们各自为战，你们各自为战……不许放空枪!”以及反派人物汤司令的“高，实在是高。”和山田的“悄悄地进村，打枪的不要”。之所以能想到这些，是因为儿时的我看此片不下于十次。在“文革”那个特殊时期，全国电影故事片只有“三战一队一个兵”：“三战”是《地道战》《地雷战》《南征北战》，“一队”是《平原游击队》，“一个兵”是《小兵张嘎》。

到保定，我把第一站就放在冉庄。

首先参观的是“冉庄地道战纪念馆”。纪念馆陈列着大量的实物，非常详实地介绍了冉庄村从惨遭杀戮到奋勇反抗的历程，详述地道战的背景、发展与完善，军民利用地道抗击日寇的英雄壮举历历在目，令人感慨万千。从导游的介绍中了解到，冉庄的地道一般宽 0. 7—0. 8 米，高约 1. 15 米，上距地面 2 米多，共 24 条支线，全长达 32 华里。形成了户户相连，村村相通，上下呼应，能进能退的地道网。张森林是冉庄的第一任村支书，带领村民积极抗战，不幸被捕，宁死不屈英勇就义，牺牲时年仅 34 岁。端详着他铁骨铮铮的雕像，读着他写的《就义辞》，不由人荡气回肠：“鳞伤遍体做徒囚，山河未复志未酬。敌酋逼书归降字，誓将碧血染春秋。人去留得英魂在，唤起民众报国仇。”每一件实物，每一个故事，都把我带回到那血雨腥风的抗战岁月，冉庄人民浴血奋战的历程历历在目。

看完，就迫不及待地按照指示牌的提示进了地道。在昏黄的灯光下，内景清晰可见。地道宽不到一米，一人来高，可容两人并排而行。地道中有指挥部、休息室、储粮室、厨房等生活设施。沿着路标前行，交叉处的翻板上写着：注意，下面是陷阱。走着走着，有微光从墙上透射过来，凑近一看，街上情形一目了然，这应该是瞭望孔或者枪眼。我通过瞭望孔看着外面，想到了在纪念馆里看到聂荣臻元帅的亲笔题词："神出鬼没，出奇制胜的地道战，是华北人民保家卫国，开展游击战争，在平原地带战胜顽敌的伟大创举。"

走出地道，来到了冉庄村中。在十字街口，我见到了电影中的经典镜头老槐树，和那口还悬挂着当年用来报警的铁钟。我不知道该用什么样的文字来描述自己当时的心情，我几乎是小跑着来到老槐树下。隔着围栏，我仰视着老槐树和那口大钟，看着看着，情不自禁地就轻唱起来："地道战嘿地道战，埋伏下神兵千百万……"

在老槐树旁有一志愿者，我走上前问道："这棵老槐树就是电影里的那棵吗?"得到的答复是肯定的。志愿者说："这棵老槐树是唐代所种植的，至今已有1000多年的历史，1965年拍摄《地道战》电影时，它尚存暮年的枝叶，但电影拍完后，它好像是知道自己已完成了最后的使命，枝脱叶落，仅留下干枯的身躯。"听完，我想神奇也好，传奇也罢，作为冉庄地道战遗址的标志性景观，那千年古槐，那铮铮大钟，都是在提醒着我们，历史不能忘记!

依依不舍地离开老槐树和那口大钟，沿着古朴宁静的村道慢慢而行。一路上，到处可见地堡和高房工事，几乎每个院落都是文物保护单位，沿街的黑漆木门上都贴着一小块门牌，写"冉庄地道战遗址文保字X号"字样。大部分院落都是空的，只有那斑驳的墙壁、陈旧的石碾、废弃的辘轳、深邃的古井、隐于房根墙角的枪眼工事，以及随处可见的大幅抗日标语，它们都在默默诉说着这个普通村庄，在那个峥嵘岁月里的战斗传奇。

站在村口，看着眼前这个普普通通的村庄，我想，如果不是有着曾经的充满传奇色彩的抗战历史，冉庄只能算是冀中平原上一个非常普通的村庄。但就在这个普通的村庄里，共产党领导下的人民群众，创造出了神出鬼没、举世震惊的地道战。一个小小的村庄，一群普通的百姓，书写了一段英勇不屈的抗战历史。战争的硝烟已经散去，但冉庄用它的存在告诫着我们，只有牢记历史，我们才能走向和平，走向未来!

冉庄，向你致敬!

发现渼陂

中国的古村落，荷载着中国文化悠远的历史记忆而让人心向往之，对于一个热衷于游走古村落的我来说，把视线转向尚未广而告之的古村落，也算是一条新径。渼陂，就是其中一个。

渼陂是一个有着千年历史文化的明清古村。距江西吉安市 26 公里，村边有一条赣江支流富水河，古为庐陵县纯化乡七十六都，是个曾经繁华而渐渐寥落的村庄。这里有明清建筑三百多栋，虽然破旧，但保存得较完整，且类型齐全，有祠堂、牌坊、庙宇、书院、教堂、民居及革命旧址。一条 900 多米长的古商业街，昔日的风韵犹存，好些老店号依稀可见，至于过去的繁荣只凭浮想了。

渼陂是恬静的。富水河清澈如镜蜿蜒流淌，山抱水环，古榕参天，青山与绿水相依，绿树与民居相伴，春、夏、秋、冬景色各异，只有身临其境，才能欣赏到那山水如画的美。小小村庄居然有 28 口水塘，且口口相通，错落有致地排出八卦图形，象征天上的 28 星宿护卫这个古老的村子。

走读渼陂，颇有世外桃源的感觉。村里的街巷清一色的卵石路，曲径幽深的街巷串起的是错落有致、古朴典雅、风格各异的 367 栋明清古民居。气势恢宏的祠堂、饱经风霜的书院、别具一格的教堂，风雨变迁，久经沧桑，至今依然显得古朴雅致。走在卵石路面的街巷里，能遇到的大多是留守的老人和孩童，还有狗在路上漫步或在门口慵睡。

渼陂人非常重视教育，读书之风盛行。村里有一祠堂，名曰“永慕堂”。祠堂内，大到整体布局、小到地砖的铺设都极为讲究。不得不提的是，祠堂内随处可见的对联，甚为绝妙。这 20 副对联，每一幅都藏有“永”“慕”二字。从这里，便可获知村中人崇尚读书的这一信息。这里曾经走出过 130 多位大大小小的官员，其中有 6 位位列二品，有 4 位共和国的将军。这里有山必有水，有水必有桥，有桥必有亭，有亭必有联，有联必有匾，一块块牌匾如同一张张泛黄的古村名片，幽幽散发的文气是渼陂的内涵。

渼陂是古朴典雅的。岁月枯荣，古村沧桑。古老的牌坊、古戏台、古水井、古码头、古树与小桥流水交织成一幅寂静悠远的古村景观，令人流连忘返。青砖剥落了多少不堪回首的伤痕，流露着唏嘘嗟叹；黛瓦凝聚了多少耕云种月的风尘。在村南“翰林第”祠堂里面，有一株600年的古樟树，同根双干，又称“连理樟”。名为“连理”，一边生机盎然，一边却已枯死，然树形依然，气象依然，似乎是要向人们证明，有古树，村子就有了历史，能读懂树，也就读懂古村了。在古街一面斑驳的墙壁上写着“多留余地”四个大字，细细寻味，让我们深深地体会到“退一步海阔天空，让三分风平浪静”的为人处世哲理。

渼陂是诗意的。走进渼陂，就像走进了童年，找回了久违的天真。如诗的婉约是古村的性情，小巷深深是最迷恋的地方。白墙青瓦，雕梁画栋，典雅、闲散、静美。当阳光洒落在一扇扇古旧的木窗上时，我们便堕入了时光的隧道，聆听着潺潺的河水流过、草木抽芽的宁静。三三两两散落在楼阁前、池塘边、田埂上、大树下取景画画的美院学生，给这个方圆仅一公里的安谧的古村落，平添了好些青春活力和艺术气息，形成了另一道风景。

渼陂是寂寞的。没有车水马龙，没有人来人往，零落的几个小商店，间杂着似开非开。守店者垂垂老矣，静静地坐着，静静地看着，就如面前的富水河那样平静。

我们不要去惊动这里，就让它安静地在这里，这就是保护。

诗画西溪南村

在西溪南村行走，时光从脚底慢下来，风吹来，空气中满是植物的蓊郁之气，顿时，心里有了些许畅悦。前街、中街、后街、十八街、十字街、溪边街、麻将巷、更夫巷……就这么缓缓地在眼前铺展。我本以为，这样一个有着1200年历史声名的古村落，即使达不到周庄游人摩肩接踵的程度，至少也有小小的热闹，却不料迎接我的，竟是令我一见钟情的空宁和幽清。

西溪南村地处黄山市徽州区西郊，背倚凤形山，面临丰乐河，名人辈出。历代名人有宋学者吴自牧，元诗人吴鼎新、明学者吴海、诗人吴可封、著名徽商吴养春，清学者吴元满、诗人吴崎、书法家吴又和、篆刻家吴凤等。至今保留明代建筑10多处，清代民居100多幢。吴氏是这个村的大姓，公元860年，吴氏始祖光公看上了这里，于是便在此定居下来。从此子孙日蕃，逐渐形成了村落。吴氏家族在扬州从事盐业，在金陵开设典当铺，又在运河沿线从事米布贸易，发财后都将财富转移回了西溪南村，修祠建社，兴建学堂，广招名士前来吟诗作对，所以西溪南村自古以来也是一处文艺气息浓厚的地方。

在朋友的陪同下，我们首先来到全国重点文物保护单位的老屋阁和绿绕亭。

跨进大门，第一眼便看见楼下正间两根又粗又黑的梭形柱，柱下端支落在一个形同倒置的大瓷盘的石础上。这是明代建筑特有的覆盆础。老屋阁为砖木结构的两层楼房，下层矮，上层高，坐东北朝西南，三进五开间，口字形四合院。狭长的天井中央有石板砌的水池。天井四周设置靠椅，此椅靠背外突，超出天井四周的栏板，临空悬置，设计精巧美观，颇具韵致，称为飞来椅，又雅称为“美人靠”。阁正面为水平形高墙，侧面采取不对称方式，与水平形高墙相结合，形成参差错落的外观。墙顶盖蝴蝶瓦，倒影入池，幽深静雅。大门上有门罩，用水磨砖做成外突线脚，顶覆以瓦檐，不事雕琢，与铁皮包的厚实大门相协调，显得庄重古朴。阁内梁架、斗拱装饰雕刻精美，双步梁端饰以云雕，梁架上承受瓜柱用莲瓣式平盘斗，山面梁架瓜柱下端收杀做成鹰嘴形式。柱子作梭柱形，从中段开始向上下两端收小，柱础石似覆盘形，柱间空档内有芦苇编篱。宅内梁架木地表面作无光黑色，色调匀净，其他木作均不加髹漆，富有自然之美。

在老屋阁宅边池畔，还有一别致的古老方亭，名为“绿绕亭”。始建于元天顺元年（1328 年）。绿绕亭砖木结构，飞檐下的斗拱，月梁上鹰嘴形瓜柱，梁端的雀替、丁头拱等构件，至今木纹凸露，保存着清新雅丽的轮廓。

面对老屋阁和绿绕亭，我想到建筑学家梁思成说过这样一句话：“建筑是一个民族文化的重要证据。”我想，老屋阁和绿绕亭是不是明代徽式建筑文化的重要证据？如果是，黄山市作为一座历名文化名城，就有了文化的根基和历史的遗传，才变厚重，变得实至名归。

西溪南村虽是弹丸之地，却景色众多。最值得推荐的是村头的那片杨树林。春天看花，秋天看树。秋阳下，那一棵棵杨树真好似穿了金黄的铠甲，半隐在浓绿的树荫下，侧露着上半身，风一吹，好似金漆半染，而那一半绿则缺了些辉煌，清淡些。顺着树干抬头望去，天空干净，远处踱来的云，如洁白的棉絮，温暖而轻柔地挂在树梢，仿若伸手可摘。空气中的一丝微凉，扑在脸上，清爽而棉柔。再有就是村子后面的丰乐河，应是过了汛期，水位不高，流水潺潺，像群活泼的孩子在石头间躲藏奔跑，卵石和水草在水面以下清晰可见。水中倒映着蓝天白云，再加上透过树的缝隙的阳光，黄色的光斑在水中显现出别样的感觉。

西溪南村以街为经，以巷为纬，在村中走动，看得到炊烟，听得到鸡鸣，见得到人影。沿街而建的房屋，鳞次栉比，有些低矮，有些拥挤，还有些破败，多青砖木构的老屋，斑驳的朱漆木门，镂花的木窗棂，潮润的墙根爬满青苔，有些许不知名的瘦瘦的小树、小草在墙缝里探头探脑，似乎在张望着什么。

古人依山、傍水，就地结庐，世代繁衍，成了现在的西溪南村。滤去走马观花般的惊讶和兴奋，我脑海里只剩这一个字：静。古风的静，山野的静，街头巷尾桂花香出一片安然的静，河水枫林落叶私语的静，慢生活的静。“花影不随明月去，谷香时从田野来”，绿绕亭那副对联又浮上脑际，心已盈满了宁静。

遇见云舍

去贵州铜仁就是为了看看有着“中国土家第一村”之称的云舍村。走出铜仁高铁站，包一出租车，到达云舍村已是中午一点来钟。找了一家客栈，谈好价格就住下了。客栈不大，就夫妇两人，男主人姓向，女主人姓杨。女主人在厨房忙着给我下面，老向陪着我坐在堂屋闲聊。

从老向的介绍中得知，“云舍”二字取源于土家语，意为“猴子喝水的地方”。早在战国时期，土家族有巴子兄弟五人，被楚子战败后流浪于武陵黔中。在此地，兄弟五人以酉、辰、巫、武舞、沅五溪为族号，各为一族之长。云舍村土家族人为辰水先民，是一个以土家族、苗族等少数民族为主的村子，全村总面积 4 平方千米，人口有 2295 人，分十个村民组、四个自然寨，村里 98% 的人都是杨姓。我突然打断老向的话：“那村里和你同姓的有几个？”老向说就他一个。我哈哈大笑说：“原来你是倒插门“嫁”到这个村来的啊！”

见我填饱了肚子，老向说，免费给你当一回“导游”如何？我内心求之不得。

云舍村有山有水，高大树木四处可见。宅舍院落依山傍水高低错落，诸多明清古建筑黛瓦翘脊，廊椽相接青瓦若鳞，吊脚楼各色各样的雕花栏杆，虽被岁月的烟尘熏得黢黑，依然能从上面的各种图案中，看到土家人的智慧和精湛的手艺。特别是那屋脊，那防火墙，那青光鉴人的石板小巷，以及在林木花卉中隐隐约约的土家小院，一下让我想到了我们皖南的徽派建筑，想到了浓淡相宜的水墨江南。

龙塘河是云舍村最热闹的地方。河里有鹅鸭戏水，河水清澈见底。岸边树荫之下有做小生意的，摆个小桌、竹凉床或搭个案板什么的。这里的小吃都是现做现卖。什么漆树籽油煎的“炕洋芋”；色泽鲜亮，黄里透白的木甑蒸苞谷粉

夹米饭，还取了个好听的名字“金包银”；还有椒木擂钵磨豆浆，南瓜嫩叶入鲜汤，土家新煮合渣好的“懒豆腐”；尤其是那土家人只有过年才做的新鲜猪肉拌玉米粉、老南瓜和萝卜，用大蒸笼蒸熟后，抬上餐桌，招待乡邻亲朋“抬格子”，如今也成了土家人赚钱的风味小吃。

跟着老向来到一处约莫有十几间“茅草棚”。棚里面有些石槽和一些木架子，一块石碑上标注着“造纸作坊”几个大字。老向告诉我，云舍有着“云舍造纸，蔡伦为师”的美誉。早年土家先人曾拜蔡伦为师，学习造纸工艺，师承后回到村里，便开始盖草屋筑水池，传授技艺给族里人，将造纸技艺延续至今。多年以来，村民都是以种植水稻和造纸这门手艺为生，只不过原先造纸造的多是香纸，现在基本不做那个了，改做写毛笔字用的纸了。

老向最后把我带到村东边的神龙潭。老向告诉我说：“你来得不是时候，如果要在六月、七月份来，你就会看到有鱼儿逆流而上，回游神龙潭的奇景。”老向又说，“在《贵州通志》里有：‘云舍泉在（铜仁府城）省溪北十里。岁旱，祈祷即雨。’在道光《铜仁府志》里有：‘云舍泉（省溪司）北十里，岁旱，血涂之，即雨。’总结起来，神龙潭有三奇：一是深不可测；二是能预报天气；三是不定期的泉水倒流。”

我和老向坐在潭边的石板上，看着清澈的潭水。我突然想到转了大半天，怎么没见到一个土家人，特别是穿着那独具特色的土家服饰的人。老向笑说：“与时俱进了呗！”我说：“你别说笑了，给我讲讲。”老向说：“其实你今天所见到人都是土家人。通过500年历史演变，现在的土家人在保留自身民族文化习俗的同时，也接受包容了其他民族文化。如只有在春节、元宵、端午、中秋、重阳等各民族共同的节日和土家族的赶年、过社、清明、立夏、四月八、六月六、七月半等节日，才能见到土家人穿戴属于他们自己的土家服饰。除此以外，他们平时和汉族人穿戴都差不多，没有什么大的区别。再说土家人的服饰，尤其是女性服饰不太适合平时穿戴，干起活来也确实不方便。”老向最后笑着对我说，“你如果想看，春节你再来，管你看个够。”

不知不觉，太阳缓缓向西滑去，光芒不再耀眼。渐浓的暮霭，从山上弥漫过来，给庄稼地笼上若有若无的纱幔，也把小村显影到泛黄的旧时光里。我从内心羡慕生活在这里的人们，这里就是他们世袭的家园，是他们自在圆满的世界。对他们而言，每一个黄昏都是另一个黎明的邀请。此刻，走在石板路上，我一边听着老向讲着小村的历史和往事，一边看夕阳如水一般在村里四处漫淌……

寂寞钓源

说实话，这些年我到过不少古村，能动心者，实属凤毛麟角。

古村钓源位于吉安市郊的兴桥镇，已经1100年的历史了。北宋著名政治家、文学家欧阳修的后裔及其同宗子孙在此聚居。村庄虽经近代战火、灾荒的损毁，但它的骨骼依旧很结实。至今仍存明清建筑150多处，宗祠、家祠9座，书舍5处，古石桥2座。风姿各异的历代建筑，如一幅幅淡淡的民俗风情画，令人赏心悦目。

村口的欧阳氏大宗祠，占地约1200平方米。祠堂前有约20米见方的操场，操场的前端，八根长约2米的旗杆石一字排开，每根都是为历代考中科举人士所立，其中一根一侧刻着“举人欧阳定立”，另一侧刻着“嘉庆癸酉科”字样。据导游介绍，村里先后出了20多个进士，其中有一门四进士，有的官至户部郎中，有的是国子监监士，因而钓源又有“江南第一进士村”之称。

走进村里，没人，静裹着我。静得纯粹，静得原始，静得孤独，似乎与世隔绝。一条青石板铺的村道，曲折迂回伸进每条长巷，通向村里的各个角落。一路上，干干净净，不见垃圾废土，唯有小草绿绿的，长满石缝。村里的建筑依八卦布局，每座建筑都有八卦图案。从建筑风格上看，既有庭园式、院墙式，又有合院式、单院式，不论什么式样，都有似徽派建筑的青砖、黛瓦、马头墙。木雕、石雕、砖雕，更是随处可见。

村子中央的池塘，排列成北斗七星状，池水穿流，既作洗涤，又作排水。池岸及隔道也是一色用青砖砌成。导游介绍，整个村子按八卦布局，所有建筑都围绕这七口水塘按后天八卦排列。为隐合八卦之形，防止“风水”中所谓的直冲，村里的布局大多是“歪门邪道”，巷路、村道、塘岸没有一条是笔直到边的，巷道时宽时窄，院角有圆有方，墙面有正有侧，甚至一幢本该四方的房子，却有一堵墙或是一个角改变了应有的走向。

在钓源村行走，不论是走在小巷间或宅院里，如同闯入迷宫一样，你常常以为没路出去了，可是一拐，眼前会出现一个小门，亦或一个天井，让你豁然开朗。随便走进一家民宅，屋内的装饰和画作，都令人眼花缭乱，目不暇接。不论是斗拱上的木刻，还是门楣上、厅廊上的阳刻鎏金，亦或神龛上的描金画等，虽算不上宏伟，却刻画技艺精湛。特别是家家老宅里皆备香案、八仙桌、太师椅、花架床以及书柜、梳妆台、脸盆架、屏风等明清家具。

在村民欧阳增光家中，有一清代的“福寿床”，上饰太极八卦和“福禄寿”，两旁则分饰“双龙戏珠”及八仙图。而令人意想不到的是，床内侧上饰宝瓶诗书剑册祥药的栏板，竟是四扇可供开启的隐秘柜门。导游打开柜门，指着放置四层搁板的空柜告诉我：“这张可放百床被的床柜，可是钓源现在唯一的一张，前些年一位香港游客看后，开价就是10万港币。”听着导游的介绍，看着这些花饰精美，造型优雅，具有一定文物价值和欣赏价值的古董，却仍然被步入现代的村民习以为常，熟视无睹地使用着，不由得产生发自内心的羡慕。

说到八卦布局，让我想到我们安徽黄山脚下也有一个按八卦布局的古村呈坎。所不同的是呈坎村天天人山人海，我也是多次去，有时还拖着客人、朋友去，因为它有名。原来我也是个世俗的人，为名迷糊。名啊，名啊，香饽饽，怪不得有人变着法要出名。不过，一个人，一个地方，名响了，也蛮累的。

钓源没有名，钓源没人来，钓源孤独。

一路走来，有些冷清，很难想象这里曾被誉为吉安的“小南京”，繁华喧闹，店铺鳞次栉比，人口逾万。而现在，没有车水马龙，没有人来人往，村里唯一的一家小商店，还似开非开。不过这样也好，就让它安静地在这里，这就是保护。如果把这里开发了，变得人山人海，成了著名景点，又能怎样呢？我曾在网上看到，在埃及和印度的一些神庙，有的连屋顶都没有了，仅剩几根柱矗立着，当局也没有任何修理。你一走进去，都会震竦起来，感到它的原汁原味的伟大。在意大利佛罗伦萨街上漫步，看到有的路灯坏了，却不修理，让它坏着。问其故，答曰，必须是原配。数百年前的产品，到哪里去觅，于是只能让它坏着，这样的保护真彻底。

离开钓源，我突发奇想，晚年是否到钓源村租一小院养老？

自力村碉楼印象

在中央电视台记录频道看到介绍自力村的碉楼群，被那15座风格各异、造型精美、内涵丰富的碉楼深深吸引。在网上查了自力村的情况介绍，没有一点犹豫，立马订了飞往广州的机票，来了个说走就走的旅行。

到了广州，换乘高铁到开平市。开平市到自力村30多公里，和出租车司机谈好价格直奔自力村。一小时后，终于站在了自力村的土地上。放眼望去，田野、水塘、草地、碉楼，错落有致，相映成趣，顿生世外桃源之感。

开平碉楼是一种集防卫、居住和中西建筑艺术于一体的多层塔楼式乡土建筑，源于明朝后期，到19世纪末20世纪初达到鼎盛时期。从使用功能上分，可分为居楼、更楼等类型。从建筑材料上分，可分为石楼、夯土楼、砖楼、钢筋混凝土楼等。上部造型有中国传统硬山顶式，悬山顶式，也有国外不同时期的建筑形式、建筑风格。碉楼最大的特点是，按照自已的意愿选取不同的国外建筑式样综合在一起，自成一体，是中国移民文化以及世界不同族群之间文化相互影响、密切交融、共同促进人类文明发展的历史见证。2001年6月，被国务院公布为第五批全国重点文物保护单位。

和我之前一样，我在参观前要做的第一件事就是找导游。正四处张望，有一女孩走到我面前说："叔要导游吗?"我点头称是。看她年龄不大，担心她讲不出个所以然。她说她就是这个村里的人。于是谈好价格，跟着她走进村子。

我们首先来到在自力村最负盛名的钻石楼。从女孩口中得知，钻石楼建于1925年，历时两年落成。楼主姓方，曾在美国芝加哥经商致富后衣锦还乡。1953年，不知什么原因，方家全家突然离开去了海外，从此就没和村里有过任何联系。这座楼一直由村里代管。2005年，楼主方润文的后代返回村里，和村里签订了托管合同，并在村里举办了个接收仪式。

钻石楼高六层，钢筋混凝土结构，外形壮观恢宏。一层为厅房，二至四层为居室，第五层为祭祖场所，六层为露天平台，平台正中有一座中式的六角攒尖凉亭。站在平台远眺，方圆五里，一览无余。

钻石楼内部陈设十分奢华。室内依然保持着过去的模样，墙上挂着楼主及一妻二妾的照片，家居原物也摆放如初，有中式精致考究的雕花桌椅，也有当年从海外运来的欧式豪华家具；有意大利彩色屏风玻璃，也有法国的纯银茶具及德国的落地摆钟；有代表当时西方文明和先进技术的喇叭留声机，也有不少当时的生产工具和日常生活用品。

在自力村能和钻石楼一比高下的要数云幻楼了。女孩介绍说，此楼建于1921年，楼主也姓方，叫方文娴，号云幻。他原为私塾教师，年轻时满怀报国情怀，但郁郁不得志。后离家去香港和马来西亚谋生，经商致富后回到村里。

云幻楼高五层，和钻石楼不同的是，楼的外型如檐角、浮雕、回廊、石柱、小门等，全是西式风格，而家里的摆设却又完全是中国南方农家的景象，可谓外洋内土，半洋半土。云幻楼被称为全村最风雅的碉楼，因为楼中拥有“只谈风月”的横匾，和一副长达50个字的对联：“云龙风虎际会常怀怎奈壮志莫酬只赢得湖海生涯空山岁月，幻影昙花身世如梦何妨豪情自放无负此阳春烟景大块文章”。

我把这副有感而发寓意深邃对联拍了下来。仔细琢磨，猜想着当年作为颇有政治抱负的一介文人方文娴，对当时官员的所作所为和时局的动乱，怀着一腔愤懑和无奈，奋笔言志，以此宣泄报国无门的郁闷心情，那个年代的知识分子的叛逆之心由此可见一斑。

走在村里小路上，女孩说：“我们村有农户63户，村民175人，侨胞248人。主要分布于美国、加拿大、英国、马来西亚、菲律宾、斐济以及香港和澳门，多从事餐饮、制衣、洗衣、杂货等行业，侨汇为村民主要生活来源之一。”我打断女孩话问道：“那你家有人在国外吗？”女孩答：“有啊，我的一个远房叔叔就在马来西亚。”我又问：“那你叔叔给你们寄钱吗？”女孩摇摇头说：“从没有过。”说完女孩又补了一句：“我们家现在生活还可以，不指望别人施舍。”我说：“我给你点个赞！”

之后女孩又带我去了居安楼、逸农楼和竹林楼。这些碉楼均是铁门、铁窗，遍布枪眼，配备了鹅卵石、铜锣、水枪、探照灯等工具，以防贼匪入室。

离开时，再次环顾那大大小小的碉楼，我想，历史不会结束，只有遗忘。总有被毁灭的，总有被掩埋的，但永远没有终点；总是在变迁，总是在流逝，但总是有一些坚硬或柔软凝固然后沉淀，并且永恒。

老街风情

LAO JIE FENG QING

屯溪老街

其实，屯溪老街我早就想来，为什么呢？因担任过安徽省非物质文化保护中心主任的头衔，当时的工作就是挖掘整理我省的非物质文化遗产，而徽文化的众多门类在屯溪老街都有很好的表现。春节期间，也没和当地文化部门打招呼，自己去了老街。

老街全长1.5公里，街宽7米，由2000多块浅赭色条石铺成。沿街房屋多为二层，砖木结构，清一色的徽派建筑风格，透溢出一股浓郁的古风神韵。店面一般都不大，但内进较深，形成“前店后坊”“前店后库”“前店后户”的特殊结构，因而更显老街的“老滋老味”。老街有老字号店铺数十家，其中“同德仁”，是清同治二年（1863年）开设的中药店，至今已有150多年历史。饮誉世界的“祁红”“屯绿”，多集散于屯溪；“徽墨”“歙砚”更是琳琅满目；“徽州三雕”（砖、木、石）产品及徽派国画、版画、碑帖、金石、盆景、根雕更是随处可见。如今的老街，已经有商号410余户，从业人员4000多人，分别经营古玩、药材、裱画、纸扎、茶庄、瓷器、酱园等60多类传统商品。

老街是伴随着徽商的发展而兴起的。程维宗是有历史记载的屯溪老街最早的商人。程维宗19岁时参加乡试落第，拜当时的名士郑师山和赵禤为师，继续读书求取功名。可是在当时的战乱中，他的读书为官之梦破灭了，在父亲的指点下，他改而从事商贾。程维宗是一个很有经济头脑的人，他为了多多获利，从事长途贩运买卖，把当地生产的茶叶、药材、纸张运出去，再将粮食、布匹、食盐等货物运进来。大宗货物的堆放需要仓库，程维宗发现附近率水、横江交汇处，江面宽阔，地势平坦，船舶上行可通休宁、黟县各镇，下游经淳安、严州直达杭州，交通便利，是货物周转的好地方。于是，程维宗在明朝洪武年间（约1380年），投资在屯溪建造栈房4所，共计房屋47间，作为分类存放货物之所。果然，此后货物流转十分便利。程维宗经商致富后，又将所获之利广置田产，号称家财百万。在程维宗建造店房致富之后，又有几家客商相继前来造房经商，于是，一条小街逐渐形成。据说，最早小街上有八家商栈，所以人们把这条街叫作“八家栈”。

在老街东入口附近，原有一座财神庙，神庙旁边有一座坟墓，墓的四周均用块石砌脚，墓顶竖一青石碑，上书隶体大字“桥头卖姜人之墓”。墓临街面一方，砌有一道矮墙，墙高约 1.5 米，矮墙的左面嵌有青石碑两块，正面刻有兴修屯溪街的人名单及金额，右面墙头上是一段麻条石，刻有篆体大字“桥头卖姜人之墓”。这桥头卖姜人是谁？为什么将坟墓建在街道旁呢？

传说清乾隆年间，在屯溪镇海桥头，有一老人，专事卖姜。据说，如果卖姜老人没带雨具，那这天肯定是晴天，如果卖姜老人带了雨具，那么这一天必然下雨无疑。时间越久，传说越神。清乾隆间进士、发明“天象仪”的戴震对卖姜老人善观天象的学识很钦佩，很谦虚地向老人请教，并同老人结为好友，成就了一段被人称颂的历史佳话。据称，卖姜老人年过 70 岁后，在其住所的道路旁选择了墓地，自己题写了墓名。据考证，桥头卖姜人确有其人。《休宁县志》载：“程从孝，号书樵，率口人，好占能诗，家贫，以贩姜事其父母。年过七十，规墓地于所居道旁，自题其名曰：桥头卖姜人。有《水竹居诗草》传世。”

在老街上徘徊，给人感受到整个老街处处弥漫着墨香，散发着文人的气息，呈现出诗书逍遥的意境。诗仙李白游屯溪留有诗句：“清溪清我心，水色异诸水。借问新安江，见底何如此？”苏舜钦也曾题了游屯溪美妙佳咏：“新安道中物色佳，山昏云淡晚雨斜。眼看好景懒下马，心随流水先还家。”现代诗人郁达夫在他的《屯溪夜泊》中写道：“新安江水碧悠悠，两岸人家散若舟。几夜屯溪桥下梦，断肠春色似扬州。”的确如此，在老街徜徉，真正体现了老街的人文情怀以及“宜商、宜居、宜观光”的文化旅游格局。尤其是傍晚，在老街碧波荡漾的河畔、桥下，几位朴实的徽州女人正舞动着棒槌浣洗衣裳，还有几位则边说笑着边淘米、洗菜，一些垂钓者则悠闲地坐在水埠头…… 这一切构成了隽永美丽的江南水乡的风俗画，不仅有《清明上河图》那份古典的意趣，更多了一些皖南风情的美丽神韵。

老街现在的名气越来越大，之所以能吸引世人的关注，我想首先是环境。以粉墙黛瓦马头墙和砖雕、石雕、木雕为主要特征的徽派建筑文化，以同德仁药店为代表的新安医学文化，以书画、匾额、楹联为代表的新安书画文化，以老街一楼、老徽馆为代表的徽菜文化，以歙砚徽墨为代表的文房四宝文化，以三味茶馆等为代表的徽州茶文化，以及以馆藏器物和工艺品为代表的民间器物文化，构成独具特色的文化旅游休闲街区。老街还是蜚声海内外的徽州传统工艺品的加工、制作、展示、销售中心。

其次是人。环境造就了人，同样，环境也造就了文化。文化这东西，它和环境地域有着密切的关系。一个“徽”字，是一条历史的线，它把2000多年来围绕徽州所发生的事件、涌现的人物统统串在一起，形成一幅完整而又精彩纷呈的历史画卷，如果离了一个“徽”字，这幅宏伟的画卷就丢了魂、散了架！而这个“魂”，就是徽商们的精神风貌和对于艰苦环境下的一种抗争，一种不愿向命运低头的民族精神，它们无不是祖祖辈辈的劳动人民在人类社会发展的历史长河中一种理想的人文精神和生活积累。享誉中外的徽商、徽菜、徽剧、徽派建筑、徽派盆景、新安医学、新安画派等等，正是这些灿烂而独特的文化使它们各自登上了祖国非物质文化遗产的最高殿堂，成为“国宝”。同样，它们也无不证明了这些民间文化和地域文化数千年来的文化传承与民族精髓。

这就是徽商精神的一种诠释和佐证。

安东老街

游完鸭绿江已是晚上六点多，肚子也饿了，上了一辆出租车回宾馆。

路上，和司机有一句没一句的闲聊，司机突然问我去没去安东老街，我回答他没有，司机建议我一定得到老街看看，跟我说到丹东不去老街等于没来。见我一脸的不惑，他如数家珍一般说道："安东老街汇聚了清朝、民国、殖民时期的历史，有不少仿古建筑、木制的楹联、牌匾、斑驳的老海报、毛笔字标语、民俗表演、特色餐饮和美食等等一句话，不去你后悔。"

于是我临时改变主意去了安东老街。

在老街口有安东商祖王建极的铜像，王建极（1864—1937），字抚辰，号筱东，山东省招远市人。出生于一个贫苦农民家庭，幼年随父母落户东北宽甸杨木川，后到安东八道沟经营蚕丝。1911 年当选为安东商会会长。1918 年创办安东第一家也是最大的民营金融机构——东边实业银行。大力倡导振兴教育兴办学校，带头捐献并多方募集资金，兴办了东边林科中学、商科中学和安东女子学校。

绕过铜像，走进老街，只见大大小小的烧烤摊都围满了人。说到烧烤，我知道烧烤是东北人的最爱。在东北，能坐下来一起吃烧烤说明都是自己人。那是一种认同感与归属感，是一种小圈子的娱乐。所谓"人生一串、江湖百味"。几杯啤酒下肚，话匣子打开了，感情也升温了，生分的陌生人也变成好兄弟了。人生如意的那一二件事，连同那不如意的十之八九，都沉浸在泛着气沫的啤酒以及吱吱冒油的烤肉里。东北人自带幽默感，只要一说话，就没完没了往外吐段子。

东北人痴迷烧烤还有一个原因，即东北的冬季来得很早走得迟，寒冷且绵长，大半年都可以说"大约在冬季"。因此东北人还有一大爱好"约澡"。"约澡”是吃过烧烤后的固定节目。澡堂人多、暖和、水量充足，可以互相搓背，洗得干净。近些年新开的洗浴中心，一般都是带游泳池、温泉、桑拿、精油按摩等，有的还带餐厅和房间，玩累了一家老小都可以睡一觉，特别惬意。

走过烧烤摊，刚拐进一条巷口，忽听到熟悉的“磨剪子戗菜刀”吆喝声，还没等反应过来，迎面一辆拉着游客游览老街的“黄包车夫”，唱着喜歌抬着大花轿的轿夫们从眼前走过。街两边每家店铺的门前，都站着一位身着马褂，头顶瓜皮帽的店小二。在一个不大的戏台上，阿庆嫂、朝鲜背夹子、三弦大鼓书、大鼓书、父女小曲、朝鲜族歌舞轮流上演。台下的座位基本坐满，方桌上摆着好吃的糖画、镜糕、鸡蛋仔。

边走边看，不知不觉走到街的尽头，拐弯又是一条街巷。和刚看到的不同，这里没有那么喧闹，街两边一色灰黑色的仿古建筑，挂着一块块古色古香的牌匾：银市、印刷局、诚文信书局、天祥号药局、瀛西药房、美昌照相馆、当铺、政源号印染行、南洋眼镜公司、天后宫……我想到了司机刚说的话，这里汇聚了清朝、民国、殖民时期的独特历史以及各种文明，展现的是丹东地方文化及民间手工艺和老物件，汇聚着大到老安东的历史兴衰、风土民情，小到旧时的建筑风貌、市井街头、一茶一坐。面对它们，令人恍然有穿越之感……

肚子又饿了，赶忙找了一家面馆。我点了一碗六鲜面，佐料是虾仁、醋肉、香肠等，没几分钟，一碗热气腾腾的六鲜面便摆在了我的面前，几片葱花点缀细细的面，隐约还可见那金黄的醋肉、红红的香肠、红中带白的虾仁，白中夹着红绿黄，真是让人赏心悦目。轻轻地舀起一勺面汤，放入口中，香甜在口中弥漫开，热乎乎的汤化作一股暖流。

坐在面馆里，望着窗外的老街，感受这一份独有的异乡味道。我想，每一座文化名城都有自己的根。安东老街尽管是一条被复活的老街，有了过多的设计，但你会感觉到一种东西在围绕着你，一种说不出的气息，说不出的味道，说不出的韵味。越过熙熙攘攘的商业表面，默听一代又一代人远去的脚步。突然明白，这就是安东老街的品位。四面八方涌来，各取所需离去，无论你满意不满意，它就这么活着，无拘无束，像一个万花筒，任由大家转动。

走出老街，眼前的街道顿时规规整整。回头看安东老街，几步之间，仿佛在告别一个时代。生活本质上就是一份念想，就在一刹那回望之间，像这条安东老街，画着古代的梦，流淌着回不去的怅惘。

骑楼老街

每一座城市都有自己的岁月沉积和历史遗存，城里的那些富有特色的建筑物，往往成为城市的标志。海口骑楼老街上大大小小近600栋的建筑，就是一处最具特色的景观。

老街大多是20世纪初一批出海闯南洋的海南人“叶落归根”，携带着毕生血汗钱回乡建屋，安老终生所建。骑楼楼层都不高，两三层的居多。其中最古老的四牌楼建于南宋，至今有700多年历史。骑楼的历史与海口早期的对外开放息息相关。晚清时期，海口是当时全国对外开放的口岸之一，“帆樯之聚，森如立竹”，正是当年海口开埠后港口热闹景象的真实描述。

徜徉于老街，唯美浓郁的南洋建筑处处可见，领事馆、教堂、邮局、银行、商会、金铺；中国共产党琼崖一大会址、中山纪念堂；西天庙、天后宫、武胜庙和冼太夫人庙，以及家族式连排骑楼，骑楼独特的建筑风格是一幅风景画。骑楼的一砖一石，一巷一墙，斑驳着文化的脉络。墙面、檐口或窗楣等处施以装饰纹样或浅浮雕，所有的装饰与纹样自下而上逐渐丰富，与周边建筑融为一体。骑楼外观欧化十足，而墙面、腰线、阳台、窗楣和柱子等处皆饰之以东方山水花鸟形象，充分体现东方古国的传统装饰。可以想象骑楼在其漫长的历史过程中，积淀了大量的历史文化遗迹和人文色彩。

有街就有巷。骑楼的巷子都很狭窄，每条巷子里不仅住满了人家，还有理发店、修鞋的、补胎的、茶馆、麻将档，烟火气十足。在打铁巷，我在一家“老爸茶”店门口往里看，店里坐满了中老年男人，大家喝着茶，慢条斯理，不怎么说话，静静看着电视，或低头专注地研究博彩。一壶茶只要六块钱，配几块点心，不过十几块钱便可以悠哉一下午。我也是被好奇引着走进店里，要了一壶茶，边喝边四处张望。我想，也许他们并不富裕，可是过得确很幸福，久居在都市中的我也很羡慕他们的这种生活状态，内心的自由。

在骑楼老街，最吸引游客眼球的就是那沿街十多座展示不同主题的铜像雕塑。题为《送别》的雕像，复制了百年前分别的场面。两个下南洋的男人，隔着老街，与妻儿对望，那眼神里透着不舍，透着刚毅。《下南洋》的男人们靠着船舷，他们一个挥着手臂告别，一个双手拱成喇叭，拼命地呼喊，生动再现了当年下南洋的情形。铜雕《老爸茶》《椰韵》《商道》《梳妆》和《黄包车》，则展示了百年老街历史与人文故事，民风民俗与市井百态。

雕塑《老爸茶》主人公是一老一少。老者左手持着粗大的竹筒烟管，右手高高翘起，做指点状。谈兴正浓的他，神采飞扬，简直让人能感受到“唾沫星子横飞”。因为兴奋，他整个身体前倾，两只踏着拖鞋的脚似乎都在为他助兴。坐在他对面的年轻人，穿着小褂、短裤，右手支颐，指缝间夹着一根香烟，左手拢着翘在板凳上的左腿，姿态放松又随意。在茶桌边还有一个空位，不难看出创作者的用意，即游客可以在空凳子上坐下来，与主人来个历史与现实的合影。

《椰韵》的椰树是海口的象征，形成了最具海口特色的“椰文化”。在海口各地的小吃中，以椰果肉作为馅料是最普遍的。此外，还有椰叶饭、椰汁鸡等一系列以椰子为原料的饮食，清香芬芳。《商道》表现的晚清时期，海口是当时全国十大对外开放的口岸之一，外商纷纷来海南做生意，雕塑表述中外商人讨价还价的场景。《梳妆》展现了母亲在为待嫁的女儿细心打扮，那种母女情深，眷恋之情表现得活灵活现。《黄包车》则好似一辆 20 世纪初出土文物，让人仿佛一下回到了民国初年……

置身百年老街，越过熙熙攘攘的商业表面，默听一代又一代人远去的脚步。我忽然想起董桥先生在《给后花园点灯》里写下的文字：“不会怀旧的社会注定沉闷、堕落。没有文化乡愁的心注定是一口枯井。”生活本质上就是一份念想，像这条骑楼老街，总有被毁灭的，总有被掩埋的，但不变的是日复一日的漫漫岁月。

锦里古街

锦里号称“西蜀第一街”，与北京王府井、武汉江汉路、重庆解放碑、天津和平路等老牌知名街市齐名，为全国十大城市商业步行街之一。

一座城市有别于另一座城市的气息，有时恰恰就是局部。沐着初春的暖阳，悠闲地漫步在这条古街，仿佛是走进“成都版的清明上河图”。脚下油亮油亮的青石路，静静的，似乎在诉说着时光流逝的感叹。走在这样的青石路上，最好是换一双平底布鞋，与脚下的石板路来一次亲密的接触。鞋与石发生着轻轻碰撞，如同它们之间进行的心灵对话。街两侧是青瓦木窗，错落有致。檀香淡淡飘来，夹杂岁月的气息，沁人心脾。凝神聚气间，仿佛能够感受到那窄窄的巷道中隐潜着令人神往的传奇故事，只待我去聆听，去体味。

抬首远望，大大小小的红绸灯笼，点缀在古街两侧，散发温暖的红，热烈又不失温情，现代又不乏古朴。浅灰色的青砖堆砌成墙，屋顶是黛青色，栏杆一律漆成红黑色，各家的招牌或浓墨重彩，或清新素雅，都透出浓浓古意。此时，带着一颗无瑕玲珑的心，去看游人悠闲走过，欣赏巷道两旁的艺术品，面人、糖人、铜制品、草编的物品、手纳的布鞋子、淡香润泽的麦芽糖、老字号的绣庄与银铺子、清朝年间的粗瓷蓝花碗，看着这些，一定让你想起了这里旧日的繁华，吸引你去细细阅读。

成都曾是蜀国的都城，而锦里作为武侯祠的一部分，以秦汉、三国精神为灵魂，明清风貌作外表，川西民风、民俗作内容，扩大了三国文化的外延。在锦里，可以随处感受到三国文化：经营“三国菜”的“三顾园餐厅”，可以听戏的“三国茶园”，还有“蜀涛”“煮酒坊”“诸葛庐”“汉肆”“诸葛连弩”“三国茶园”“张飞牛肉”……漫步锦里古街，古蜀文化如清风扑面，仿佛时光倒流，又回到了早已随大江东去的那个时代。

锦里古街还是美食的天堂，肥肠粉、三大炮、叶儿粑、牛肉焦饼、张飞牛肉、久久鸭脖等应有尽有。价钱也不贵，花几元钱就能尝到一种别具特色的美味小吃。要想真正感受一下成都的安逸，最好是能走进茶馆品一杯茶。锦里古街上，到处都是茶馆，简易的几张方桌，摆两条长椅，一盏大红灯笼悬挂在招牌旁。我们随意走进一家叫“茶香居”的小馆，要了一杯当地产的“竹叶青”。茶馆里，此起彼伏的川剧声、歌声、吆喝声，声声入耳，铺了一地。

街巷越走越长，越走越深，像是走在过往，从秦汉、三国、明清一路走来，园林中亭台楼榭的红墙碧瓦，川西风味的竹木小楼，中原院落中常用的青砖高檐，江南水乡风格的白墙黑瓦，都是一本本美丽的书，都氤氲着厚重的历史气息，吸引我们去打开，去细细阅读，为我们的想象做了某种审美空间上的缝合。如此想来，成都人是幸福的。因为有了锦里，成都人就有了仿古闲逸和感受浪漫的精神驿站。他们就这样嬉闹着松弛地在锦里闲逛，怀旧的人情感有了出口，爱吃的人满足了口腹之欲。锦里呈现的是人间的景象。

我拎着相机，拍宅邸、拍府第、拍民居、拍客栈、拍商铺、拍茶馆、拍木栏杆在水里的倒影。就是这样，这个下午，在锦里，我想坐就坐，想站就站，想走就走，喝了一杯“竹叶青”，和几个路人打了浅浅的交道，听了一路川剧……暂时放下了俗世的一切负赘，我享受了一个陌生人所能享受到的全部幸福。傍晚时分，我一身微汗，在一家小馆子里，吃了一顿可口的晚餐：叶儿粑、肥肠粉、三大炮、牛肉焦饼。细腻的甜，热烈的辣，融入口中的香糯，回味无穷。

走走停停看看，我常常会恍惚，时光像一下子倒流了几百年。锦里，宛如是一本没有句读的线装书，钻进去你就成了一个移动的标点，仿佛置身于飘浮着历史尘埃的岁月长廊……无论城市的容颜随着岁月的更迭如何变换，锦里，将永远保留着属于这个城市的诗意与灵动，给人一种品不完的古韵风情。

而此时，我与她之间，仅仅是一个眼神的距离。

黄屯老街

黄屯老街最具烟火气的时间是每天的早市。

早起开门的生意人，拎出煤炭炉生火烧水。随着手中的蒲扇摆动，脚跟前的炉子也燃起袅袅炊烟。与此同时，茶馆、药店、铁匠铺、老式剃头店……一个个相继开始了一天的营生。这里的居民如老街一样，亲切、安详。在他们的内心，老街不仅是个符号，更是他们内心的家园。他们早已读懂老街上每一片青砖和瓦片，读懂了岁月和沧桑，那些随着老街流逝的岁月却永远烙在他们记忆深处。

因黄屯盛产毛竹，老街上的篾器店一家连着一家。黄屯的竹编篾器品种繁多，诸如箩、筐、篮、畚箕、扫把、竹床、竹椅、竹凳、竹箱子、竹摇窝桶等，应有尽有。店主们将各种竹编篾器做实物招牌，或摆放在店门口，或悬挂在门楣上，真是一道独特靓丽的风景。皖江一带流传一句俗语："本钱轻，上黄屯。"指的是黄屯老街竹编篾器，成本低，销路广，适应小本买卖。一年四季，上海、南京、合肥、芜湖等各地客商云集，生意好不兴隆。用当地人话说，老街悠久的历史文化与竹结下了不解之缘，形成了丰富多彩、独具特色的竹文化。

老街上有几十家茶馆。和别处茶馆不一样的是，茶馆除了提供茶水，还有黄屯最出名的黄屯大饺和黄屯大饼。三三两两的生意人们围着茶桌，吃着金黄喷香的大饼，谈着各自的生意。而老街上的那些土生土长的老人们，早起之后，捧一把茶壶，讲究的端着紫砂壶，到馆子里叫上两个大饺子，一边吃着，一边天一脚地一脚地闲聊。爱喝两口的，怀中还揣着一只酒壶，就着大饺子，自斟自饮，大有人生得意须尽欢的快慰与豪情。

早市一过，一天的闲适日子也开始了。漫步老街，殊不知从老街两旁的老屋里，或是那些露出天窗的阁楼上传来绵绵的庐剧小曲，丝丝缕缕的，如在云端上一般。走在离老屋一步之隔的街道上，你会发现生活中时常出现的一些闲适的画面会出现在眼帘里，如一位老者悠闲地躺在老旧的藤椅上，眯着眼、打着拍子，自在地哼着戏曲，或是几位老太太聚在一起聊一些家长里短。让人看得到平凡日子的散淡与悠闲，看得到庸常生活中的幸福与知足。漫步中如把老街连同那些湿润的青石板和布满苔痕的墙根砖缝一起读进去，你会觉得老街是有生命的。每一块砖瓦似乎都在向你述说着老街上的陈年旧事，于是，老街的气息会随着你的脚步漫溢开来。

黄屯老街始建于唐朝，至今已有1000多年历史。据《庐江县志》记载，黄屯，因东汉农民起义军首领黄穰屯兵于此而得名。黄穰起义发生在东汉灵帝光和三年（180年）。这次起义规模宏大，影响极其深远。东汉时期全国人口大约近4000万，而黄穰起义人数达十余万人。据《后汉书》（卷三十一）中记载："会庐江贼黄穰等与江夏蛮联结十余万人，攻没四县，拜康庐江太守。康申明赏罚，击破穰等，余党悉降。"

明代时期的黄屯老街为东西走向，清雍正八年（1730年），一场大火几乎将老街夷为平地。老街人便听从风水先生的劝说，改东西走向变南北走向，从此再无发生重大火灾。新建成的黄屯老街分正街和上街，整体呈南北弯曲形，模拟人类脊椎造型。这种脊椎造型既体现了自然与人合一的思想，赋予黄屯老街以人的灵气，又给人曲径通幽之感。而曲线造型也能够将老街财气聚集起来，有肥水不流外人田之意。

站在老街的石板路上，放眼望去，让你感觉到老街介于历史和现实之间。特别是到了夜晚，当你复又独处漫步老街时，走在昏黄的路灯下，如同梦境一般，偶尔有亮着现代的灯箱，在这寂静的街道上显得突兀怪异，与古旧的街道极不相配。此刻，你是世间一位倾听者，倾听着老街的呼吸，那呼吸编织成一张绵密的网，网住了你的世界。于是，与呼吸交融，感觉自己懒懒的、暖暖的被呼吸包围和簇拥，直至同频。于是，整个世界静了。清凉如水的月光下，老街美美地睡了。

平江老街

住平江府大酒店，出门右拐，就是平江老街。接待我的苏州市文广新局的朋友告诉我，这是苏州历史最悠久，保存也最完好的一条老街了。

走进平江老街，是很熟悉的“水路并行，河街相邻”的江南水乡格局。河东是石板街道，河西均为民宅。河道很窄，河堤的两岸均是用青石条堆砌而成。看得出，两边的宅子都被重新修复过，粉饰过，古朴的气息里已混入了太多现代涂料和墙漆的气味，不少老宅已改作经营酒吧、茶坊、会所、店铺、餐馆，各色招幡，仿古小旗，红色灯笼，在风中摇摆招展，传统与现代共存。幽静的河道与粉墙黛瓦的房屋、楼阁、小桥、花木之间彼此借景，让人触景生情，想到唐代诗人杜荀鹤的诗句：“君到姑苏见，人家尽枕河。”

在苏州开了两天评审会，两天，我去了平江老街三次。每次去总能意外地发现一点什么。其中最大的意外不是平江老街上那竹骨密匀的油纸伞、甜香诱人的姜糖、蜡染的布匹、手绣的布鞋，或者是豆腐坊、铁匠铺、竹器店与烧饼摊等，而是与平江老街垂直相接的诸多狭小的小巷。

仿佛一个人身上的动脉血管，在平江老街的两侧，是多条窄而深的小巷，如同一条条毛细血管。我进入小巷深处，脚下青石板的小路，两旁斑驳的墙砖，树荫遮掩了整个小院子的老树……处处都打上了光阴的烙印。这里的建筑都极具地方特色：一处处旧式的普通民居，朴素齐整，逼仄而有序，不少房子里仍然住了人，飘散着浓郁的烟火气息。一些对外开放的民宿，本身就可以使游人体验那斑驳岁月的历史风貌。各种檐雕、砖雕、窗雕和剪瓷上，方寸之间，精致地雕刻着民间传说、人物故事、仙花灵草和祥禽瑞兽，它们精致细腻，无异于一幅幅工笔细密画。

在悬桥巷，有书痴黄丕烈的“士礼居”旧址，清代状元洪钧的故居，历史学家顾颉刚的顾氏花园；有因明代大儒王敬臣所居而得名的大儒巷；有距今已有2500多年的历史，苏州现存最典型、最完整的大新桥巷；有从萧家巷走出去的清代著名画家萧云从，铁画创始者汤鹏；有卫道观前巷里的潘宅礼耕堂；有张家巷内的中国昆曲博物馆和苏州评弹博物馆；等等。而引起我兴致的是洪钧故居和潘宅与我们安徽有关，前者与名妓赛金花有关，后者是清乾隆五十二年（1787年）由徽商潘麟兆所建。苏州的同行朋友告诉我，旧时苏州城里有不少大户人家，潘姓就是其中之一。潘姓又分为两族，俗称“贵潘”与“富潘”。所以苏州又有这样一句老话：“苏州两个潘，占城一大半。”潘宅是苏州“富潘”家族的代表性宅院。真乃说者无意，听者有意，身为安徽人的我为徽商在异乡有如此成就而由衷敬佩。

没有历史内涵的老街和老建筑是肤浅的，仅仅只能作为怀旧或追缅而存在的老街和老建筑也只是另一种老照片式的陈列。在平江老街，可看的内容太多，常常会有无所适从之感。走近它们，面对它们，会感到恍惚，时光仿佛一下子倒流了几百年，置身于飘浮着历史尘埃的岁月长廊……无论岁月如何更迭如何变换，那份质朴、那份文气、那份祥和，是其他已经被商业开发的老街所不具备的。它的存在，不仅仅是为了呈现隔世的沧桑，还散发出现代生命的气息，让人感觉得到它的灵魂，听得见它的心跳。让人觉得，很多早已消失的事物又像失踪的灵魂一样回归到了这里。

平江老街又是活的。许许多多的岁月痕迹，就沉淀在大小巷陌中——古寺、古井、古园与古树，错落有致，随意镶嵌。光亮可鉴的青条石、灰砖墙上斑驳的苔痕、青檐上摇曳的荒草、粗壮繁茂的古槐、古色古香的牌匾，以及在风雨中有些飘摇的庭院，无不在诉说着岁月的沧桑。听着那一声声拉长了的吆喝声，听着那吴侬软语的家长里短，听着那评弹昆曲，明白了“大隐于市”的美学体味却也是需要人间的烟火来成全。

流连于平江老街，那亮丽炫目的门店橱窗一家连着一家，似乎望不到尽头。从人们那些闲适的表情和轻松的笑容中，你能够体味到市井的、庸常的生活中蕴含的幸福。不由得想到那句话：“岁月静好，现世安稳。”眼前这一幅画面，便是最好的诠释。

高淳老街

去过不少大大小小的老街，粗看都差不多，可细究之下到底是有区别的，各有味道。位于南京市高淳区的高淳老街，除了通常的碧水环绕，景色宜人，古风古韵之外，还以古典建筑形式多样，风格各异而著称。

郁达夫到一个地方，会先读地方志，这是传统做派。我们现在要去一个地方，就先上网。我在网上查到“高淳老街”，第一句话就是：“金陵第二夫子庙”。七个字，尽显高淳老街一份天然的大气。

高淳老街自宋朝正式建立街市，至今已有 900 余年的历史。老街东西全长 800 多米，宽 4 米左右。中间用粉红色的胭脂石横向铺设，两边用青条石纵向围绕，整条街面色鲜艳，整齐美观。因呈“一”字形，又称“一字街”。

高淳老街现存有 314 间店铺，大多是前店后宅，楼宇式双层砖木结构，挑檐斗拱，木排门板，镂花窗格，马头火墙，蝴蝶小瓦，典型的江南韵味，又揉进了徽派风格，使这些建筑博大精深、隽永持重。老街的店铺多为三间，纵深数进，两进之间有厢房连接，中间是天井，形成一个院落，这种结构就是江南古建筑中较为典型的“一颗印”式建筑。房屋采用木结构斜撑和额枋部位施雕“五路财神”“连年有余”“麻姑献寿”“玉川品荣”“太百醉酒”“八仙过海”“刘海戏金蟾”“渭水河”“郭子仪做寿”等历史典故与花草吉祥纹饰。门面两侧墙伸出檐柱外处，山墙侧的上身墙处，墀头分上、中、下三部分外挑，上部分砌成龙口含珠，中下二部分雕垫花，圆线凹进凸出，变化多端，工艺精湛。

老街有乾隆古井关王庙高淳非物质文化遗产展示馆杨厅新四军一支队司令部旧址以及耶稣教堂等景点。此外，高淳老街已成为全国重点影视拍摄基地，电影《黄桥决战》《将军的抉择》《张文祥刺马》《银楼》《半个冒险家》，以及电视剧《大江风雷》《红与黑 2000》《风雨中国心》《老严有女不愁嫁》等都在此取景拍摄。

赶得早不如赶得巧，高淳老街上的景点都是要买票才能进入参观的。眼下已是 12 月初，属旅游淡季，各个景点也都取消了凭票入内之规定。因为和自己从事的工作有关，我首先看了高淳非物质文化遗产展示馆。展示馆不大，馆内陈列 1600 余件展品，从不同侧面展示了高淳农、渔、纺织业生产和雕刻、陶瓷、炻器、民间音乐、舞蹈、地方戏剧等生产、生活诸多方面的状况及地方民俗风情。让我感兴趣的是高淳民间的跳五猖与我们安徽黄山太平地区的跳五猖，其音乐、形式、服饰都差不多。

吴家祠堂，始建于乾隆四十六（1781 年）年，为砖木结构，皖式风格，分为前、中、后三进，总占地面积为 2700 平方米。抗日战争时期，陈毅司令员于 1938 年 6 月亲率新四军一支队东征路过高淳时，曾在位于老街中段的“吴氏宗祠”内设立了新四军一支队司令部。祠堂高大雄伟，柱子很粗，一人都抱不过来。工作人员说屋里没有蜘蛛网，因为木料都是楠木的。在第三进我看到了一个小戏台，顶上有屋面，屋檐前有一匾额，写着“观乐台”三字。这让我想起一些电影里面大土豪家，就是这样。陈司令员在高淳逗留期间，做了大量抗日统一战线工作，并留下了《东征初抵高淳》等诗篇。

“杨厅”是高淳具有代表性的明清时期的商住楼。整个厅宽三间纵深三进，上下两层，砖木结构，面积约 500 平方米。第一进为店面，是进行商品交易的场所；第二进为仓库、手工坊和会客室；第三进为卧室，楼上是小姐绣楼。进与进之间设有天井，两侧山墙垛头逐级外挑，画有铁拐李、福禄寿等图案，基部用角石镇宅，门槛上安置六扇镂空屏风与店面正对。在设计上也很有讲究，整个厅是外高内低，说是对外“邪气不入”，对内“肥水不流外人田”。

冬天日短，时间刚过五点，天已经完全黑了。因为赶路，只能放弃其他景点，做依依告别。就如两个路遇的友人，本藏了深情厚谊，需要长篇叙话，可时间有限，只好稍做寒暄就此别过，转身后不住地念起。这次我和高淳老街短短不过三个小时的相逢，临走依旧有牵念，仿佛堤岸垂柳甩出的水袖，日夜和流水纠缠。

东关老街

扬州的东关老街是有着1000多年历史的老街。自大运河开通后，这条外依运河、内连城区的通衢老街，逐步成为最活跃的商贸往来和文化交流集聚地，有着“东南第一商埠”的美誉。经过千年的积淀，街上的“老字号”商家就多达20家。此外，街内还有50多处名人故居、盐商大宅、寺庙园林、古树老井等重要历史遗存，其中国家级文保单位2处，省级文保单位2处，市级文保单位21处，堪称中国大运河沿线城市中保存最为完好的商业古街。

八月黄昏时分的东关老街，无处不渗透着现代时尚的气息。彼时，我也正在一步一步走进老街历史的深巷。

东关街拥有比较完整的明清建筑群及“鱼骨状”街巷体系，保持和沿袭了明清时期的传统风貌特色。街道两侧，分布有个园、荣园、壶园、华氏园、逸圃。说实话，参观了以上几个园林，我更喜欢逸圃。逸圃与个园相邻，虽是一墙之隔，却形成了极大的反差，个园里熙熙攘攘，人声鼎沸；逸圃里，三五游人，幽雅宁静。

逸圃是个不起眼的小园子，单看逸圃门头，还以为就是一户普通人家。逸圃的大门向南，西部为住宅六进，东部前院为园。进入逸圃，从八角门进，一片几十米的贴壁假山上建有半亭，仿佛“飘”在空中，颇有仙山琼阁的味道。从园西一个大大的心形石门进入，就到了读书楼，此楼为两层。到达读书楼有四条通道，除从暗门登临外，还可以从住宅的最后一进小楼进入。逸圃依壁叠山，屈曲造势，以小见大，壶中乾坤，庭院深深，曲径通幽。中国园林专家陈从周曾经说过，逸圃与苏州曲园相仿佛，用曲尺形隙地布置，但比曲园巧妙，形成上下错综、左右参差、境界多变、绝处逢生的格局。可惜，去个园的人很多，却很少有人到隔壁的逸圃来，如此雅致的园子，不经意间，便失之交臂了。

街南书屋，位于东关街309号。为清雍正、乾隆年间盐商马曰琯、马曰璐兄弟宅院。书屋东至薛家巷，北至东关街，南至韦家井，西至马坊巷。现存老屋两进，封火墙尤具特色。街南书屋最负盛名的当数甘泉县令龚鉴所赠太湖巨石，书屋又被称作“小玲珑山馆”。马氏藏书10余万卷，“甲东南”。清廷编纂《四库全书》，献书776种，为南方之最，乾隆赐《古今图书集成》一部。马氏兄弟人称“扬州二马”，其人品、诗文、藏书、功绩皆善，人称中国南方最著名的儒商之一。

在东关街西首，我走进了张玉良纪念馆。馆内的四合院，有一座张玉良的雕塑，雕塑上的张玉良坐在太师椅上，神情安详，手上拿着画笔和画板，似乎在凝思。陈列内容主要分为三大板块。第一部分是序厅，以简练的语言概括展示目标等。第二部分是张玉良年表。第三部分是中心部分，分三个段落来表现张玉良，分别是：“传奇人生”，讲述艺术家一生的磨难与传奇故事；“良师益友”，介绍艺术家在各个时期社会交往中遇到的多位社会精英及他们对艺术家成长过程起到的关键作用；“画魂永生”，注重表现艺术家对待艺术的不懈追求、艺术家的爱国情怀及家乡人民与世人对这位艺术家所取得成就的热爱之情。纪念馆的西侧还设立了影视厅，参观者可以通过屏幕，观看由中外著名艺术表演家根据《画魂》小说改编的电影、戏剧。

老街两旁有很多静谧闲适的深邃小巷，那逼仄的小街巷里，有东关街剪刀巷，有广陵派古琴家梅曰强先生的故居“移云斋”，“梅香幽四壁，琴响净一帘”。雅官人巷“旅游人家”，有着清代进士汪懋麟读书的旧址“百尺梧桐阁”。葛家小院里竟然植有已存世千年的枸杞，如今仍然年年挂满一树红果。相传乾隆南巡扬州时，曾幸此园，并书一联“百尺梧桐阁，千年枸杞根”。此外，名人故居更是随处可见。江上青故居、刘文淇故居、金农故居、汪伯屏故居、何廉故居、熊成基故居、包世臣故居、马秋玉故居、曹起浔故居、方尔谦故居、张允和故居、李长乐故居等，这些故居往年的主人分别是清史、扬州文化史、扬州革命史上的著名人物。

不知不觉走到了老街尽头。天也完全黑了下来。回望夜晚的东关老街，我从内心羡慕生活在这里的人们，老街就是他们世袭的家园，是他们自在圆满的世界。对他们而言，每一个黄昏都是另一个黎明的邀请，每一年秋收就是春种的梦想。此刻，面对老街，一边听那斑驳的石墙、老旧的门窗、布满青苔的温润石板路讲述往事，一边看灯红酒绿，觥筹交错，满地都是岁月斑驳的影子。是啊，有时候，我们真的需要一条街，一条可以走回去的老街。

马鸣老街

三月的天气还有冬天的影子，人们依然厚衣穿在身。早晨的马鸣村看不到几个人，有些冷清，可这冷清却让心里多了一份宁静。走过庙桥，便是马鸣老街了。

马鸣老街始建于唐宋，繁华于明清。老街很短，全长不过 50 多米，一根烟的功夫便从南走到了北。老街两边一溜齐齐整整的老房子，外墙略带黑灰色，门窗都是木质的。老街不长，但店铺不少，有茶馆、肉铺、杂货店、理发店，箍桶店等数十家，硬是把个老街挤得满满当当。

马鸣老街最著名的是茶馆，有一句话说："去马鸣老茶馆，喝一壶世纪的乡愁。"茶馆门外没有招牌，只有一个"村里 25 号"的门牌号。往里一瞧，茶馆里坐满了茶客，氤氲的水汽，缥缈的青烟，以及谈笑声交织在一起，热气腾腾。茶馆里的桌凳都是乡下人所最熟悉的八仙桌和条凳，桌凳虽然都已涂过红漆，但仍然显得有些许陈旧。最让我没想到的是，在茶馆门前的水泥台阶上，各种新鲜蔬菜一字排开，有青菜、芹菜、菠菜、香椿、黄瓜、青椒等。这些菜的份量都不多，也就一小把，可以猜到都是那喝茶的老人从自家菜园子里带来的。如此原汁原味的江南市井生活方式恐怕在别处已难寻觅。

走进茶馆，发现已没空桌，只好挨着一位老者坐下。这刚坐下，老板就端着一壶茶，拿着一个杯子过来了，很热情地打过招呼后便转身离开。我悄悄地问身边老者一壶茶多少钱，老者笑说："一块钱。"

一杯茶下肚，跟老者也熟络了，掏出一根烟递过去并替他点着。我问："您是天天来这喝茶吗?"老者答道："打小就跟着爷爷来喝茶，后来就成了习惯。年纪大了早上醒得也早，没什么事情做，就到茶馆里喝喝茶、聊聊天，蛮好的。""茶馆每天都这么多人吗?"我问。老者呵呵笑了，说"这人还多? 我们这里的茶馆每天早上四点就开张了。第一波喝早茶的人都回啦!"

老者的话让我吃惊，没想到此地的茶馆开门如此之早。环顾四周的老人，一幅画面慢慢浮现在脑海里：凌晨四点时刻，天微微亮，鸡鸣狗吠，马鸣老街就“醒”了。随着茶馆的门板被一块块地卸下，昏黄的灯光中透着阵阵热气，空气中飘散着袅袅炊烟，晨雾里三五人影从村里的各个角落走进老街，走进茶馆，茶馆逐渐热闹了起来……

我又问老者：“你们这一带过去是饲养马的吗？要不怎么叫马鸣村呢？这里有什么传说和故事吗？”

老者笑了笑站起来，指着坐我对面的一位中年人说：“他是镇上中学的教书先生，你问他吧，我得回啦！”

老者走了，那位中年教师对我笑笑说：“马鸣村名的由来确实有很多故事传说。其中有这么一个传说，流传最广：说是当年乾隆皇帝下江南路过马鸣，在一座名叫‘轿马桥’的桥上，乾隆骑的马对着河对岸叫了三声，乾隆好奇一望，看到了一座老庙，很惊喜，当场写下了‘马鸣老庙’的四字牌匾，后来老庙所在的村被叫作马鸣村。据说，解放前真有这么一块牌匾，很多人还见过。只可惜现在也不知道那牌匾落到什么地方去了。”

这时茶馆的老板过来给我续水，接过中年教师的话说：“其实马鸣这个名字源于村中的马鸣庙，并不是那匹马叫一下这个地方就叫‘马鸣’了。马鸣庙其实在古代叫作‘马鸣王庙’。马鸣王又是谁呢？就是“马鸣王菩萨”，我们桐乡一带对蚕神的称呼，也就是蚕花娘娘。这不是我瞎说的，清雍正时期的《浙江通志》里面有记载。”

中年教师接过话茬说：“他说的这个倒是真的。我们马鸣村的蚕丝业很发达，20世纪八九十年代，家家户户都放几只用三脚架支起的脚桶，进行剥茧子，我们土话叫作“透绵兜”，方圆百里没有不喜欢我们这里蚕丝被的。现在，虽然有很多地方的蚕丝被都是机械化生产，但在我们这里依然坚持传统的手工制作，城里人还是喜欢传统手工制作的，我们这里的蚕丝被通过互联网销售到全国各地呢！”

走出茶馆，沿着老街来到马鸣庙。庙不大，黑瓦红墙，蚕花娘娘端坐其中。像前的案条陈旧且黑，小香炉里只有香灰没有香。

走出马鸣庙，回头再看老街，我想，这里有很多旧时传统的风格，石桥、流水、古屋，带你回到往日时光。而街的外面，却是现代化大都市的风貌，高楼、地铁、低空掠过的飞机，都是新时代的模样。几步之间，仿佛隔了千年，漫漫岁月，就在一刹那回望之间。

泉州西街

每个城市都有那么一两条老街，或文化悠久，或历史事件，或建筑特色，或生活气息，这样的老街，有着一个城市独特的历史和文化印记。在泉州，这条老街则非西街莫属。

西街，1300多年的历史，够老的了。走在这里，骤然间仿佛跌落进了过去的岁月。和苏州的平江老街、扬州的东关老街一样，西街仿佛一个人身上的动脉血管，在它的两侧，是多条窄而深的小巷，如同一条条毛细血管。我进入小巷深处，脚下青石板的小路，两旁斑驳的墙砖，树荫遮掩了整个小院子的老榕树……处处都打上了光阴的烙印。这里的建筑都极具地方特色：一处处旧式的普通民居，朴素齐整，逼仄而有序，不少房子里仍然住了人，飘散着浓郁的烟火气息；古代官宦之家的大厝，循了官阶规制建造，中轴对称，数进院落，宽阔敞亮，精致考究；泉州是著名侨乡，自东南亚衣锦还乡的华侨建造的、被本地人称为“番仔楼”的洋楼，有着鲜明的南洋风格，巍峨壮观，外廊和阳台美轮美奂，如今又成为先锋艺术和文化创意产业的展厅。

陪同我参观的福建省文化馆老范跟我介绍着两侧的老宅，让我了解到，“出砖入石”的闽南建筑外墙样式，白色的石块与红色的砖瓦错落交织，点、线和面之间，有着和谐的韵律；墙脚处湿滑的苔藓，墙头上攀援的藤萝，一株芭蕉树，一盆杜鹃花，点染出蓊郁的生机；目光抬起，向窗棂和屋顶上望去，燕尾脊线条优美，活灵活现，小小的滴水檐，有着金鱼、水鸭、麒麟、狮子等造型，各种檐雕、砖雕、窗雕和剪瓷上，方寸之间，精致地雕刻着民间传说、人物故事、仙花灵草和祥禽瑞兽。

老范说得认真，我看得仔细。老范笑问：“和你们安徽的徽州古民居比起来如何?”我说：“那没法相比，因为在徽州不管普通民宅，还是富豪大院，一律以材质的自然美，营造出平易感、亲切感，以及玄妙感。墙基上堆砌的青石或者麻石，质地鲜明，雕凿方整；门楼、门罩、花窗上的砖雕不以五色勾画；扇、梁架的木雕也保留木质纹理的天然色泽，清水墙面不添加任何涂料。特别是为徽州古民居最具独特的建筑之一的马头墙，既是出于美观装饰的需要，更重要的是它具有防火功效。西街的建筑都以五色勾画，墙面着色等，也是一种美，也是具有浓郁的地方特色。要说差异，那就是我们徽州民居的马头墙可谓独此一家。”

西街最大的魅力在开元寺。走进开元寺，最先看到的是两座屹然挺立的石塔，仿佛一对双胞胎兄弟，一东一西，相距200米左右，矗立在连绵一片的屋脊之上。这就是建于公元七世纪的唐代开元寺里的东西塔。从老范口中得知开元寺原为州民黄守恭家的一个桑园，后献园与僧匡护建寺，朝廷赐额“莲花寺”。唐玄宗开元二十六年（738年）诏天下诸州各建一寺，以纪年为名，遂改称“开元寺”。在宋末元初的全盛时期，仅在此居住的阿拉伯人就达30万之众。除了本土的道教和佛教，世界上的各种主要宗教，基督教、伊斯兰教、印度教、犹太教、摩尼教等。在天王殿内的石柱上有一副对联：“此地古称佛国，满街都是圣人。”对联为南宋理学家朱熹所撰，近代高僧弘一法师李叔同手书。由此可见当时各种不同信仰的教徒们有多少。

和老范来到大雄宝殿。从老范口中得知在福建所有的寺院中，唯大雄宝殿独领风骚，因间架立石柱94根，又称百柱殿，面积1400平方米。再有就是藏经阁。阁内藏经相当丰富，计有4万多卷，其中最著名的要数宋版元刊《崇宁万寿藏》与《毗卢藏》的残卷。抗日战争期间，大雄宝殿及藏经阁部分建筑又遭日机轰炸，寺内文物古迹受到严重破坏。现在看到的为建国后重新修复的。

走出开元寺，又一次站在热闹的西街上。此时，游客摩肩接踵，穿梭于各种特色的小吃摊前。老范带我走进一家泉州老字号的老记面线糊店铺，没几分钟，一碗热气腾腾的面线糊便摆在了我的面前，细细的面线上撒上几片葱花点缀，隐约还可见那金黄的醋肉、红红的香肠、红中带白的虾仁，白中夹着红绿黄，真是让人赏心悦目。轻轻地舀起一勺面线糊，放入口中，香甜在口中弥漫开，热乎乎的汤化作一股暖流。老范说泉州面线糊有800多年的历史，面线在泉州蕴含着长命百岁、富贵吉祥的美好祝福。

街灯亮了。夜晚的西街，无处不渗透着现代时尚的气息。置身期间，人似乎混沌于当下和旧时。眼前那些被现代手法重新修葺一新的古老建筑展现出特有的风韵，不同时代的生活，不同时代的文化气息融为一体。

这样的夜晚，让人流连……

伊斯兰风情街

公干结束，只有半天时间，内蒙的朋友说去伊斯兰风情街看看如何。我答应了。

伊斯兰风情街位于呼和浩特市回民区，这里的回民约占全市回族人口的70%。风情街全长1150米，因有着千百年浓厚的伊斯兰文化积淀，使这里有着浓郁的伊斯兰氛围。让我着迷的是街道两侧以叠涩拱券、穹隆、彩色琉璃砖装饰出来的高楼气势宏伟，浑厚饱满的绿色或黄色的球形殿顶，高耸的柱式塔楼，以沙漠黄为主的色调，让人领略到浓郁的伊斯兰风情。置身其中，让人感觉来到了异域他乡。

由风情街来到景观街，其建筑风格再次让我大开眼界。街面色彩以白色为景观街主色调，蓝、黄、红为副色调，并缀以粉色和金色等，烘托出了强烈的民族色彩。圆形蒙古包式建筑和由方形底盘造型组合而成的蒙古包群落的大屋顶时而可见，具有蒙古族特色的建筑构件、门楣、窗户、广告、灯具贯穿始终。带有花纹、云图的穹顶、蒙古族标志的女儿墙等形象的标志性构筑物和休闲集散广场、雕塑园林景观等与已建成的伊斯兰建筑特色景观街风格形成鲜明的对比。

漫步间，忽然发现马路对面有一处独具特色的建筑群，朋友告知，那就是呼和浩特市的清真寺。这座清真寺是呼和浩特市几座清真寺中建筑年代久远、规模最大的，据说始建于清康熙三十二年（1693年），乾隆四十五（1780年）年又进行了维修与扩建，占地面积约4000平方米，所以号称“清真大寺”。

清真寺的大门敞开着，里面静悄悄的。我对伊斯兰教的规矩不懂，生怕触犯了哪条惹来不满，刚想问问朋友能否进入，“要参观可以进去。”忽然身后传来说话声，扭头一看是一位头戴白色小帽，身着对襟小褂，留着一缕长须的长者，我连忙对长者说了声谢谢，和朋友蹑手蹑脚地踱进了清真寺中。

整座清真寺坐东向西，主要建筑有圣殿、讲堂、主教楼、穆斯林浴室、望月楼等。主体建筑均为青砖砌就，高大的拱型门，雕花的窗棂，色彩艳丽的绘画装饰，紧凑的布局，攒尖的屋顶饰物以及高达 33 米六角型望月楼，无处不显示着庄严肃穆，纯真质朴。主殿礼拜堂的门楣及上方都有一些用阿拉伯文写的字，可惜我一个也不认识，只有门上方手绘的指向 12：45 的时钟的含意略知道一点点，那是穆斯林们指定的做礼拜的时间。

清真寺内最高的建筑就数望月楼了，这是穆斯林信徒们十分崇敬的地方，据说只有登上此楼方可望见初月，也是穆斯林斋月封斋和开斋记录时间的地方。楼顶安放着月亮和星星的标志，月亮代表着发展，所以月牙的朝向是有讲究的，开口要向左上，象征着不断变大的上弦月，而星星则代表着团结。

清真大寺门口很多食品店，摆满了清真食品，如油不浪儿、蜜麻叶、油酥馍、干垫儿、炒面、拉面、拌汤、烤羊肉串等民族饮食、风味饮食、特色饮食在这里形成专业市场，推动了内蒙古民族餐饮文化，让国内外宾客流连忘返。我们去宽巷子去看该区特色小吃，如烧卖杂碎羊肉串、奶酒奶酪牛肉干、马林焙子、傻大熏兔子、烤包子、杂碎、烧麦、沙大熏鸡、炸羊尾、王维羊肉串、肉夹馍、小四川麻辣烫、赵三忠熏鸡、小马酱牛肉等，真是应接不暇，作为素食主义者，肉食品对我吸引不大。

说不吃还是忍不住吃了三种特色小吃：内蒙酸奶、稀果干、烤冷面。酸奶与内地的略有不同是奶味浓郁、酸味适中。稀果干是用柿干、杏仁干、本地黑枣与红糖熬制，冰镇后加水调制而成，有清热解暑之功效，我当仁不让喝了一大杯。让我很是留恋的是烤冷面，其制作工序如下：先将一块冷面片放在铁板上烤着，然后在面片上打一个鸡蛋，用小木勺将蛋汁抹匀，待烤上 2—3 分钟，估计已熟，抹上微辣特色辣椒酱，放上香菜，再将香菜包裹起来成一长条，在长条上又抹上辣椒酱，淋上特色酱汁，用刀将其横切，入碗即可食用，观之色泽艳丽，食之口留余香。

正在左顾右盼之时，朋友提醒时间差不多了，去机场还有一段路要走。尽管扫兴，尽管依依不舍，也许，正是有了这些“扫兴”与“不舍”，才有了值得再来的原因。

新民大街

走进新民大街纯属偶然。参观完长春电影制片厂坐出租车回宾馆，就在车子转弯时，一眼看到路边立一大石碑，上写“中国历史文化名街”八个黑体大字。我连忙让司机靠路边停车，一边付车费，一边向司机说：“对不起，我就在这下车了。”

走进新民大街，道路两旁及道路中间的绿化带让我眼前一亮，仿佛走进了另一个世界。我曾经骑行在南京的中央路上，被她的宽阔所折服，道路两旁高大的法国梧桐也曾让人流连忘返；20 多年前，当我漫步在深圳的深南大道上，为她的宽阔与美丽而骄傲和自豪，被她的气魄所震撼；在接下来的日子里，类似的景观大道在成都、扬州、北海等地相继出现。然而，这些都不能同眼前的这条大街相提并论。怀着好奇，我向一位正散步的老人询问，老人笑答：“你算问对人喽!”

老人站住了，两眼左右看了看说：“这条新民大街全长 1446 米、宽 54. 5 米，从解放大路至新民广场。这条大街建成于 20 世纪三十年代初，既是伪满皇宫的中轴线，也是伪满洲国的“中央大道”。自 1933 年建成后，取名“顺天大街”，1946 年改为“民权大街”，新中国成立后改为新民大街，沿用至今。别看新民大街并不长，但在伪满时期，大街的两侧却聚集了伪满主要统治机构，历史建筑至今都保存完好。”

老人指着街南端的一宫殿式建筑物说：“那是地质宫，伪满时期，地质宫所在的位置是作为溥仪的正式“皇宫”来修建的。1938 年 9 月动工，因太平洋战争爆发，财力紧张而停工，只完成地下部分。1953 年，在原来基础上，修建了这座绿色瓦顶宫殿式建筑。现在是长春地质学院的教学大楼。”

老人又指着东南角和西南角各有的一栋古建筑说：“东南角位置是“伪满洲国”国务院旧址，现为吉林大学基础医学院教学楼。“伪满洲国”国务院是

"伪满洲国"的中枢机关，掌理行政事务，在东北沦陷的那些年中，"伪满洲国"国务院成为日本军国主义奴役我国东北地区的一个机构。西南角的建筑物是"伪满洲国"八大部之一的军事部，现在是吉林大学白求恩第一临床医院。"伪满洲国"司法部，现为吉林大学白求恩医学部。当年掌管司法、法院、监狱、民事、刑事、民籍、地籍及其他司法等事项，它以制定镇压爱国力量的法律而著名，制造了一个又一个血案。

此外，"伪满洲国"经济部，现为吉林大学第三临床医学院。"伪满洲国"交通部，现为吉林大学公共卫生学院教学楼；综合法衙，现为中国人民解放军第二〇八医院四六一分院。所谓综合法衙，其实是伪满最高检察厅。综合法衙是"伪满洲国"最高的司法机关，日本殖民统治者镇压中国人民的主要工具之一，楼内设有刑讯室和绞人机等十几种刑具。"

我压根没有想老人知道的那么多，更没想到老人对我一个外地人能如此耐心地细细说来，我问老人家过去从事什么工作，老人呵呵一笑说："我过去在图书馆工作。"原来如此。我赶忙说："我们都是一个群文系统的同仁啊！我从安徽来，姓王，曾在一家文化馆工作。"老人听了哈哈大笑说："博物馆、文化馆和图书馆都属一个口子，而且我也姓王，这是缘分啊！那你来此地是出差?"我说我退休了，就是出来转转见见世面。

"你是哪年的?"

"我 1955 年生人。"

"哟，我是 1950 年的，该称你老弟呀!"

我们都笑了。说笑间，见两棵树干挺拔，苍劲向上，树冠丰满，枝密叶茂的大树，老人说那是当年溥仪亲手栽下的两棵油松。据测定，这两棵树树龄均 75 年，树高分别为 22. 3 米和 23. 2 米，树围 1. 4 米和 1. 7 米，胸径 10. 2 米与 14. 2 米，覆盖面积为 104 平方米和 199 平方米。我仰头看着树梢，感叹夏天坐在树下避暑最好。老人说："还有比这更好的呢！我们图书馆院内生长着一棵大油松，据测定，该树树龄为 100 年，树高 20 米，树围 1. 45 米，胸径 0. 47 米，冠幅东西 15 米，南北 9. 3 米，覆盖面积 140 平方米。一到夏天，树下坐满了人。"

老人看了看时间说："对不住了，我得接小孙子去了。"说完握手，说了句"祝你在长春玩得愉快!"

看着老人离去背影，真的很感谢老人生动精彩的描述，比起走马观花的游览，这种专题性质的观赏，让我获得了更为细致的有关这条街的历史。

河坊街

想来，我与河坊街只隔一个梦境。

那是数年前，来杭州参加一个会议，听负责接待的工作人员说，离西湖不远有一条河坊街，曾是古代都城杭州的“皇城根儿”，南宋的文化中心和经贸中心。杭州闻名的“五杭”（杭粉、杭剪、杭扇、杭烟、杭线）就出于此。可惜时间所限，来不及去一睹古街的风貌。后又记得，有天晚上，自己竟莫名地梦见了河坊街，隐约之间，感觉自己徜徉在已有百年的河坊街上，古色古香的茶肆，鳞次栉比的小铺，明月清风，满心惬意……

想来，那的确是有点离奇的梦寐。

现在好啦，退休了，有了大把时间，我终于可以去河坊街了。初秋时节，当我站在写有“河坊街”三个大字的牌坊下，太阳正缓缓向西滑去，光芒不再耀眼，如水一般在老街漫淌，也把河坊街显影到泛黄的旧时光里。

这还是梦境吗？不，此时，我正在一步一步走进老街历史的深巷。

作为南宋都城的杭州，恐怕是历史印记最少的古都。既没有西安那样的大雁塔、兵马俑，也没有北京那样的长城、故宫，甚至没有南京那样的明城墙，只剩下皇城、太庙、河坊街等几处遗址。河坊街位于吴山脚下，街上聚集了众多老字号，如孔凤春香粉店、万隆火腿店、宓大昌旱烟店、叶种德中药堂、王顺兴面馆、翁隆盛茶庄、王星记扇子、张小泉剪刀、方回春堂等。光阴荏苒，现在的河坊街早已不复从前，值得庆幸的是，街巷的基本轮廓保留了下来，一些老字号商铺还在。这些铺子，是清末民初江南一带的样式，黛瓦翘脊，有可以拆卸的门板，与周边高大的现代建筑形成鲜明对比。

在河坊街的中部，有一段白粉墙，上书“胡庆余堂国药号”几个大字，十分霸气。胡庆余堂，是清末“红顶商人”胡雪岩在1874年创建的，曾被称为“江南药王”，目前是国内保存最完好的传统中药店。但由于它的大门并不在街上而在一条小弄堂内，所以游人往往会错过。

进入胡庆余堂的小弄，就可见一石库门，上书“庆余堂”三个大字，门旁立有“全国文物保护”石碑。进门后沿西侧走廊走到尽头，就是胡庆余堂中药博物馆，也是我国唯一的国家级中药专业博物馆。博物馆分别由陈列展厅、中药手工作坊厅、养生保健门诊、营业厅和药膳餐厅等五大部分组成。

步入陈列展厅，就能从大量的介绍和所展文物中，了解中国医药学的发展历史，了解华佗、扁鹊、李时珍等历代名人的轶闻趣事，观赏到胡庆余堂现存的各种珍贵的制药文物。在手工作坊厅中，经验丰富的老药工为观众做精彩的操作表演。游客如果也想自己动手尝试，可以在“兴趣室”里用传统的手工操作工具，亲自体验古代的制药工艺。在中医传统养生保健门诊室，身怀绝技的中医药名家将为游客提供各项医药保健服务。在营业厅，游客可以选购胡庆余堂出品的各种优质中成药产品及全国各大中药厂的名、特、优产品。在药膳餐厅，老药工取中药之功能，中菜之风味，将闻名世界的中国菜与中医药科学地结合起来，使游客在品尝佳肴中领略防病强身，延年益寿之妙趣。

江南铜屋，凝聚了五代传承的朱府铜艺的精华，是中华老字号与现代工艺的完美融合。“朱府铜艺”源于清同治末年，距今有140多年的历史。朱炳仁的太祖父朱雨相，在绍兴设立了第一代“朱府义大铜铺”。朱雨相儿子朱宝堂将其更名为“瑞昌铜店”，设在绍兴北后街。后来，朱宝堂儿子朱德源举家迁到杭州，在杭州的打铜巷开始了专门研究铜艺书法之路。20世纪80年代，“朱府铜艺”传到朱德源长子朱炳仁手中，再传至朱军岷，已是第五代。2002年，绍兴北后街改造，朱家老铜铺被拆。当时，朱炳仁就在现场，看着一块块瓦、一根根梁拆下来，他非常触动，认为老铜铺就这么没有了。就在那时，朱炳仁萌发了一个念头，要重建一个跟老百姓亲近的铜屋。2004年，朱炳仁父子开始在河坊街建造“江南铜屋”，历时三年建成。

“江南铜屋”由序厅、民居厅、建筑厅、二楼夹层厅、佛教厅、无尽藏厅组成。铜屋最大的看点就是，除立面墙和地面外，门、窗、屋面、立柱、家具等，都是用铜制成。每一件制品都渗透着铜建筑的个性特点，美轮美奂，精美无比。铜屋镇宅之宝有二，一是《金饭碗空了》。无数个金光灿灿的铜饭碗布满整个面墙，极具视觉冲击力。二是“龙椅”。此椅总重量678斤，刻有千条姿态各异的龙。

傍晚时分的河坊街是人的河流。来时，两手空空；归时，手中多了几把绸扇、几条丝条、一只绣花背包。走累了，就找到一家小店，喝一杯咖啡。小店的时光，似乎过得十分缓慢，就这样静静地坐着，窗外渐次亮起的霓虹像醉酒人迷离的眼神……

潮宗街

潮宗街是长沙市仅存的三条麻石大街之一。麻石即花岗石。潮宗街并不长，由东向西500多米。然而，老街的历史却足够长，长到可以回溯至清雍正年间。潮宗街是出潮宗门到达湘江河运码头的必经之道，因而兴盛的米市、茶馆、酒店挤在这里，满街飘着悠扬的吆喝。码头上，一条条运载大米、茶叶的帆船，你来我往，满目繁华。明清潮宗街是长沙县署和临湘驿站所在地，因而旅馆业也特别发达，也是旧时长沙城最为热闹的地方之一。

在潮宗街，有几处地方是值得一看的。

街中部有一小巷，名梓园，今保留有一处民国旅馆及戏台。大门内深藏一个约200平方米的院子，院南侧矗立一座由4个木柱支撑起的歇山式台项、飞檐翘角的戏台。台顶内部有木构藻井，虽已破损，彩绘图案仍依稀可辨。院东是一排从北向南逐步下降的封火墙，墙内为走廊，连接北面的住房和南面的戏台。院西、北两面为两层的客房，楼上客房外靠院内与走廊相连，有三处上下楼梯。民国时，宅园就被改成了旅社。20世纪50年代初曾作陆军医院和二轻干校。站在院子当中，透过昏暗的青光，看那破败不堪的戏台，仿佛那些满座的喝彩和拖腔拉板的演唱还绕着四周的屋梁不曾散去。

从潮宗街往北随便穿过一条小巷子，便到达楠木厅巷6号，此处是“大韩民国临时政府”旧址。这里曾是被韩国人称为国父的金九先生和他的同僚们生活、居住、工作的地方。金九（1876—1949），原名金昌洙，为韩国的开国元勋，曾在中国从事反对日本侵略者的斗争达27年之久。1910年日本并吞朝鲜，大批抗日战士流亡中国，金九在上海成立了“大韩民国临时政府”，淞沪战争，上海沦陷，“大韩民国临时政府”辗转长沙。1938年冬，战火逼近长沙，金九等韩国志士离开长沙，不久迁到重庆。这些年，只要是来长沙旅游的韩国游客，

即使行程再紧，也会挤出时间来潮宗街，朝拜他们的国父金九先生。

在潮宗街，我找到了“长沙文化书社”的旧址。长沙文化书社不是一个普通的书社，它是由毛泽东、何叔衡、易礼容、彭璜等 17 人发起，以传播新文化、新思想为宗旨的图书发行机构，1920 年 9 月 9 日在潮宗街正式开业。书社大量出售《共产党宣言》《马克思资本论入门》等马克思主义书刊，积极宣传马克思主义。后由于业务扩大，又在湖南省平江、浏阳、宝庆（今邵阳）、衡阳、宁乡、武冈、溆浦等七县设立了分社。书社后来又发展成为中共湘区委员会的秘密联络点，1927 年 8 月 7 日被国民党湖南政府下令查封。

在长沙文化书社的斜对面，潮宗街 19 号，矗立着一座基督教堂。教堂建于 1924 年，建筑面积约 1000 平方米，青砖清水外墙，正面两侧嵌界碑，左侧潮宗里入巷口教堂外墙上嵌“耶稣巷”石碑。主体为两坡屋顶，方形花冈石柱支撑高大的厅堂，木构楼梯与地板，半拱式门窗做工精美，室内细部具有中西合璧的特点。

很快就走完了潮宗街。看着这条老街，我想，时间的河流不断冲刷着世间的一切，冲着冲着，曾经意气风发的潮宗街上的一代人就老了。那些清末或民国的老房子，有些低矮，有些拥挤，还有些破败。旧门板遮护的店铺，也摆不开琳琅满目的现代商品。它引以为傲的麻石路，原本是为马车、驴车准备的，可现在哪还有马车、驴车，倒是电瓶车成了老街人的主要交通工具。

我从内心羡慕生活在老街的人们，老街就是他们世袭的家园，是他们自在圆满的世界。我呆呆地想，人这一辈子，为什么非要匆匆地赶路呢？连身边的街景都顾不上看一眼。走得越快，会发现一辈子越短，不知不觉就望到了头。而闲逛，才会感到自己是生命的主人，才会看到遒曲的老树、摇晃的檐草以及乌云间漏下的霞光，原来都是生命里的美好。没有了发现和享受这种美好的能力，拥有再丰富的物质财富，不也只是拥有作为动物的野蛮生活？

梭罗说：“等到我们迷失了，才会开始了解自己。”不是吗？

宽窄巷子

去成都开会，朋友说成都有个宽巷子和窄巷子，是清朝遗留下来的保存较完整的古街道。到了成都，就向接站的同行打听，同行笑说："你们下榻的宾馆背后就是宽巷子和窄巷子。"

宽巷子和窄巷子是两条平行的小巷，街长约100米，相距几十米。宽巷子不是很宽，窄巷子也不是很窄。它们很像是一母所生的双胞弟兄，很多地方都极为相似。其中的老房子基本上是清末民初的建筑，风格大体一致，较少变化，值得一看的倒是门楣（即院门门楣），基本是一种木质的"大帽子"，很有些吊脚楼的味道，另外，老房子最鲜明的特色就是颜色偏深褐色，给人以凝重、沉稳的感觉。

关于宽、窄两条巷子的由来，资料记载，清时爱新觉罗家族为巩固政权，以防万一，命三千武士，在此筑城。他们只是没有想到最后会世代永久地驻扎这里。宽巷子和窄巷子之前并不叫巷子，叫胡同，民国时期才改称宽窄巷子。

我是先去宽巷子再去了窄巷子。但不论是在宽巷子还是在窄巷子，一种悠闲与宁静，让你觉着倘若有人在此高声喧哗，对它都是一种亵渎。越往巷子深处走去，越有种时空交错的感觉。青灰色的街巷，黑色的屋瓦，低矮的砖墙，被岁月熏得越发凝重和沧桑。我想起作家李劼人先生以成都为背景的小说《死水微澜》。小说里生活在这里的人，男的大多提着鸟笼，哼着京戏，一副不知生活艰辛的公子哥儿派头；女人呢，头上盘着高高的发髻，身穿旗袍，着没有后跟的鞋，走起路来，扭着腰肢，似乎想证明她们的高贵。但是现在，一切都消失在岁月的长河里了。透过门隙，越过墙头，能够展示给我们的是那一个个四合院和铺满青砖的天井，是那阶前石板上深深浅浅的脚印和锈斑斑的虎头门环，是那已经风烛残年的拴马石和墙头上探出的几株衰草……很难想象，在这个日益现代化的城市之中，居然还有这样沉睡的一角。

成都人的闲适生活在全国闻名。如果说这种闲适是成都文化的一个侧面，那么宽窄巷子就是这种文化的根，具有不可替代的位置。三步一茶馆，五步一茶园，竹靠椅、小方棹、三件头盖碗茶具是必备家伙。点一杯茶可以从早坐到晚，跑堂的随时会拿着紫铜烧水壶来加水。成都人爱打麻将也是全国闻名。有人说，来到成都还没有下飞机，就能够听见全城的麻将声音，此话虽夸张，但麻将的声音在这个城市确实无处不在。在成都人看来，赚钱固然重要，却不是最重要的，更不是生活的目的。成都人爱说："钱是赚得完的吗?"然而日子却是过得完的，谁也不可能"万寿无疆"，有限的光阴显然比赚不完的钱更值钱。因此，在吃与玩两件事上，成都人是从来不怠慢自己，也从不会落于人后的。用他们的话说，钱嘛，有一点就够了，行了，享受生活则没有够，因为那要到生命结束的一天。

在成都待了三天，除去开会，我就在宽窄巷子转悠。逛宽巷子，这里的原真生活体验馆，展示的是民国一户普通成都人家的生活场景，院落里的天井、厅堂、书房、厨房、走廊、花圃，一一向游人诉说老成都人的生活状态。宽巷子的品位是多重属性：特色客栈、精美门饰、梧桐树、老茶馆、听龙门阵、看绣蜀锦、观皮影、木偶戏等。穿窄巷子，宅中有园，园里有屋，屋中有院，院中有树，树上有天，天上有月……这是中国式的院落梦想；各国西餐、各地品牌餐饮、轻便餐饮、精品饰品、艺术休闲、特色文化主题店也是窄巷子的生活写真。

离开成都的当天午后我再次去了宽巷子。坐在一家茶馆门前，点了一杯茶之后，就静静地坐在那发呆。此时的宽巷子恍然若睡，只有细小的灰尘在光线里舞动，像一些历史的灰烬。茶馆门前那株高大的梧桐树，随风发出"沙沙"的声音。这时我突然想，如果要雨天多好啊。细雨蒙蒙中，走在巷子里，如果你又是独自一个人，这时最富诗意的想象莫过于如戴望舒的《雨巷》："撑着纸油伞独自彷徨在悠长、悠长，又寂寥的雨巷，我希望逢着，一个丁香一样地结着愁怨的姑娘……"

记住它吧。它叫作宽巷子，窄巷子。

一路风景

YI LU FENG JING

邯郸寻古

说到“邯郸”这个城市，让人马上想到“邯郸学步”这个家喻户晓的成语。确实，在中国传统文化的长廊里，邯郸与历史文化相联系的成语典故就多达百余条。《中国成语大辞典》共收录成语 18000 多条，其中，属于邯郸的成语竟占了 1580 多条，如脍炙人口的“邯郸学步”“胡服骑射”“完璧归赵”“脱颖而出”“黄粱美梦”“负荆请罪”“奉公守法”等成语典故皆源于此。

邯郸还是一个历史文化古城。早在 8000 年前，这里就有人类繁衍生息。战国时期，邯郸作为赵国都城，历经 8 代国君达 158 年之久，是我国北方的政治、经济、文化中心；秦统一六国后，为天下三十六郡郡治之一；汉代与长安、洛阳、临淄、成都共享“五都盛名”；东汉末年，曹魏时期在邯郸南部邺城一带建都；北宋时期，邯郸东部的大名成为北宋都城汴梁的“陪都”。悠久的历史，铸就了磁山文化、赵文化、女娲文化、北齐石窟文化、建安文化、广府太极文化、梦文化、磁州窑文化、成语典故文化……

到邯郸，便是去寻古。

邯郸有一处非常短小的巷子——回车巷。就在这条普普通通小巷里，演绎出了“负荆请罪”“将相和”等著名的历史故事。学生时代就听老师讲过一代名臣蔺相如和一代名将廉颇之间的故事。蔺相如因为维护赵国国宝及君主尊严，被赵王给予重奖和高位。而大将廉颇认为这只是文人嘴皮的功夫厉害，不以为然，也不尊敬蔺相如，甚至想找机会给他难堪。一次两人乘坐马车相遇于窄巷之中，蔺相如顾全大局，让自己的马车退出窄巷避让廉颇，致使廉颇深受感动，于是廉颇便光着上身，身背荆条到蔺相如家请罪，从此两人结为生死之交，赵国将相和睦，国势大振。在巷东口墙上镶有石碑，碑上刻有“蔺相如回车巷”六个大字。巷口立一石碑，记述“负荆请罪”的故事。

沁河，是一条贯穿邯郸东西的古老河流。沁河上，有一座“学步桥”，即庄子在《秋水篇》里所描述的寿陵少年“邯郸学步”的地方。该桥原为木桥结构，因常遭水冲，于明代万历四十五年（1617 年）改建为拱券型石桥。站在桥上看着沁河流水，想象着那位燕国少年是如何在此学步，又是如何忘掉了自己原先怎样走路，到最后又是怎样地爬着回到燕国的情形。“寿陵失本步，笑煞邯郸人”这是大诗人李白的诗句。“邯郸学步”这一传就是 2000 多年。在桥西的路口，落着一个小伙跟在一对步履优雅的年轻人身后学步的石雕，活脱脱再现了“邯郸学步”这一典故。

邯郸有一处地方令人惊奇，那就是位于北郊一个叫黄粱梦的村子。走进村子，靠村南有座明代的庙宇，名为“吕仙祠”。祠内的卢生殿就是产生中国文化史上最著名的一个梦——“黄粱一梦”，又称“黄粱美梦”“一枕黄粱”的地方。关于“黄粱梦”的由来早已知晓，无须在这重述。走进卢生殿，最为吸引人的还是完好保存下来的卢生睡像，青石雕成，线条精细。但见他侧身而卧，两腿弯曲，头垫瓷枕，双目微闭，神态悠然，似乎至今仍沉浸在美梦当中，不愿醒来。游人看客都喜欢触摸一下这位梦中人，或是出于好奇想把他唤醒，让自己也能做个美梦吧。我也是俗人一个，出于好奇，我也摸了摸那位梦中之人，让自己也能做个美梦。

丛台是赵国留下的遗迹，是赵王检阅军队与观赏歌舞之地，古称“武灵丛台”。丛台北有七贤祠，祠内塑有春秋战国时期赵国历史上功勋卓著七位贤人。他们是韩厥、程婴、公孙杵臼、蔺相如、廉颇、李牧、赵奢。看到七位贤者，我就联想到完璧归赵、负荆请罪和搜孤救孤的故事。从北面台阶拾级而上，进丛台北门，首先看到的是乾隆 1750 年登丛台的题诗御碑。穿过悬有“武灵丛台”四字匾额的小门，便到了丛台主体建筑——据胜亭，亭子为双檐四角攒尖式琉璃瓦顶，亭内有赵武灵王塑像。亭子基座周围嵌有文人墨客登丛台所留下诗词歌赋碑刻。

在邯郸小住三天，所见所闻，感觉邯郸的“古”与其他地方的“古”，其实是有点不一样的。在中国，有很多历史悠久的古城，但是古城与古城之间也有所不同。在邯郸，不论是回车巷、学步桥、黄粱梦村、丛台等，都让我对这座名满天下的古城的“古意”，更多了几分体会和思索。正因如此，邯郸值得我再来。

张掖的几幅画面

刚出张掖火车站，猝不及防，一股热浪扑面而来，这种热，不像南方的潮热、溽热、湿热，而是一种干热。顶着火辣辣的阳光，走向出租车候车点。开车的是位女司机，姓贾。问她如果包车去丹霞地质公园要多少钱。她的回答是180元。谈好价钱，便直奔丹霞地质公园。

这是一个明艳艳的色彩世界。红、黄、橙、绿、黑、褐、青、灰在阳光的照射下，浓烈地交织在一起，色调或如波浪顺着山势起伏，或从山倾泻而下，犹如斜铺的彩条布。站在高处俯瞰，不觉陶醉在如梦如幻的境界中了。此时此刻满眼都是彩色的条纹，红的、蓝的、浅绿的、淡黄色的……看得人心激荡。再仔细看，那彩色的条纹各不一样，这边的条纹是横着的，犹如彩色的波浪一层一层涌向远方，那边的条纹却是竖着的，仿佛从天空中垂下的七彩锦缎。顺着山势，这些条纹互相映衬，在阳光下是那么鲜亮、那么美丽。

点、线、面，构成了一幅幅动人的画面，那深红色的流动的纹理，就像大地的肌肤，在起伏和跃动中，褶皱形成的阴影像山水画的各种技法展示，纵横交错的石林像宫殿和城堡一样神秘而摄人魂魄，冲击着你的视觉。那种苍凉与壮美，正体现了西部特有的风韵和气势。正是这种视觉的惊叹，让我在丹霞的山梁与沟壑之间，在寻求壮美西部景观的攀登中，在触发灵感的虔诚行走中，一次次按下快门，让美艳、神奇和惊叹定格。

回来的路上，我还沉醉于丹霞带给我的惊叹和兴奋，一路上叨叨的没停。贾师傅只听不说话，两眼只盯着前面的路，多少有点扫兴。

回到宾馆已是下午三点，填饱肚子，休息片刻，我去了大佛寺。

大佛寺离我住的宾馆仅十分钟的路。进门之后，感觉很清净。园内古树参天，一片翠绿。进入正殿，有导游正为四五个游客讲解，我悄悄蹭入了他们的队伍。

大佛寺建于西夏年间。寺内的大佛身长 34.5 米，肩宽 7.5 米，为中国最大的室内卧佛。其耳朵长 4 米，脚长 5 米。大佛中指能平躺一人，耳朵则可容八个人并排而坐。大佛朝外侧卧，头北脚南，面西而卧。安睡于大殿正中的佛坛之上。两眼半闭，嘴唇微启，右手撑着脸，左手侧放在身，着红色袈裟。好似半睡半醒，似看非看，似听非听，神态栩栩如生，形象则丰满端秀。也曾去过很多古刹名寺，也见过很多大佛，但初看到这卧佛时，还是比较震撼的。

在藏经殿，6000 多卷佛经中，以金泥抄写的《大般若波罗蜜多心经》最为珍贵。在玻璃柜里看到了这部金经，蝇头小楷，字迹端庄流畅，大小一致，跟电脑打印的一样。在陈列室的一侧，有一堵残垣断壁的土墙，旁边立有一个尼姑的塑像，导游讲这尼姑叫本觉。1937 年日机轰炸兰州，为防不测，寺内的主持把这些经文藏于夹墙的密室，并将保护经文的重任交给了本觉。在之后的 20 多年中，本觉牢记主持的嘱咐，始终未吐露一字半句。本觉辞世后人们在拆毁烧残的房子时，才发现了这完整的 12 橱佛经。

走出大佛寺，不由再次看那大门两边的对联：“睡佛非睡佛，只是我未醒。”细细品味，禅味十足。乃仁者见仁，智者见智，这也许就是佛教文化魅力所在吧!

晚上十点，空气中有了丝丝凉意。此时市区的大街上车水马龙，仿佛小城的人在这一刻统一出动了。在街头广场上，一群大妈们兴致勃勃地舞动着、跳跃着，黑压压足有四五十人。她们在音乐的伴奏下，举手投足，或快或慢，或柔或刚，一招一式都那么“有范儿”。她们精气神十足，脸上是遮不住的欢喜。在美食城，四五十张白色的塑料桌前居然坐满了人，人声鼎沸。这里集聚了张掖当地的美味：搓鱼儿、鸡肉焖卷、炒炮、胡辣羊蹄、三泡台……单单招牌上的那些名称，就能让人喉结蠕动。

边走边看，从那些闲适的表情和轻松的笑容中，就能够体味到市井的、庸常的生活中蕴含的幸福。不由得想到那句话：“岁月静好，现世安稳。”眼前这一幅幅画面，便是最好的诠释。

古城洛阳

洛阳，十三朝古都。走在洛阳的大街小巷，总能与历史上那些赫赫有名的名字不期而遇。一座城市的魅力其实倒不在它怎么日新月异，怎么一天起数十座高楼，而在于它的味道，它的气韵。来到洛阳，既能感受到来自千年帝都的余音和回声，也能够领略到它独有的城市韵味。

龙门石窟是一定要去的。龙门石窟开凿于北魏孝文帝迁都洛阳，历经东西魏、北齐、北周，到隋唐至宋，时间跨越达 400 余年之久。奉先寺是龙门石窟规模最大、艺术最为精湛也是保存较好的一组摩崖型群雕。寺中共有九躯大像，中间主佛为卢舍那大佛。主佛像高 17. 14 米，头高 4 米，耳朵长达 1. 9 米，佛像面部丰满圆润，头顶为波状形的发纹，双眉弯如新月，附着一双秀目，微微凝视着下方。高直的鼻梁，小小的嘴巴，露出祥和的笑意。双耳长且略向下垂，下颏圆而略向前突。圆融和谐，安详自在，身着通肩式袈裟，衣纹简朴无华，一圈圈同心圆式的衣纹，把头像烘托得异常鲜明而圣洁。仰视久看，就不由得攫住你的心魄，让人心怀虔诚之心，感叹古人的智慧。

当然，整个石窟参观下来，面对窟中那些大大小小残缺不全、缺头少脸的佛像，惋惜和痛心实在难以释怀。

“明月欠古寺，林外登高楼。南风开长廊，夏日凉如秋。”这是诗人王昌龄笔下的白马寺。作为佛教传入中国后兴建的第一座寺院，白马寺距今已有 1900 多年的历史，在世界佛教史中有着举足轻重的地位。也就是从这里，佛教渐渐传入日本、越南以至欧美国家，是名副其实的中国佛教祖庭和释源。白马寺坐北面南，主体建筑分布在由南向北中轴线。主要建筑有天王殿、大佛殿、大雄宝殿、接引殿、毗卢阁等，均列于南北向的中轴线上。虽不是创建时的“悉依天竺旧式”，但寺址都从未迁动过，因而汉时的台、井仍依稀可见。整个寺庙布局规整，风格古朴。园内古树成荫，四时落英缤纷，增添了佛国净土的清净气氛。

在白马寺主景区西侧，有仿印度泰国风情的寺庙，这些寺庙不仅富丽堂皇，而且占地面积不小。我不解建它们的目的是什么。

洛阳还有一个让人惊叹的地方。在洛阳新安县铁门镇，有处名叫“千唐志斋”的地方，此斋由辛亥革命元老张钫先生，在其私人花园“蛰庐”内所修建。这里有碑碣1419件，其中唐代墓志1191件。内容涉及皇亲国戚、相国太尉、郡王太守、尉丞参曹，以至处士墨客、佛僧道士、宫娥彩女等各阶层人物，为研究唐代社会历史提供了珍贵的资料，起着证史、纠史、补史的重要作用，被史学界称为“石刻唐书”。浏览之际，不禁想，那一块块墓志的背后，都是一个一个在历史上真实活过的人物啊！他们或辉煌、或壮烈、或平庸、或苦难的人生，就这样浓缩成一块块无声的碑石，凝聚成历史。

惋惜痛心也好，不解惊叹也罢，在洛阳，品味这个古老而风姿卓绝的城市，不是一事一物的事，而是一个整体。千百年来，有多少帝王先贤在这里指点江山，又有多少文人骚客在这里激扬文字。在洛阳，历史文化博物馆14个，专题性博物馆26个。从这些博物馆的介绍中，知道了洛阳是东汉时期丝绸之路的东方起点，是隋唐大运河的中心枢纽，是东方哲学的滥觞之地：道学肇始于此，玄学形成于此，佛学首传于此，理学创始于此。中国第一部字典《说文解字》、第一部断代史《汉书》、第一部农业科技专著《齐民要术》、第一部编年体通史《资治通鉴》、古代天文学史最杰出的著作《灵宪》在此著成。这里荟萃了一篇篇脍炙人口、传诵至今的诗词歌赋。《诗经》的开篇之作《周南·关雎》，左思的《三都赋》、曹植的《洛神赋》、贾谊的《过秦论》、班固的《两都赋》、张衡的《二京赋》等等。世界上第一台地震测量仪器——地动仪在此制造，中国第一张完备的星象图——《灵宪图》在洛阳诞生。不仅如此，洛阳，还是全球华人的文化之根、祖脉所系，全球1亿客家人祖籍于此，中国70%的宗族大姓起源于此。

这就是古城——洛阳。

司马光说：“若问天下兴废事，请君只看洛阳城。”是的，穿行于洛阳的大街小巷，品味着它的“古意”。我到过不少大中小城市，发现许多城市已经崭新到失去了城市的个性，而洛阳却一直保有那种骨子里的古韵。在洛阳，你会感觉到一种东西在围绕着你，一种说不出的气息，说不出的味道，说不出的韵味，也许，正是有了这些说不出来的气息、味道、韵味，值得我再来！

冰城哈尔滨

一说到哈尔滨出差，妻子就在网上帮我查看了一下当地的气候，惊呼并做萎缩发抖状：“-30℃，那不冻死了啊!”妻要上大商场替我购买御寒衣物，被我拦住了：“别大惊小怪的，冻不死人的。”话虽这么说，但我实在想象不出-30℃是个什么样子。妻还是不放心，最后上药店给我买了四袋暖宝宝贴。

经过2小时40分钟的飞行，到达哈尔滨已是晚上。下了飞机，前来接机的黑龙江省文化馆的李馆长一见我就说：“你这身行头不行，明天陪你去买御寒衣物。”我说：“还好啊，没觉着那么冷啊!”摸摸鼻子、耳朵，也都完好无损。李馆长说：“你只消待上七八分钟，冷空气就能将你穿透。”说着就拉我上了他的车。坐上车，手无意间摸到身上的衣服，惊讶地发现，就这么一小会儿，外衣已经冰凉，并快速地向体内逼近，禁不住打了一个寒噤。

走进宾馆，只见服务员个个都穿着单薄的工作服，还没来得及惊讶，热浪就迎面扑来。李馆长解开外套，摘下帽子和手套说：“哈尔滨就这样，我们习惯了，你们外地人一不小心就容易感冒。”

第二天，按照安排，在去亚布力滑雪场之前，我在一家专卖店买了一件厚实的保暖内衣、手套、口罩、保暖鞋和一顶棉帽。亚布力滑雪场距哈尔滨市198公里，又是亚洲最大的滑雪场。亚布力原名“亚布洛尼”，即俄语“果木园”之意，清朝时期曾是皇室和满清贵族的狩猎围场。马拉雪橇，过去只在电影和电视上看到过，这回不仅看到了还美美地享受了一回。同样，过去也只是在屏幕上见过滑雪，觉着滑雪真的是很美、很酷的一件事。其实不然，滑雪是件很累、很辛苦的事。穿着笨重的鞋，扛着滑雪板，就像旱鸭子来到了水边束手无策，好在有专职教练。经过数次摔倒爬起，爬起摔倒，最终基本掌握了滑雪的动作要领，能在较平的雪地上滑上几米了，这时候兴致更高了，便爬到了较高处向下滑。从高处向下滑，速度快，加之又是初学，平衡力差，基本动作没掌握好，如刹车、转弯等，还没滑多远就摔得人仰马翻，虽有点疼，但心里却是说不出的惬意。

到哈尔滨是一定要去中央大街的。中央大街的路面是由一块块方块花岗石拼成，街两侧的建筑穹隆突起，拱券高窗，或古典高雅，或现代前卫。每栋楼都标有年代，建筑风格也各不相同，有起源于15－16世纪的文艺复兴式，有17世纪初的巴洛克式，也有19世纪末20世纪初的新艺术运动建筑。特别是远东地区最大的东正教堂，著名的圣索菲亚大教堂气势恢宏，精美绝伦。教堂的墙体全部采用清水红砖，上冠巨大饱满的洋葱头穹顶，统率着四翼大小不同的帐篷顶，形成主从式的布局。不论近看还是远看，显得是那样古朴而庄严。浓郁的欧陆文化色彩和异域风情，让我立刻感受到了它的魅力和悠久，窥见了不同于我们流淌在血液中、弥漫在灵魂里的那种文化的又一种文化。望着那一个个造型简洁、流畅舒展、轮廓多变、不同的色彩、不同的穹顶，想到了那些曾在这条大街上寻找到失去梦想的音乐家、画家、歌唱家、舞蹈家、建筑师们，是他们把西方的文化在这里构成了一种生命的奇观，尽管时隔百年，却依旧给了我们强烈的夺摄感。

冬天的太阳岛，绝不是那首著名的歌里唱的阳光明媚，游人如织。大门口题写“太阳岛”三字的巨石前，是一片火红的塑料花。此时的太阳岛内，各种生动传神的雪雕组成了一个白色的艺术天地。面对一个个不同主题造型新奇的雪雕，我根本无法想象这些巨大的雪雕是怎样塑成的。最有趣的是一座用雪堆砌的咖啡屋，不仅墙壁、门窗和屋顶是雪做的，而且屋里的沙发、板凳、桌椅也是雪做的。坐在冰冷的雪屋里喝着热气腾腾的咖啡，望着窗外奔跑在雪地里的狗拉雪橇，既可以体验爱斯基摩人的生活，又有着一番别样的情趣。再有，我很喜欢在白雪映衬下那一片红艳艳的冰糖葫芦，草笆上插满了一串串的糖葫芦，远远看去，很像凌寒傲雪朵朵怒放的红梅，红得让人心动，红得让人留恋。我买上一串，酸酸甜甜的味道。

与雪博园相望的是冰雪大世界。原以为这里都是一些小型的冰雕艺术品，没想到却是一个用冰块砌雕的庞大建筑群。晶莹剔透的块块巨大冰砖里，竟然闪烁着一盏盏灯管，使得五颜六色、雕梁画栋的冰灯彰显出艺术的魅力，如梦似幻。一座座或中或西的经典建筑，鳞次栉比，各呈异彩。骑冰车、滑雪梯、撞巨钟……仿佛远离尘嚣，置身仙境，冰清玉洁，神清气爽，快哉吾意。

哈尔滨之行，感受到了北国风光，更领教了哈尔滨冬天的寒冷。尽管每次出去帽子、口罩、手套武装整齐，穿得圆鼓鼓的，但脸上帽子和口罩没能罩住的部分，首先与冷空气遭遇，没几分钟，就感到僵硬、生疼，赶紧将帽子往下拉拉。要命的是呼出的热气，从鼻翼两侧蹿上，转眼眼睫毛就结出了一层霜冻。

因为风光，因为寒冷，我记住了这个美丽的城市。

品味成都

到了成都，不必急着去什么杜甫草堂，唐代距今遥远，不太可能留下什么与杜甫相关的真东西。你想啊，既然是草堂，那一定是位于偏僻的乡野，是一场秋风就能把房上的茅草给卷走的茅草房，1000 多年都过去了，怎么可能留到今天呢？果然，我去杜甫草堂看到的是，亭台楼阁，精舍华屋，一派高贵华丽的景象。原本一个“柴门草堂”的茅屋，也修葺成一个精致典雅的庭院。盯着“柴门草堂”四个字，我在脑海里打了一个很大问号：这是“八月秋高风怒号，卷我屋上三重茅”的茅草房吗？唯一的解释：这是成都人尊重诗人、尊重文学的一种表达，是对“诗圣”的一种补偿，也可以说是成都人的一个心愿吧！

倒是成都老城区有一处叫“宽巷子、窄巷子”的地方吸引了我。宽巷子和窄巷子是两条平行的小巷。街长约 100 米，相距几十米。宽巷子不是很宽，窄巷子也不是很窄。它们很像是一母所生的双胞弟兄，很多地方都极为相似。宽、窄不一的巷子里，能够展示给我们的是那一个个四合院和铺满青砖的天井，是那阶前石板上深深浅浅的脚印和锃亮的虎头门环，是那叫不出名的花从一户户人家的矮墙上探出头来，有意无意地提醒游人的关注。很难想象，在成都这座大都市居然还有这么一个保存完整的古街区。

走在这里，我想到作家李劼人先生的小说《死水微澜》。小说就是以旧成都为背景，描述和展现了蜀文化地域特色以及风土人情。现在，旧时的老成都消失在岁月的长河里了，然而几千年，几百年，几十年留下的生活习惯没有消失，两条宽窄不一的巷子，遍布悠闲的市民，他们往往摆一张方桌，几把竹椅，桌子上无一例外地摆着一壶茶，茶就兀自飘着或浓或淡的香，一缕一缕勾着你的欲望，让你想立马走过去，把自己偎成主人的样子。看他们一边喝茶一边用韵味十足的四川话侃大山，那种怡然自得的神态，注目久了，能让你脚步慢下来，内心静下来，心灵和身体也都安静了。

细究起来，成都人细碎生活的精髓是什么？有人说，从容、淡定。就像成都人爱说的口头禅是“舒坦、安逸”，看起来逍遥闲淡，实则彰显出市民的淡然与坚毅。而我想要说的是，成都人这种活色生香的生活是一种文化品质，更是一种生活方式。生活在这里的人们内心安然恬静，拥有闲庭信步、海纳百川的包容度，不烦琐、不浓郁，乐活、休闲，最大限度保证生活的品质。蕴藏在日常的悠闲生活中的味道，日益成为成都个性化的生活美学，向世人彰显着“独一份儿”的成都范儿。

说到成都，不能不提到川菜和火锅，川菜之辣非一般人所能承受，无论什么菜上来，都必有一层层红彤彤的辣椒，真不知道四川人的胃是什么做的。我这人天生怕辣，在成都待了两天，谢绝了朋友们多次邀请，一个人吃了两天的面食。

不吃辣并不影响我的好奇，不管什么时间，什么地点，走进成都大大小小的火锅店，你都能看到，一群人或是一家人，围坐在咕噜冒泡的红油火锅边，边煮边烫，边喝边吃，生活中的种种不快，此时都消融于围炉聚饮的大呼小叫之中。吃得大汗直流，麻得翻江倒海，辣得轰轰烈烈，在味蕾的刺激中品尝生活的快意。那些知名的串串店、火锅店爆满着、喧闹着，经营至深夜，走在街道上，连空气中都飘荡着火锅底料的麻辣香气，这真是一座烟火气浓烈的城市。

“和我在成都的街头走一走，直到所有的灯都熄灭了也不停留……”听着这首歌，漫步在成都的大街小巷，悠闲、舒适的慢生活节奏无处不在。那独有的市井气息和蜀文化的氛围，让每一位游客都能在这座城市里找到慢下来、静下来、留下来的理由，并能从那些闲适的表情和轻松的笑容中，从那些围坐在红油火锅边品尝辣味的快意中，能够体味到市井的、庸常的生活中蕴含的幸福。

古城安阳

安阳是一座古老的小城。它没有北京的雄浑气势，杭州的妩媚娇娆，苏州的神秘情调，古往今来，没有多少名人墨客为它遗诗留画，很多人也许都不曾知道它。但是，安阳自有它的魅力，中国八大古都之一，国家历史文化名城，到安阳，便是去寻古。

安阳是一座让文字说话的古城。

殷墟，中国第一个有文献记载并为甲骨文和考古发掘所证实的商代都城遗址。殷墟甲骨文，又被称作中国汉字的鼻祖。殷墟甲骨文是殷王朝占卜的记录，是目前已知的中国最早的成熟的文字，被称为中国古代最早的“档案库”。目前发现有大约15万片甲骨，4500多个单字。这些甲骨文所记载的内容极为丰富，涉及商代社会生活的诸多方面，不仅包括政治、军事、文化、社会习俗等内容，而且涉及天文、历法、医药等科学技术。从甲骨文已识别的约1500个单字来看，它已具备了“象形、会意、形声、指事、转注、假借”的造字方法，展现了中国文字的独特魅力。

中国汉字博物馆——中国首座以文字为主题的博物馆。整个馆由字法自然、甲骨纪事、钟鼎千秋、物以载文、文字一统、由隶到楷、说字传义等七个部分组成。通过大量的甲骨文、青铜器铭文、玺印、金文、简牍、帛书等实物，证明从新石器时代晚期的龙山文化到小屯文化的商周时期，中华民族的古文化几乎都是发源于此地，同时也向人们展示了中国文字从甲骨文开始逐步改进、统一、规范，直到演变成现在的文字的全过程。

“古老”是安阳的特色。

羑里城是《周易》发源地，位于汤阴县城北八华里羑、汤两河之间的空旷原野上，为殷纣王囚周文王处，是我国历史上自有文字记载以后第一座国家监狱。据《史记》记载，商代末期，国君纣荒淫残暴，上下怨恨。西伯姬昌在羑里被囚的漫长岁月里，发愤治学，潜心研究，将伏羲八卦演为 16 卦、384 爻，并提出“刚柔相对，变在其中”的富有朴素辩证法的观点，用了整整七年的时间，著成《周易》一书，后被列为五经之首。这便是历史上著名的“文王拘而演周易”的故事。

岳飞，安阳汤阴人。坐北朝南，外廊呈长方形的岳飞庙，古柏苍劲，碑碣林立，牌坊正中阳镌明孝宗朱祐樘赐额“宋岳忠武王庙”。两侧八字墙上用青石碣分别阳刻“忠”“孝”两个大字，遒劲端庄，格外醒目。精忠坊为山门，檐下一排巨匾，“精忠报国”“浩然正气”“庙食千秋”。明柱上嵌有当代文学家魏巍撰书的楹联：“存巍然正气，壮故乡山河。”两侧还有一副楹联：“蓬头垢面跪当前，想想当年宰相；端冕垂旒临坐上，看看今日将军”。岳飞庙山门对面是施全祠。施全岳家军将领，岳飞的结义兄弟。祠前石阶下，秦桧、王氏、万俟卨、张俊和王俊，五奸党铁跪像呈镇压之势。

文峰塔是安阳市区地标性建筑，距今 1000 多年。此塔共分五层，由下而上逐级增大，呈伞状，风格独特，国内外罕见。塔基为八角地袱，上筑圆形扩张仰莲塔座。莲瓣分七层，上下交错，左右舒展，上承塔身，下护塔基，塔周身的雕刻造型逼真，线条流畅。进入塔门，沿 72 级台阶盘旋上到塔顶，站在塔顶，可以看到古城安阳的全貌。

明朝时期，古安阳城内有“十八罗汉街”和“龙凤街”之说。所谓“十八罗汉街”是指以南北大街为界，在它的东西两侧各有九个街口，相传每个街口曾各设石雕罗汉像一尊，用来护卫各街道的安全。而“龙凤街”，是指甜水井街和仓巷街。这两条街的房屋整齐，结构较好，大都是二进、三进甚至是四进，其中不乏“九门相照”的豪宅大院。其中，甜水井街住有两家大户，因宅院最好，称龙街；仓巷街略逊一筹，称凤街。

在安阳小住两天，所到之处，不用言语就能感到扑面而来的古风古韵，呈现在眼前的不只是自然美景和历史的印迹，更是她自身所散发的那种意境和韵味。四处弥漫的宁静是她的外表，幽幽散发的文气是她的内涵。这样的诗意，这样的风度，不由得你不受感动，又怎不让人魂牵梦绕?

敦煌走笔

时光烟云的深处，多少曾经名噪一时的城市，已经湮灭得无影无踪。然而，也有一些地方，犹如被舞台上的追光牢牢圈定了的目标，想起来时，脑海中会有一片光亮。敦煌就是这样的地方，悠久丰厚的历史和文化仿佛一股强大的浮力，将其从时间的深渊中托举出来，用一种鲜明的画面感凸显了它的存在。正如季羡林老先生所说："世界上历史悠久、地域广阔、自成体系、影响深远的文化体系只有四个：中国、印度、希腊、伊斯兰，再没有第五个；而这四个文化体系汇流的地方只有一个，就是中国的敦煌……"

莫高窟，当我在沧桑的木制牌楼上看到它的名字时，我仿佛看到，一个叫乐尊的和尚在这里打坐诵经，并动手开凿了第一个洞窟，塑佛于其中，绘画于壁上，从此，佛教的光辉开始沁入那片大西北的土地。此后近千年，历经此地的商贾旅人，为祈愿顺达，纷纷在此开凿洞窟，并请民间艺人塑像彩绘，一直延续到元朝。踏入莫高窟对我而言如同精神洗礼。

跟随讲解员在各个洞窟参观，默默地看着，静静地听着。阳光柔和地落在壁画和塑像上，色彩斑斓、造型奇幻的壁画和雕塑带人走入一个瑰丽的精神世界。无论是造型抑或神态，都是那样的飘逸、优美，想象之丰富，正如余秋雨在他的文化散文《莫高窟》里写的那样："看莫高窟，不是看死了一千年的标本，而是看活了一千年的生命。"是的，莫高窟成为艺术集大成之地恰恰在于它鲜活的生命力，是对现实的再现和瑰丽想象的结合，写实与写意的融合。人们可以在壁画、塑像中看到古人的生活场景、了解古人的情感。毋庸置疑，这才是人类最为辉煌的艺术，最为壮阔的生命！

我感叹，古人仅凭油灯便能够在完全封闭的洞窟墙壁上描绘出如此惊人的

技艺精湛的壁画，这是何等的了得！千年的时光飞逝而过，从青丝到白发，他们的姓名身世淹没在岁月的长河中，只留下他们的信仰和智慧以及精美的宝藏供后世人仰望。面对这些精彩绝伦的壁画，我想，总有一种潜移默化的坚守在传承，这种延续像极了丝路绵绵。

从莫高窟出来，便沿着张骞、玄奘的足迹，随着霍去病、班超的痕影，向敦煌市的西南、西北方向进发，踏上了领略“两关”及大漠风貌的旅途。

车轮在一望无际的戈壁滩公路上流畅地滑行。没有人烟，没有奔跑的毛皮动物，没有鸟，没有昆虫，没有植被——除了零星散落着的早已干枯而今尚未绿起来的矮墩墩的骆驼草，这里只有沙砾，只有移动的龙卷风柱，只有紧贴在沙砾上面的如雪的片片盐碱。

“劝君更尽一杯酒，西出阳关无故人。”昔日的阳关城早已荡然无存，没有威武的城门，没有雄伟的城墙，仅剩有被称为“阳关耳目”的一座烽墩。登上烽顶，方圆数十里尽收眼底。古老的风，似从城墙上吹起，让人感受到历史的厚重。所幸前些年在阳关故址上建起了一座仿古的城池和博物馆。那些复制品和文字昭示这里曾经是何等的繁华与辉煌！

“羌笛何须怨杨柳，春风不度玉门关。”今天的玉门关，只有一座黄土垒就的略呈梯形的古关城的断壁残垣，孤峙于一望无际的茫茫戈壁滩上。这就是玉门关吗？这就是当年御敌千里的边陲雄关、通往丝绸之路的重镇要塞吗？岁月的风沙无情吞没了它昔日的雄姿，却无法湮灭辉煌的历史。面对它，我企图透过那断壁残垣的缝隙，寻找一丝残存的汉唐遗风。驼铃钉铛、车水马龙，我仿佛看到那些艰难跋涉、汗洒大漠、畅通丝路的开拓者们，依然鲜活地照耀这里。是他们薪火相传、生生不息的精神，延续了玉门关倔强的生命……

无论看多少文字、图片都替代不了一次真实的行走。每个人生命中也都需要一次关乎信仰的行走。行走也是为了寻找、探索、发现。出使西域的张骞，取经印度的玄奘，当年最刻骨铭心的行走都是在河西走廊。背负责任、怀着信仰，踽踽独行。茫茫戈壁、大漠孤烟，他们在行走中想些什么？

“敦，大也；煌，盛也。”“敦煌”一词最早见于《史记·大宛列传》，其意盛大辉煌。这个深藏于大漠之中的绿洲城市，在2000多年的时光岁月中，经历了太多的波澜起伏和跌宕坎坷。行走在这样的一座城市，仿佛觉得已被风干的历史，此刻却都活了起来：驼铃声、熙攘的人声和着羌笛和胡笳，在阳光和微风的合谋下，散落在街上来往行人的头上、肩上，斑斑点点。波斯的客商，头布缠裹的锡克教徒，鬓发垂颊的犹太教拉比，肤色不同、衣着各异的人摩肩接踵，教堂的钟声清越而悠扬，飘荡在广阔的上空……

再见了，敦煌。

再会吧，敦煌。

南京梧桐

南京归来已有多日，回想在南京走马观花的两天时间，想到的居然不是中山陵、总统府、雨花台、明故宫……而只是那路边遮阳蔽日的梧桐。的确，法国梧桐这个名字也是极致浪漫了，又浸染了秦淮河千年的脂粉香，让整个南京城都显得甜甜的，这倒让这座几朝故都摆脱了历史的重负，往日的刀光剑影、荣辱兴衰倒被几分现实的恬淡荡涤得清澈无华了。

关于梧桐，《诗经》里有记载："凤凰鸣矣，于彼高冈。梧桐生矣，于彼朝阳。菶菶萋萋，雍雍喈喈。"说的是梧桐生长得茂盛，引得凤凰啼鸣。菶菶萋萋，是指梧桐丰茂；雍雍喈喈，是凤鸣之声。由于古人把梧桐和凤凰联系在一起，所以就有"栽下梧桐树，自有凤凰来"一说。因而，以前有些殷实之家，常在院内门前栽种梧桐，不但因为梧桐有气势，而且梧桐是祥瑞的象征。另外，在我国的成语中，与梧桐关联的有不少，如"鸣凤朝阳"，比喻品德出众，正直敢谏之人；"梧凤之鸣"，比喻政教和谐，天下太平；"梧桐断角"，比喻柔能胜刚；"支策据梧"，比喻用心劳神；等等。

说到南京梧桐，从江苏省一家文化部门工作的朋友赵宝刚口中得知，南京梧桐有两种说法，一是因为宋美龄最喜欢的树就是梧桐树，蒋介石为了讨自己夫人的芳心，所以特地将整个城市都种满了梧桐树。二是一位法国的传教士在南京的石鼓路上种下了第一颗法国的梧桐树，而到了后来为了迎接孙中山的奉安大典，当时的南京市长刘纪文主持修建了一条从下关码头到中山陵的迎榇大道，沿途种植了两万棵法国梧桐。赵宝刚说南京街头的梧桐大部分是英国梧桐，还有一部分是美国梧桐。分辨这几种梧桐很简单，可以看梧桐树的"球球"，一般一个枝上挂一个球的是美国梧桐，挂两个球的是英国梧桐，挂三个球的才是法国梧桐。

从赵宝刚的介绍中得知，早些时候，南京街头种着六排梧桐，以区分不同的车道，景象壮观雄伟。长年在此的人们不能想象没有梧桐树的南京。在年长者的心中，梧桐就是和自己一块儿长大的亲密玩伴；在青年人的眼里，梧桐更像充满思想又不乏慈爱的长辈。虽然每到春天，梧桐絮四处飞散害得有些人咳嗽、过敏，梧桐的纷纷落叶扰乱了庭院的清静，还是会在堵车高峰的时候想方设法绕过粗壮的梧桐……但南京人从来没有想过要离开它。每到秋天，摄影爱好者总爱扛着“长枪短炮”将焦点对准梧桐，行人走累了爱靠着梧桐歇一歇，情侣吵架了会扭头抱着梧桐痛哭，孩子捉迷藏爱躲在梧桐的身后，老人寂寞了就对着梧桐说说话……日复一日，年复一年，南京的梧桐与人们一起分享着悲欢离合的故事，陪伴着一代又一代的人成长。

2011 年 3 月初，南京曾发生了一件有关梧桐树的大事件。起因是这样的，南京市政府为建设南京地铁 3 号线，将南京市主城区内许多于 20 世纪中期栽种的法国梧桐等树木移栽。因之前南京地铁 2 号线移栽后的树木存活率仅有 18%，其行为造成了部分南京市民的强烈不满，并发起绿丝带活动要求保护南京市内的行道树。

3 月 17 日，南京市政府制定《关于进一步加强城市古树名木及行道大树保护的意见》，承诺市政建设“原则上工程让树，不得砍树”，从政策层面上肯定了此次舆情事件的成果、安抚了民心、顺应了民意。南京护绿行动被列为 2011 中国公众参与环保十大事件之一。

不可否认，南京梧桐很美，尤其是在晚上别有情调。路灯在梧桐树中间亮着，透露下来的缕缕灯光在地上晃动着，高楼大厦为梧桐树作背景。踏着斑驳的长长的树影，树叶与和风的絮语，亲切地叩击着耳鼓，嗅着树干散发的幽香，看着朦胧的带有夸张意味的树冠，吹着夏夜的熏人的暖风，你不能不为梧桐树创造的意韵而迷醉。

爱上一座城市就是那么简单的几眼，那么短暂的一瞬间，却注定了永恒。南京梧桐，给了我南京之行回忆的支点。

印象阆中

阆中是个县级市，已有2300多年的历史，素有“阆苑仙境”“风水宝地”之誉，唐代诗人杜甫在这里留下了“阆州城南天下稀”的千古名句，唐代大画家吴道子三百里嘉陵江山图，称阆中为“嘉陵第一江山”。到阆中，就是为了一睹现今中国保存最完整的古城——阆中古城。

来阆中之前，我做过功课，西汉时期伟大的天文学家阆中人落下闳制定了中国第一部有文字记载的完整历法《太初历》，开创了“浑天说”，创制了世界上第一台天文观测仪“浑仪”；世界上第一个为大风定级的人是唐代定居阆中的风水学家李淳风，他撰写了世界上首部气象学专著《乙巳赞》；发源于阆中渝水之滨的巴渝舞，被称作“舞蹈的活化石”；阆中的“四川贡院”是全国仅存的两座科举考试、省级考棚中保存最完好的一处，也是我国科举取士1300年间四川出状元最多的地方。

穿过古城入口矗立着的状元坊牌坊，内心那份跨越时空的情感油然而生，如同踏进沧桑的岁月深处，步入泛黄的古老时光。今天的时空观念与古代大不相同，而这座古城的沧桑感，也就在这古今比较中产生了。

张飞祠坐落在西街59号。它的大门是座明代建筑，檐下悬有书法家赵朴初题写的“汉桓侯祠”的匾额，门前有一座庄严威武的石狮。穿过大门，映入眼帘的是构造精巧的敌万楼，檐下高悬着书有“灵庥舄奕”“万夫莫敌”“虎臣良牧”等字样的巨匾，是对张飞这个历史人物的中肯评价。穿过敌万楼，气势宏伟的大殿赫然出现在眼前，端坐于大殿神龛之内的张飞塑像手持玉笏，豹眼环睁，蚕眉直竖，显得威风凛凛。里面有许多文物，将张飞的生平事迹和驻守阆中时的情形，详细介绍了出来。

出大殿，沿着林木森森的小道，来到了张飞墓前。这座墓园很大，椭圆形，坐北向南，东西20多米，南北长40米，封土很厚，总有七八米。墓上长满了草木。这些树木，根深叶茂，年代久远了，与墓体相依，已融为一体。

由张飞墓，我想到洛阳关林关羽墓的情形。关林安葬的是关羽的头颅，此地安葬的是张飞的身体。桃园三结义的这两位兄弟，被后人久久忆念，与他们不寻常的死，不无关系。对这段异姓兄弟的最后归宿，人们寄托着深切哀思。

阆中贡院位于学道街12号。穿过悬挂着“天开文运”牌匾的黑色的大门，走进贡院。看了介绍，方知在清末科举废除后，这里曾做过川北道官署；民国初年，开办师范讲习所，它又被用作学校；中华人民共和国成立后，先后作过会议场所和县招待所。其中，1959年，县招待所扩建，考棚的后院、殿堂已被拆除了，所幸前院还保留完好。今天的贡院经过后来的修缮、布置，而前院房屋、许多文物，都保存了下来。

科考的各个程序我都仔细看了。考前，领取试卷、发放试卷、誊录试卷、复审誊录卷、封闭试卷，管理是极为严格的。为了考试公平，每份试卷经过誊录、复核、封闭，这样的程序，可看出当时为了避免科场舞弊，制度规定极其严格。

据《阆中县志》记载，唐代至清代年间阆中先后共出进士116人（其中状元4人、武进士15人、举人404人，各类贡生317人），是名副其实的状元之乡，创造了科举史上的奇迹。

安徽也有个状元县休宁。休宁县是古徽州一府六县之一，至今建县已1800年。据史籍记载，自隋唐至清末实行的科举考试制度中，休宁共产生了19位文武状元。在中国第一历史档案馆，19位休宁籍状元的手迹、手书、奏折全能找到。如果单从状元的人数上说，休宁在阆中之上。

出了贡院，避开大街，我拐进一条小街。很快，我有了一个意外的发现，几乎每一家门口都会摆上椅子或者沙发，给走累的游客歇脚。有的人家还在椅子靠背贴上纸条，上面写着“走累了就来歇歇脚，不收费”。

出于好奇，也是累了，我在一家门口的沙发上坐下了。时近黄昏，小街很宁静，不一会儿，看到一位老人向我走来。我很仔细地看了她白净却满是皱纹的脸，看了她花白略有些抖动的头发。但她没有看我，只是很小心地注意着路面。我看着她缓缓从我身边走过，轻轻推开一扇有些泛灰的黑漆大门，就在她准备跨进门槛时，她站住了，转身看着我说：“要喝水吗？”我赶忙站起连连说道："谢谢，谢谢，我不渴。"老人没说话走进屋里。站在小街的出口回望，只有那老人的面影在我眼前晃来晃去。

不知不觉天黑了下来。响应夜幕的召唤，大街两旁的店铺高高地挂着一排排红灯笼，很有一种怀旧的动感。这一座历史文化内涵极为丰富的古城，还有许多值得一看的地方，只能留待下次有机会再来了。

古城丹噶尔

丹噶尔古城的岁数已经600年了。丹噶尔古城位于青海省湟源县，地处黄河北岸，西海之滨，湟水源头，距西宁市40公里。初到丹噶尔，正是盛夏时节。顶着炎热的太阳，整个青石板铺就的长街寂静无声。我本以为，这样一个声名日渐的西部古城，即使达不到青海湖游人摩肩接踵的程度，至少也有小小的热闹，却不料迎接我的，竟是这令我一见钟情的空宁和幽清。

丹噶尔是藏语“东科尔”的蒙语音译。自西汉起，丹噶尔古城便成为商贸中心，唐王朝与吐蕃在今天的日月山下设立了青藏高原上的第一个“茶马互市”的商衢之地。明清时“茶马互市”从日月山下逐渐移到丹噶尔，并成为当时西北地区最大的贸易集散地。到了清嘉庆道光年间，“茶马互市”年贸易总额白银达250万两。后来，京、津、沪、晋、川等地的商人、工匠纷至沓来；英、美、俄相继在此设立了八家银行。年复一年，丹噶尔逐渐形成了一支庞大的汉藏贸易的“藏商”队伍，他们足迹遍及西藏、新疆、甘肃、陕西、山西、河北、天津等地，开辟了“藏商”之路。民国十三年（1924年），商业贸易达到高峰，城内拥有大小商户及手工业1000余户，从业人员达5000多人，贸易总额白银达到500万两以上，商贾云集，贸易兴盛，丹噶尔也就有了“环海商都”“小北京”的美称。

拱海门，古城的西城门。这个名称与古羌地祭海的风俗有关。“拱”是作揖，“海”指青海湖（西海），意为拱手西海。据说，清政府每年农历七月十五都要派遣钦差大臣到青海湖畔，召集蒙藏各部落王公头人祭海会盟。去青海湖畔，丹噶尔古城是必经之地，钦差大臣从东城门进，西城门出，在西城门外要举行简单的祭海仪式，因而称西城门为“拱海门”。和拱海门不同的是，古城的东城门叫迎春门，“迎春”恰如其分地表达了高寒地区的人们期盼万物复苏、迎接四方来客之意。走过这座城门，才算进入了丹噶尔古城。

走过迎春门，沿着一条明清老街走进古城。老街两边贯穿城隍庙、丹噶尔厅署、文庙、商号店铺、火祖阁等建筑，并设置具有浓郁民族文化特色的石碾、石磨、皮影戏、钉马掌、巡捕、驼队、马车等反映当地文化特色的人物、场景等小品景观。老街上的所有建筑全部用青砖、灰瓦、白墙、朱红柱廊等传统用材和明清典型的七彩遍装法彩绘。民居采用灰、白、朱红三色饰面。在造型上，用几何块体相互组合、高低错落；在材质上，采用玻璃与砖墙的虚实对比，相互借景；在色彩上，表达出传统民居黑、灰、白的基本色调，使建筑布局与古老建筑格局相吻合。

在古城的老街小巷徘徊，不经意间一座木质牌坊进入视线。这座牌坊是清朝光绪皇帝为表彰丹噶尔一位姓胡的烈女而立。关于这座牌坊的详细情况，《西宁府新志》有记载。书上说，丹噶尔百姓李永睦原配妻子过世，胡烈女是李永睦的继室，两人之间已经有了婚约，可是还没有结婚，李永睦就病逝了。胡烈女和父亲吊唁未婚夫，“至灵前一叫而绝”，死在了李永睦的棺木前。后来查证，胡烈女在前往吊唁的路上就吃了毒药。光绪十三年（1887 年），由丹噶尔厅逐级奏表光绪皇帝，光绪皇帝念其坚贞、勇烈，下旨丹噶尔厅署，为胡烈女修建牌坊。

看着造型庄重严肃，刻工精湛的牌坊，我一下想到位于我们安徽歙县棠樾村的七连座牌坊群。七座牌坊群，五座是男人的，两座是女人的。男人的牌坊是表彰他们的功绩，而女人牌坊只有一个内容：贞节。我知道古徽州出了贞节烈女达 6 万余人，所谓“庭院深深深几许？杨柳堆烟，帘幕无重数”，雕梁画栋、饰窗镂门后面，有多少悲欢离合？“前世不修，生在徽州，十三四岁，往外一丢”的歌谣唱尽了徽州女人的辛酸。她们静默在宅院深处，脸上永远挂着病态的苍白，不浮夸，不张扬，娴静少言，不慕荣利，把自己修炼成一尊瓷，直到死去。

再看那牌坊，牌坊不语，风尘满面。

快步离开，刚转过老街，忽然，一股幽香游荡于鼻息，对这香味再熟悉不过。是醋味！

我知道湟源陈醋，是由山西人带过来的，并从此就扎下了根。走进一家醋店，一个个黝黑发亮的醋缸次第排列，价码从十元一斤到几百元一斤不等。湟源陈醋是在山西醋的工艺上，以青稞为主料，配雪莲、红景天、党参、当归等酿造而成。我曾在安徽省非物质文化遗产保护中心工作多年，知道湟源陈醋传统生产工艺已被列入青海省第二批非物质文化遗产保护名录。产品除销售西藏、甘肃等国内市场外，还远销印度、尼泊尔、俄罗斯、美国、日本、东南亚等国家。

边走边看，不知不觉太阳落下去了，站在拱海门下，看着这个曾经繁华堆砌的古城，街上的灯次第亮起。

初识石林

很早就看过电影《阿诗玛》。《阿诗玛》是流传于云南省石林彝族自治县彝族支系撒尼人的叙事长诗。它用口传诗体语言，讲述了聪明美丽、能歌善舞的阿诗玛爱上了和她青梅竹马、两小无猜、相亲相爱的孤儿阿黑，立誓非他不嫁。头人热布巴拉之子阿支，贪婪阿诗玛的姿色，心存歹念。阿支戏弄逼婚、威逼利诱，种种手段都不成，恼羞成怒劫走阿诗玛，阿黑赶来营救，却中阿支阴谋，神箭被盗。阿诗玛被洪水淹死，化为石林中的一座石像，长留人间，阿黑悲愤的呼唤着她的名字，日日夜夜。

正是由于这个凄美动人的传说，我把云南游的最后一站放在了石林。

石林分大石林和小石林。在小石林内，我看到了著名的阿诗玛石峰。眼前的石峰，就像头戴纱巾、肩背背篓的少女，凝秀独出，风姿绰约，亭亭玉立。那俊俏的脸蛋，挺直的鼻梁，微凹的眼窝，是那样的清晰可辨，又是那样的惟妙惟肖，仿佛在期待着阿黑哥，也仿佛在憧憬何时能重返人间。而就在此时，“马铃儿响来玉鸟儿唱，我陪阿诗玛回家乡……”的旋律，一下从我的嘴里流了出来。导游小玉很好奇，问我怎么还会唱这首歌。我笑了。我说我不仅会唱，而且还知道“阿诗玛”就是金子的意思。知道阿诗玛的传说，还知道2006年阿诗玛传说被列入第一批国家级非物质文化遗产名录。见她一脸不解，我只好告诉她我是从事文化工作的。

告别了阿诗玛石峰，来到了整个石林的标志性景点。一块巨石耸立在平地上，巨石中央篆刻着两个苍劲有力的红色大字——石林。这就是常在电视、报刊、网络中不时出现的著名的“石林胜景”，今天终于身临其中了。在“石林”两字周围，还有“南天砥柱”“拔地擎天”“群岩拥翠”等题刻。拿出相机，我请小玉帮我拍照。之后，穿过一个个石洞，踏过一块块石板，我们登上了望峰亭。

当一种前所未有的壮观撞击眼球、震撼心灵时，我感到言噎笔拙、无所适从了。伫立亭中远眺，那一块块巨石屹立挺拔，展现了多样化的喀斯特地质地貌形态。高大的剑状、柱状、蘑菇状、塔状等石灰岩柱，支撑天地般屹立在眼前。俨然一幅壮丽秀美的山水画，既有山的豪迈，又有林的秀美，既有石的奇特，又有峰的雄伟，正如朱德元帅为石林所题的“群峰壁立，千嶂叠翠”。然而，尽管目不暇接，尽管惊喜万状，但突然就会发现，这里的一切都是哑然无声，纹丝不动的，仿佛在远古的某个瞬间被冻结了，永远地冻结了。只有阳光，沿着石头斑驳的竖纹笔直地倾泻而下；只有风，在石头的密林间曲折地穿行。这情景令人震撼。

走出望峰亭，沿着山路往下走。山路时而窄，时而宽，宽处三五人可以并排通过，窄处仅容一人侧身才可通过，更有甚者穿洞而过，石洞又窄又矮，蹲下才能过去。一条条山路蜿蜒曲折，刚才四周还都是高山石壁，转过弯却可以极目远眺，丛丛奇石尽收眼底。有“千钧一发”——一块巨石被卡在两座石山间，摇摇欲坠；有“刀山火海”——一座座石山似一把把利剑直指苍穹，宛然刀山；还有“心脏石”“钟石”以及几十米深的石洞……在如此扑朔迷离的石林中行走，无不佩服大自然的鬼斧神工，无不为雄伟奇特的石林所深深折服。文学大家季羡林在参观了石林后所言：“我无论如何也压抑不住自己的激情，我不能沉默无言。石林能使画家搁笔，歌唱家沉默，诗人徒唤奈何。我既非画家，又非歌唱家，更非诗人。我只能用这样粗鄙的文字，唱出我的颂歌。”

看完大小石林已近中午，就在和小玉道别的无意间，被她那包头两侧插立的精美的小三角形装饰物所吸引，问她“是自己做的吗？有什么含义吗？”小玉说：“这种包头，当地称作‘窝结’。它是以红、绿、蓝、紫、黄、白、青七种颜色的丝绸配制的，边沿钉有银泡泡，包头两侧插缀着一对有着彩色绣花图案的三角形小布块，好像‘彩蝶’一般。若姑娘看上了哪位小伙子，她就会将包头上的‘彩蝶’取下一个送给他，当作两人的定情信物。如果两个‘彩蝶’尚在，表示她‘名花无主’，未婚男子皆可‘逑’。”小玉又说，“如果你有意触摸了我包头上的‘彩蝶’，而且被我看中了的话，那你就得尊重我们的民族习俗，必须娶我！”

“噢，原来是这个意思啊。”我开玩笑地对她说：“幸好我没动手啊，否则今天我就走不了啦！”

茶马古道

来到云南香格里拉小城已是傍晚，给我的第一印象是，这里的天空特别蓝，白云看起来也很低。一眼看过去，有一种远在天边，近在眼前的错觉。

来香格里拉小城目的就是想走一走茶马古道。在一家旅馆办好入住手续，在街上一家饭庄填饱肚子，就直奔小城的茶马古道。

来到茶马古道，行人稀疏的静谧将原以为的热闹喧哗取而代之。沿着街道深深浅浅的石板路，石板路上还能隐约看到马蹄的印迹，这是岁月久远的马帮留下的信物。两边都是藏式的房子，偶尔也有几间汉式风格的。酒吧、小店、饭庄、书吧，充满着藏民族风情。店里播放着藏族的歌曲，歌声高亢嘹亮，仿佛从雪山上流淌下来的泉水一样，悠远而透明。黄昏的阳光透过房屋，把斑驳的阴影投射在古道深处。有些房屋铁锁把门，显然已废弃；有的门窗紧闭，灰蒙蒙的；有的墙院内传出孩子的嬉笑声。道上不时有穿藏服的人们三五成群地从身边经过。

走进一家叫阿纳的酒吧。酒吧是用藏家青稞酒作坊改建的，设计风格讲求古朴舒适实用，在这里，饮马槽做成的巨型灯罩特抢人眼，让人感受到化腐朽为神奇的奇妙。酒吧的男主人阿杜曾是一名教师，之前还在歌舞团待过，萨克斯吹得很棒。他 2002 年到迪庆游走后，便爱上了香格里拉。2003 年毅然辞去工职，偕夫人来到这里，经营酒吧，过起“萨克斯风”一样悠长的日子。酒吧里放出背景音乐是许美静《城里的月光》，让人一下子有了游子孤独的酸楚。我挑了一个可以透过窗户看见天空的座位，看着外面的蓝天，听着音乐，让我想起那首仓央嘉措《在那东山顶上》的情歌。

在酒吧遇到一对背包客情侣，于是我们聊了起来，原来他们是在网上认识的，一个在吉林，一个在长春，只因为在网上为一句“想不想一起去香格里拉看蓝月亮?”两个人就千里迢迢相约到这里会合。听了他们的故事，我很为这份洒脱而感慨。记得我年轻时也有过当背包客的梦想，无奈被生活所累未能实现，现在只能当一个“精神背包客”了。

走出酒吧，华灯初上，发现路灯分别刻着莲花、金鱼、宝瓶等藏家八祥瑞。远远地望去，高高的路灯像是点着酥油灯的烛台。经过一家饭庄，通过窗户看进去好不热闹。饭桌上酒是少不了的，气氛很轻松。唱歌都有很多的花样，独唱、二重唱、小合唱、大合唱，甚至围着桌子跳起锅庄。看着宾主尽欢，眼前这一幅画面，便是岁月静好，现世安稳最好的诠释。

一曲《青藏高原》把我吸引到古道尽头的一个广场上。广场上有人在跳藏舞，我发现刚在酒吧认识的那一对小情侣也在其中。我的血一下子沸腾了，那些相互不认识的游客竟相互拉起手，围着圈跳起了锅庄舞。记得那天我左手拉的是一位穿着藏服的中年妇女，右手拉的是一位和我一样来此地旅游的男人，也无须问他们姓甚名谁，只管随着音乐尽兴地跳。大家都是兄弟姐妹，瞬间一下子有了“天下一家”的感觉。

跳完舞，我问那一对小情侣是否找到住的地方男孩说找到了，并一再邀请我去他们住地玩玩。说实话，我从没住过客栈，担心不安全和不卫生，出于好奇，我跟他们来到一个名叫“骆驼”的客栈。

客栈的主人姓何，来自昆明，是一名建筑设计师。因为喜欢户外运动，也是受了那本《消失的地平线》的诱惑，来香格里拉开了一家专为驴友服务的驿站。主人告诉我，这座老建筑原来是土司家的房子，已有近百年的历史，如今经过他的设计和装修，成了现在原汁原味藏式风格的驿站，楼下吃饭、喝茶，楼上是旅店。

楼下楼上，每个角落，我都仔细看了。看完在心里直骂自己，怎么想起来在县城里找了一家极普通的旅店，应该事先到这里看看再决定住哪儿啊!

时间已是晚上十点，和主人及那对小情侣告别后，又走在了古道上。此时古道两边的酒吧、小店、饭庄，依然灯火通明。一路走过，站在尽头回看，我想，在今天的茶马古道上，虽然没有了成群结队的马帮的身影，听不到昔日清脆悠扬的驼铃声了，也闻不到远古飘来的茶草的香气了。但我们依然可以在这条古道上，体验到了昔日马帮驻地的繁华，以及那种执着、无畏的行者精神。更值得骄傲的是，昔日的马帮们也不会想到，当初他们开拓出来的“古道”，在今天竟然成了中国，甚至是世界上最美的景观大道。

行走在草原上

“蓝蓝的天上白云飘，白云下面马儿跑，挥动鞭儿响四方，百鸟齐飞翔……”我对内蒙古大草原的最初印象，就是儿时唱的这首歌《草原上升起不落的太阳》。之后，又读了《敕勒歌》，“天苍苍，地茫茫，风吹草低见牛羊……”更加激起了我的联想和幻想。诗人以阴山、草原为背景，给人以壮阔雄伟的印象。描写从宏观着眼，作总体的静态的勾画，没有什么具体描绘，使人不免有些空洞沉闷的感觉。但当读到末句——“风吹草低见牛羊”时，境界便顿然改观。草原是牧民的家乡，牛羊的世界。当一阵清风吹过，草浪动荡起伏，在牧草低伏下去的地方，才有牛羊闪现出来。那黄的牛，白的羊，东一群，西一群，忽隐忽现，到处都是。于是，由静态转为动态，由表苍一色变为多彩多姿，整个草原充满勃勃生机，连那穹庐似的天空也为之生色。从此，去草原成了我心心念念的一个愿望。

机会最终等到了。九月，参加文化部组织的“春雨工程”全国文化志愿者边疆行活动，终于圆了踏上草原的梦想。

锡林郭勒盟位于中国的正北方，内蒙古自治区的中部。锡林郭勒系蒙古语，意为丘陵地带的河。锡林郭勒草原系内蒙古四大草原之一，是中国第一个草地自然保护区，素有“中国马都”“长调之乡”的美誉。坐车行驶在茫茫的大草原上，虽然九月的草原，与春季的草原相比，多了几分黄色，是那种醉人的金黄。万里晴空下，一朵朵白云是那样地低垂，仿佛伸一伸手就可触及。远处一群群羊儿在安静地吃草，构成了一幅“天苍苍、野茫茫，风吹草低见牛羊”的巨幅风景画。汽车在公路上行走，不时有牛羊悠然自若地、慢悠悠地跑上公路，看见汽车开来，一丁点儿也不知道慌张和害怕，瞪着圆圆的双眼，看着汽车，仿佛在对着我们说：“欢迎你们远道的客人!”

不行。照这样坐在车上看景，我们可能会错过和草原亲近的机会。于是，我向陪同的锡林郭勒盟文化馆的杨馆长提议，停车，让我们在大草原上走走。

提议得到响应。车刚停稳，我们一行人就迫不及待相拥下车。

草原真像个大大的丝绒地毯铺天盖地包围着我们。站在大草原上，刚刚收割后的草的芳香扑鼻而来。深深地吸一口，我像一只小懒羊一样匍匐在草地上，草的温柔使人不想再站起来。拍照、唱歌、躺在草地上打滚，尽情地享受大草原的恩赐。这情趣，怎一个美字了得。是的，草原终究还是辽阔而博大的。在这里，你的胸怀不能不博大，一眼望不到边的大草原，除了连绵起伏的丘陵，几乎没有任何遮挡。在这里，才真正体会到什么叫地大物博。如果你想感受一下大草原的性格，最好的方式就是坐在草地上，用手抓一把黑油油的土壤，闻一闻大草原泥土的芳香，拔一棵白草或枝节草，这是大草原最常见的草，也是大草原上牛羊最爱吃的草，放在嘴里尝一尝，你就会知道草原母亲博大而宽厚的胸怀。没有到过草原的人，就不晓得天有多么蓝，地有多宽广，人烟有多稀少，草原风景有多美。这是我第一次到内蒙古的一点收获。

在草原上，会看到用大小石块累积起来巨大的石堆，这就是敖包。敖包在蒙古语当中叫作“敖瓦”“塔克乐根”，史书称为“鄂博”，蒙古语中是“堆”的意思，建敖包多建在明快、雄伟且水草丰美的高山丘陵上，一般呈圆形，起初是道路、方位或境界的标志，后来逐步演变成祭山神、路神和祈祷丰收、家人幸福平安的象征。祭敖包为草原上重要祭祀活动，于每年夏历六月、七月间举行，先举行赛马，然后供奉羊、酒、奶酪，点火、焚香，由喇嘛念经行祭，参加祭祀的人们纷纷往敖包上添加石块，祭祀完毕，还要进行摔跤、唱歌、跳舞等活动，草原上的蒙古儿女外出远行，遇敖包必下马参拜，祈祷平安，并随手拣石添上。

我们走走停停，停停走走。那种宽阔、浩瀚，还有久违了的草香，深深地打动了我们一行的每一个人。我记得蒙古歌手布仁巴雅尔在唱完蒙古歌的时候说过一句话：“一望无际的草原上除了花、草、牛、羊，一无所有。其实千百年来，无数的牧人来到这里，草地上曾经支起过一代又一代牧人的蒙古包。但是这些蒙古包搬走以后，从不留下任何痕迹。”想想真有道理。这里世代传承着一个古老的马背民族的历史，绵延起伏的绿色和黄色的丘陵仿佛诉说着凝重的草原文化。正是这种草原文化，让千百年来大草原永远保持贞洁的根源。

时值黄昏。我们坐在车上两眼依旧离不开窗外，远远的，蒙古包错落有致地散落在草原上，给大草原增加了无限的情趣。看着身边一闪而过的草原，我在心里再次哼唱起：“蓝蓝的天上白云飘，白云下面马儿跑……”

防川纪行

人生过去大半，该去的地方做梦都想去。这回去了防川。

防川位于吉林省珲春市东南部中俄朝三国交界处，是中国最东边的村落，被称为“东方第一村”，也是中国最早见到太阳的地方。防川东面是俄罗斯的包德哥尔那亚，西南面隔图们江与朝鲜豆满江市相望。防川又是中国距离日本海和日本最近的地方。防川以其独特的“一眼望三国”而闻名于世。

到达防川，景区标志性的建筑龙虎阁立在眼前。龙虎阁主体建筑底部为堡垒式设计，体现国之边关，顶部为仿古式建筑，体现中华民族传统建筑文化，寓意边关堡垒坚不可摧。龙虎阁共13层，总高64.8米。在电梯间，导游对我们说：“你们今天来真是好运气，天气晴朗，可以毫无遮拦的观看‘一眼望三国’。11层和12层为VIP观景台，10层为露天平台。请各位注意安全。”

站在10层露天平台上远望，中、朝、俄三国的景致交错渗透，静谧、朦胧而深邃，有着印象派画家莫奈笔下的浑然意境。南边可以看见一江春水缓缓流淌，那是图们江；江上有一座铁路桥，那是横亘在江上的俄朝铁路桥；转向西南，是朝鲜的豆满江市；俯视东南，属于俄罗斯的境内，哈桑镇包德哥尔那亚城已近在咫尺；再向远望是一片平坦辽阔的濒海平原和湖泊沼泽，平原尽头，蔚蓝的大海与天际相连，宛如一条银色丝带飘浮于天际。导游告诉我们，那就是日本海。在观景台上，还可以很清楚地看到东方第一哨位。它于中俄边界山岗上，是我国地处最东部的边防哨所，因此，被称为“东方第一哨”。

为了满足游客能在“一眼望三国”的观景台拍照留念，景点主人的做法确也别致，分别在南面、西南面和东面，分别挂上中俄、中朝和中俄朝三国国旗，并分别在旗帜的下面写上，“俄罗斯—中国边境纪念”“中国—朝鲜边境纪念”

“俄罗斯—中国—朝鲜边境纪念”。和所来的游客一样，我在这三个景点分别拍照留影。

走出龙虎阁，坐车来到“土”字碑。这是中国与俄罗斯两国界标之一，也是中俄边境线上第一座界碑。“土字牌”高 1.44 米，宽 0.5 米，厚 0.22 米，质地为花岗岩。在对着中国的一侧正中刻有“土字牌”三个大字，其左竖刻“光绪十二年四月立”八个字，四周地基用坚石筑成，外掘深沟，填以碎石，均灌灰浆，以期经久。游客和界碑之间，被一道铁丝网隔开，而且此碑被玻璃罩着，因此我们只能透过铁丝网和玻璃来观看这块界碑。

听导游介绍说，1860 年，沙俄以武力胁迫清政府签订了《中俄北京条约》，此条约把乌苏里江以东 44 万平方公里的中国领土强行划给沙俄，其中包括珲春辖境中的全部沿海地区及岛屿。为了明确条约规定的内容，在乌苏里江口至图们江口四百余公里的陆地边界上设立界牌。按照 1860 年《中俄北京续增条约》规定，“土字碑”本应立在距图们江入海口 20 华里处，但由于当时清政府代表昏庸无能，以至于沙俄单方将“土字碑”立于距图们江口 44 华里的沙草峰一带。直到 1885 年，清朝大臣吴大澂勘界时发现“土字碑”并未按规定位置所立，于是吴向沙俄据理力争，寸步不让，最后迫使沙俄归还了黑顶子山地区（今吉林珲春敬信镇），并签订了《中俄珲春东界约》及《中俄查勘两国交界道路记》，捍卫了祖国的神圣领土。这就是“土字碑”的来历。

隔着铁丝网，看着“土字碑”，我想，“土字碑”不是一般界碑所能比的，它已经不是一个碑，它是一种精神与象征，是国家在一个时代痛苦而坚韧的留存。作为中华民族荣辱兴衰史的见证者，“土字碑”既见证了近代中国忍受沙俄侵略的屈辱，又见证了中华民族顽强抵御外来侵略压迫的伟大民族精神。

我们最后来到吴大澂塑像前。塑像高约 9 米、宽 11 米。正面篆书阴刻“龙虎”二字，左下竖刻“吴大澂书”。在塑像前的草坪上，有四块大青石，上书“寸土寸心”。这四个字，是对这位爱国将领最经典的总结。面对塑像，我突然就想到了“历史不容忘记”这句话。从来没有像这次一样，那么强烈地感受到历史与现在的关联，从来没有那么强烈地意识到，我们今天所做的一切，其实都是在应和着历史悠远的回声。

离开时，怀着崇敬的心情，站立在吴大澂塑像前，我深鞠三躬。

走进南泥湾

“花篮的花儿香，听我来唱一唱，唱一唱。来到了南泥湾，南泥湾好地方，好地方……”

这首传唱了60多年的《南泥湾》，我在学生时代不仅会唱，而且当年插队农村在公社组织的毛泽东思想宣传队，还自编自导自演了舞蹈《南泥湾》。那时候就曾想过，将来有机会一定要去看看“到处是庄稼，遍地是牛羊”的南泥湾。

没想到这一等就是40年，直到退休才圆了心灵深处久埋的景仰。

到延安先后去了宝塔山、杨家岭、枣园等景点，我问出租车司机南泥湾离延安多远，司机说也就40多公里，我又问包他车到南泥湾多少钱，司机给我的回复是300块。为了圆自己多年的一个梦，我连讨价还价的环节都省了，便让他即刻出发。

车从高速公路南泥湾出口下来，继续前行约20分钟就到了南泥湾。最先进入视线的是广场上的纪念碑，碑上篆刻毛泽东题写的“自己动手，丰衣足食”八个红色大字，在阳光照耀之下很有力量感。纪念碑右侧是南泥湾纪念馆。馆门前的广场上矗立着一组八路军将士开荒种地的雕塑，姿态各异，栩栩如生。纪念馆不大，里面陈列着当年“大生产”时期的图片和实物，引领着我们这些参观者回到了那段披荆斩棘、战歌嘹亮的峥嵘岁月。

歌曲《南泥湾》所传唱的南泥湾是美好的，然而从那一块块展板所展现出来的当年的南泥湾是：“南泥湾呀烂泥湾，荒山臭水黑泥潭，方圆百里山连山，只见梢林不见天，狼豹黄羊满山窜，一片荒凉少人烟。”讲解员的话让我想到了，毛泽东1939年2月在延安生产运员大会上的名言：“饿死呢？解散呢？还是自己动手呢？饿死是没有一个人赞成的，解散也是没有一个人赞成的，还是自己动手吧——这就是我们的回答。”于是，一场轰轰烈烈的大生产运动从此展开。

展板上有这样一组数据：1941 年，三五九旅共开荒种地 11200 亩，收获粮食 1200 石，打窑洞 1000 多孔，盖房子 600 余间。到 1944 年，开荒 26 万多亩，产粮近 4 万石，三五九旅不仅做到粮食、经费自给自足，而且还首次向边区政府交公粮 1 万多石。短短三年时间，昔日的“烂泥湾”变成了“米粮川”“好江南”。三五九旅的将士们创造了光耀千秋的“南泥湾精神”。

走出纪念馆来到阳湾。阳湾是南泥湾垦区政府所在地。这里是一排五孔土窑洞，坐北面南，窑洞虽简陋，却整洁明亮。讲解员介绍说，1943 年 9 月中旬，毛泽东、任弼时、彭德怀等中央领导专程视察了南泥湾，当时就住在这个地方。

右起第一孔窑洞是毛泽东的会客室，第二孔窑洞是办公兼寝室，第三孔窑洞和第五孔窑洞是彭德怀和任弼时住，其余是工作人员住过的。毛泽东一行在这里共住了五天，时间虽短，但意义重大。讲解员介绍说，毛泽东、任弼时、彭德怀等中央领导先后视察了金盆湾、九龙泉、马坊、桃宝峪等地，还利用视察间隙看望战士和附近的群众，接见了三五九旅旅团干部，听取了部队生产、布防和训练情况的汇报，并做了极其重要的指示。中央领导的此行给广大军民以极大的鼓舞和教育。

跟随讲解员我们到了在南泥湾的最后一站：九龙泉烈士纪念碑。这碑是 1945 年“三五九旅”指战员们立下的。整个碑高 2. 3 米，上宽 0. 52 米，下宽 0. 95 米，正面图案由枪、镢头、书、环形稻穗以及“1945”等图案组成。碑的正面刻有 1945 年毛泽东为纪念碑题写的“热爱人民，真诚地为人民服务，鞠躬尽瘁，死而后已”的题词，反面密密麻麻刻着牺牲了的烈士名字。站在烈士纪念碑前，我静穆无语，只有碑旁泉水哗哗的流淌声为英烈们如泣如诉。安息吧——新中国的缔造者!

如今的南泥湾，土地依然广袤，粮食依然丰产，唯独不见了牛羊，倒是添了一条宽敞的马路以及农户往来代步的摩托车、小轿车。再有就是广场上，当地农民陈列着各种纪念品，其中最引人注目的当是南瓜，这让我又想起了一首歌曲:“红米饭、南瓜汤……”

就要离开南泥湾了，再一次看看那洁白高大的纪念碑，再一次看看纪念馆前那矗立着的八路军将士开荒种地的雕塑，我想，南泥湾精神是延安精神的一个重要组成部分，这种精神成为中华民族的重要精神支柱之一。而传遍大江南北的《南泥湾》，不仅仅是一首歌，更是一种精神的象征。它在不断地传唱中，把对一个时代的记忆镌刻进永恒的时空中……

梅　园

到泰州，必去著名京剧表演艺术大师梅兰芳的祖居地——梅园。

梅园坐落在泰州市区东郊。走过门厅，跨过引凤桥，迎面是一尊由著名雕塑家刘开渠先生创作的梅兰芳先生汉白玉坐像。梅先生双手分执折扇和书本，双眼炯炯有神，生动地再现了梅先生的神态。往里前行有一荷花池，池中有一尊婷婷玉立的汉白玉像，是梅兰芳扮演的杨玉环像。走过荷花池，便到了由前国家主席李先念题写的“梅兰芳纪念馆”的门厅前。门厅两侧有一对联：“亮节辉千古，青衣第一家”，高度概括了梅兰芳的艺术和人生。馆内共分“梅开中华”“梅香四海”“梅骨铮铮”“梅德如玉”“梅根泰州”五个展区。每个展区以丰富的文物、图片、实物、资料，系统地介绍了梅先生刻苦学艺、创艺立派，将京剧远播国外、桃李满园的辉煌业绩。

少年时代对梅兰芳的了解少之又少，只知道梅先生是京剧大师，世称“梅派”，仅此而已。倒是听母亲说过梅兰芳蓄须明志的故事。母亲从小学京剧，后改唱黄梅戏。说是梅先生在舞台上塑造的角色多是美丽娇艳的女人形象，但在生活中却是一位有着崇高民族气节的硬汉。在抗战期间，汪伪政府与侵华日军数次登门要求梅兰芳重新登台，为了不做日寇的文化汉奸，梅先生罢歌罢舞，息影舞台，并留起了胡子。直到抗日战争胜利，梅先生才剃去了留了八年的胡子，重返舞台。梅先生虽然没有直接参加与日寇面对面的战斗，但他的蓄须明志表现出了一代大师的铁气傲骨。

后来工作了，也是从事文艺工作，才知道梅先生其艺术成就早已超越国界，与世界艺术大师斯坦尼斯拉夫斯基和布莱希特齐名，合称为世界三大表演体系。

梅先生的唱腔醇厚流丽，感情丰富含蓄。由于他嗓音高宽清亮、圆润甜脆具备，故音色极其纯净饱满，唱功从不矜才使气，始终保持平静从容的气度，绝无气馁音懈之处。他的唱腔基本上是从传统唱法中来，但又无一腔照搬传统，而是以自己的润腔方式和行腔规律，将其化为具有从容含蓄的梅派韵味的唱腔，旋律优美，顺畅流利。在表演上，梅先生善于运用歌唱、念白、表情、身段、舞蹈等技艺，把人物的心理状态刻画入微。他运用艺术手段自然、和谐、圆活、洒脱、出神入化，富有节奏感和塑形美。他的表演艺术特点是质朴中见华贵，端庄中含俏丽，淑静中蕴情致，妩媚中显大方。

有着被称为国内研究梅兰芳第一人的徐城北先生，对梅兰芳的归纳十分到位：梅兰芳在艺术哲学上走的路子是中庸之道，从不虚张声势，处处脚踏实地。有一说一，有二是二。决不贪图表面上的漂亮。他一生走过一个三段式——青年时期的蓬勃向上，中年的交友八方，晚年的虚怀若谷。他真是中国传统文化与古典艺术的“完人”。

走出展区，有一座仿古戏台出现在眼前。戏台两侧楹联“惊梦别姬人天绝唱，装疯醉酒千古奇观”，含括了梅先生的四出经典剧目。戏台西侧有一五角梅亭，整个亭子无论是飞檐、亭柱、坐槛，还是一片片瓦件，无不以梅花为形。亭子上下共刻有梅花图案千余朵。亭内的五幅浮雕也是梅先生的经典代表剧目，即《穆桂英挂帅》《宇宙锋》《霸王别姬》《贵妃醉酒》《洛神》。

参观梅园的另一收获是梅兰芳的母亲杨长玉是我们安徽人。杨长玉的父亲是京剧名武生杨隆寿，安徽桐城人。杨隆寿幼从程长庚习老生，后入双奎班习武生，与另一位著名京剧表演艺术大师谭鑫培同科。杨长玉是杨隆寿长女，经人介绍，嫁给了梅兰芳的父亲梅竹芬。由于梅竹芬英年早逝，杨长玉年轻守寡，带着年仅四岁的梅兰芳在梅兰芳的大伯梅雨田家生活。1900 年八国联军打进了北京。杨长玉当时只有 24 岁，为躲避兵匪，杨长玉带着梅兰芳回到娘家。那一年，梅兰芳只有七岁。1908 年 8 月 14 日杨长玉病逝。

我是在炎炎夏季来梅园的，这个季节，这个时辰，虽然没有梅花盈枝，香气扑鼻，但凭吊缅怀一代京剧大师是我此行的目的。再次站在梅先生坐像前，我想，虽然现在我们在开展戏剧进校园，普及京剧，在推新，在传承，但像梅先生这样的艺术大师，恐怕是后无来者了……

老舍茶馆

到北京是一定要去老舍茶馆的。

出生梨园世家，自小对一些经典名剧情有独钟，只要有机会一睹风采，都会抓住绝不放过。看过老舍先生的小说《茶馆》，也看过电影《茶馆》，抱憾的是没有看过话剧《茶馆》。但我知道话剧《茶馆》于1958年3月由北京人民艺术剧院在北京首演，著名导演焦菊隐、夏淳执导，于是之、郑榕、蓝天野等大家主演，剧中的70多个角色演出各阶层人民的生活层面，由先生用其独特的视角、语言和手法使得整部剧绽放生命的炫彩。这之后此剧成为北京人艺的“镇院之宝”。

老舍茶馆位于天安门广场南侧西大街。茶馆分为三层，营业面积2600多平方米。一楼有茶座和餐厅。二楼是一座模仿老北京四合院形式的茶艺馆，也是唯一一座建在楼宇中的四合院。四合茶院的建筑集北方庄重和南方素雅于一身，在保留老北京四合院正房原貌的同时融入一些现在的元素。三楼为演出大厅。大厅内整齐排列的八仙桌、靠背椅、屋顶悬挂的一盏盏宫灯、柜台上挂着标有龙井、乌龙等各式名茶的小木牌，以及墙壁上悬挂的书画楹联，使游客感觉如同进入一座老北京的民俗博物馆。在这里，每天都可以欣赏到一台汇聚京剧、曲艺、杂技、魔术、变脸等优秀民族艺术的精彩演出，同时可以品用各类名茶、宫廷细点、北京传统风味小吃和京味佳肴茶宴。

进入演出大厅，刚落座，演出就开始了。演出时间为两小时，内容有地道的京韵大鼓、单弦、相声、杂技以及京剧等等。就个人爱好，我喜欢听相声和京韵大鼓。在我的五年的文工团演员生涯中，我也曾说过相声，当然是业余的。但我知道，相声起源于北京，以“说、学、逗、唱”为主要艺术手段，是流传较广，有着深厚群众基础的一种曲艺表演形式。手中的宣传小册上说，茶馆开张不久，已故著名相声大师马三立生前就前来演出过。而对京韵大鼓的了解，我是先知道骆玉笙和她在电视剧《四世同堂》片头曲演唱的《重整河山待后生》才知京韵大鼓的。在网上查了一下，京韵大鼓于清末民初形成。它的特点就是雅俗共赏的形式，刚柔并济的风格，说唱结合的方法，一曲多用的唱腔和写意传神的表演。骆玉笙在70余年的京韵大鼓艺术生涯中，博采众家，创立了以字正腔圆、声音甜美、委婉抒情、韵味醇厚为特色的“骆派”京韵，使其达到了这一艺术形式的高峰。

坐在大厅里品味着充满京味的艺术，那是一种惬意。就在演出将要结束时，长嘴铜壶茶艺表演让我大开眼界。从报幕员的解说中了解到，长嘴壶是我们国家独有的一种茶器具，长嘴壶的名称由壶嘴的长度而来。表演者手拿的长嘴壶壶嘴长度多在三尺左右。台上，两位表演者一会儿出人意料地将铜壶敦到头顶上，一个“童子拜佛”，水从壶嘴中流出，直泻碗中；一会儿，表演者将铜壶甩到背后，细长的壶嘴贴着后肩，连人带壶一齐前倾，细流越背而出，安全入碗，名为“负荆请罪”；接着，表演者背过身去，下腰，后仰如钩，铜壶置于胸前，长嘴顺喉、颈、下颏出枪，几乎就要烫着突起的下巴，一股滚水细若游丝，越过面部，反身掺进茶碗。茶满，人一个鲤鱼打挺，桌面干净利索，并无拖泥带水。这一招叫“海底捞月”。能将一把铜壶如此行云流水般地玩出多种招式，不仅营造了茶馆的文化氛围和民俗气息，也大大提高了茶客们的品茗乐趣。

演出结束并没有马上离开。我们一行人把楼上楼下转了个遍。从一楼大厅墙上的介绍看，老舍茶馆建于1988年，是中国改革开放后由北京大碗茶商贸公司于1988年投资创办的京城第一家茶馆，创始人是尹盛喜先生。尹先生在建此茶馆时就提出要汇聚中国戏曲文化、饮食文化、茶文化、京味文化于一身，集老北京清茶馆、餐茶馆、野茶摊、书茶馆等多种形式为一体的综合性文化企业。尹先生做到了这一点。今天的“老舍茶馆”已经成了北京这座六朝古都和国际大都市的“城市名片”，美国前总统布什、美国前国务卿基辛格、柬埔寨前首相洪森等都曾光顾过。可惜的是尹先生过早地离开了他的“老舍茶馆”。

站在“老舍茶馆”门前，想到了话剧《茶馆》，一个社会可以被老舍先生缩小投影到小小的茶馆之中，在这个说小不小，说大不大的舞台上，市井小民成了主角。正如曹禺先生所说：“这种荣誉首先是老舍先生的。老舍这样的经典作品，才使‘北京人艺’极有才华的戏剧艺术家们纵横驰骋于世界舞台，使中国话剧艺术在国际上焕发了夺目的光彩。”

黄浦路 15 号

记不清这是第几次来上海了。

上海太大了，高楼林立，高架桥纵横交错，马路、里弄像毛细血管一样，密密麻麻。人多、车多、楼高。站在东方明珠塔上往下看，车像甲壳虫，人像蚂蚁。假如把上海比作一棵根深叶茂的大树，宽马路和高架桥就是树的枝干，楼房是树叶，而人是歇在树上的鸟，飞来飞去找食物，朝出暮归。因此，前几次来上海也只是在外滩逗留一下，南京路上边走边看，这些符号化的景观仅仅像活动程序前的剪彩仪式。

下榻的浦江饭店坐落在黄浦路 15 号。门脸不大，乍一看和那些宾馆饭店没什么两样，然而，当我在三楼中厅看完两侧墙上的 14 块展板后，那一瞬，我感到历史有一种神奇的质感，触摸一下，心里充满敬畏。

在历史记载中，浦江饭店原名礼查饭店，建于 1846 年（清 · 道光二十六年），高 31 米，建筑面积 15000 平方米，由英国人礼查创建。它是上海开埠以来全国第一家西商馆店，有着“上海著名的里程碑建筑”之誉。1907 年（清 · 光绪三十三年），扩建为具有新古典主义维多利亚巴洛克式建筑，是当时上海最豪华的西商饭店，也是中国及远东最著名的饭店之一。此外，1882 年 7 月 26 日，中国第一盏电灯就在这里亮起；1907 年编撰中国近代史上第一份城市旅游指南；1908 年 6 月 9 日，中国第一部电话在这里接通，西方半有声露天电影在这里首次亮相。1990 年 12 月 19 日，新中国第一家证券交易所——上海证券在此正式挂牌。此外，美国第 18 任总统格兰特、著名哲学家罗素、著名科学家爱因斯坦、喜剧大师卓别林、周恩来夫妻都先后下榻过该饭店。

我也住过不少大大小小的宾馆和饭店，但我没想到这么不起眼的一个饭店给我带来如此的惊异。厚重的历史，迥异的风格，让人不得不另眼相看。接下

来的三天里，除了外出公干，我就没离开过饭店。我在楼里楼外、楼上楼下转来转去，我细心留意便注意到，170 多年前的实木地板，拱形的手工琉璃窗户，老式的铜制窗销得到刻意保护，我看了文字说明，浦江饭店有过两次改造，但一切修补都采用原先的形制、材质与制作方法。历史不怕缺失，就怕添加。历史的真实是用真正属于它的细节证实的，不管还剩多少。这就是历史。

爱因斯坦、卓别林、罗素、美国前总统格兰特等名人当年就住在中厅两侧的客房中。推开房门，迎面墙上挂着名人的画像和一个仿制烟斗，家具、灯饰、电话都是仿古制品。我想，奢华的生活是不会被人记住的，留在历史上的是众多名人在这座楼里的故事。那个没有录音、录像的时代，留给我们的是无尽美妙的想象。

此外，我还感受到了这家饭店人性化服务的几个细节。一是这家饭店一天两次整理房间，在第二次整理房间时，把一件睡衣挂在浴室的挂钩上，毛巾放在醒目的地方，方便你洗浴后伸手就能找到所需的睡衣。二是出门在外的人特别关注当地的天气，这家饭店每天下午五点会把第二天的天气预报放在你的床头柜上。三是住过宾馆的人都遇到过退房、查房等候时间太长的问题，但在这里查房时间不超过两分钟。四是夜间没有骚扰电话。

细节是魔鬼，认识一座城市是困难的，但有了细节，一切都迎刃而解了。城市是钢筋混凝土建筑物构成的森林，从物化的角度来看，城市之间只有大小的区别，而没有本质上的差异。但是，有了细节，一座城市就会在人们的心头丰满起来，让人可以触摸到城市的温暖和活力。

我想，浦江饭店也算得上是一家老字号饭店了吧！现代、时尚的霓虹灯五光十色，加之行色匆匆的人群、南腔北调的人语，蛊惑得很多老字号的清韵已经全然无了踪影。和其他枝残叶败、威风不再的老字号相比，这浦江饭店更像一个慈祥的长者，拈着胡须，笑意盈盈敞开怀抱迎接源源而来的四方八客，呈现出一派祥和清明。在悠然从容的日子里，她为这座城市承载了过多的奢侈，包容了过多的繁华。缺少记忆的日子是落寞的。想想，她一定也有咬咬牙要与之相守终身的经历吧！

有了这样的理解，我的心蓦地清明起来。身临繁华却心如静水。而在这心的静水中，我想，幸福的最高境界，不过是陪着一个旧人，守着一屋的旧物，悠悠地数着一段旧岁月。如此安宁闲适的日子，很诗意，令人无限向往。